James Patterson · Die 13. Schuld

AF214746

Autor

James Patterson, geboren 1947, war Kreativdirektor bei einer großen amerikanischen Werbeagentur. Seine Thriller um den Kriminalpsychologen Alex Cross machten ihn zu einem der erfolgreichsten Bestsellerautoren der Welt. Auch die Romane seiner packenden Thrillerserie um Detective Lindsay Boxer und den »Women›s Murder Club« erreichen regelmäßig die Spitzenplätze der internationalen Bestsellerlisten. James Patterson lebt mit seiner Familie in Palm Beach und Westchester, N.Y.

Die »Women's Murder Club«-Reihe:

Besuchen Sie uns auch auf www.facebook.com/blanvalet
und www.twitter.com/BlanvaletVerlag

James Patterson
mit Maxine Paetro

Die 13. Schuld

Thriller

Deutsch von Leo Strohm

blanvalet

Die Originalausgabe erschien 2014 unter dem Titel »Unlucky 13« bei
Little, Brown and Company, New York.

Sollte diese Publikation Links auf Webseiten Dritter enthalten,
so übernehmen wir für deren Inhalte keine Haftung, da wir uns
diese nicht zu eigen machen, sondern lediglich auf deren Stand
zum Zeitpunkt der Erstveröffentlichung verweisen.

Verlagsgruppe Random House FSC® N001967

1. Auflage
Copyright der Originalausgabe © 2014 by James Patterson
Copyright der deutschsprachigen Ausgabe © 2017 by Limes
in der Verlagsgruppe Random House GmbH,
Neumarkter Str. 28, 81673 München
Copyright dieser Ausgabe © 2019 by Blanvalet
in der Verlagsgruppe Random House GmbH,
Neumarkter Str. 28, 81673 München
Redaktion: Gerhard Seidl, text in form
Umschlaggestaltung: www.buerosued.de
Umschlagmotiv: Steve Proehl/Corbis Documentary/Getty Images
AF · Herstellung: wag
Druck und Einband: GGP Media GmbH, Pößneck
Printed in Germany
ISBN 978-3-7341-0697-2

www.blanvalet.de

Für Suzie und John, Brendan, Alex und Jack

Prolog

Ka-Buuum

1 Es war ein scheußlicher Montagmittag, kurz nach zwölf. Bis jetzt hatte die Sonne sich noch nicht blicken lassen. Dichter Nebel brachte den Verkehr rund um das Golden Gate zum Erliegen. Ich saß am Steuer unseres Streifenwagens, neben mir Rich Conklin, mein langjähriger Partner. Da rief Claire mich auf dem Handy an.

Claire Washburn ist meine beste Freundin und darüber hinaus Leiterin des Gerichtsmedizinischen Instituts von San Francisco. Ihr Anruf war rein dienstlich.

»Lindsay«, brüllte Claire ins Telefon, um das Hupkonzert im Hintergrund zu übertönen. »Ich habe hier zwei Tote in einem schwer demolierten Fahrzeug und verdammt noch mal keine Ahnung, was da passiert sein könnte. Seid ihr vielleicht zufällig in der Nähe? Ich wüsste gern, was ihr davon haltet.«

Sie gab mir den Standort durch, und ich versprach, dass wir, so schnell es das Wetter und der Verkehr zuließen, zu ihr kommen würden. Ich teilte Rich mit, was ich gerade gehört hatte, und wendete.

Mein Partner ist ein kluger und ziemlich ausgeglichener Mensch. Sein Glas ist eigentlich immer halb voll, und auch heute war er alles in allem sehr zufrieden mit sich und der Welt.

Er fragte: »Wir sollen uns einen Verkehrsunfall anschauen?«

»Claire glaubt nicht, dass es ein Unfall war.«

Wir durchquerten Presidio auf dem Lincoln Boulevard,

kamen an dem Aussichtspunkt beim Crissy Field vorbei und steuerten die Golden Gate Bridge an. Conklin telefonierte mit Brady und teilte ihm mit, dass wir von Claire um Unterstützung gebeten worden waren. Anschließend informierte er Claire, dass wir in acht Minuten vor Ort seien. Dann machte er nahtlos dort weiter, wo wir unterbrochen worden waren. Der Mann brauchte Rat in einer kniffligen Beziehungsangelegenheit.

»Tina hat Geburtstag. Wir sind jetzt seit zwei Monaten zusammen«, sagte er. »Mit welchem Geschenk kann ich so was sagen wie: ›Bis jetzt mag ich dich sehr‹?«

Wir bewegten uns auf vermintem Terrain. Rich ist für mich fast so was wie ein kleiner Bruder. Wir stehen uns sehr nahe. Wir können über alles sprechen. Aber seine Ex, Cindy, ist eine meiner Busenfreundinnen. Und Cindy litt immer noch unter der Trennung, die jetzt sechs Monate zurücklag. Sie hegte nach wie vor die leise Hoffnung, dass sie und Rich vielleicht wieder zusammenkommen könnten.

Und um ehrlich zu sein, ich hoffte das auch.

Also hielt ich den Blick stur geradeaus auf die beiden Fahrspuren des Lincoln Boulevard gerichtet. Zur Linken reihten sich historische Gebäude aneinander, zur Rechten befand sich ein großer Parkplatz für die Besucher der Brücke. Langsam glitten wir an den hübschen Häusern der Pilot's Row vorbei, bis wir schließlich im Stau stecken blieben.

»Sieht so aus, als müssten wir zu Fuß gehen«, sagte ich.

Ich stellte den Streifenwagen auf dem Seitenstreifen ab, schaltete die Warnblinkanlage ein, schnappte mir meine Windjacke und schloss ab. Dann gingen wir gemeinsam den Hang hinauf. Richie war sofort wieder beim Thema.

»Ich habe an ein Paar Ohrringe gedacht. Oder ist das übertrieben? Klingt Ohrring vielleicht zu sehr nach *Ring*?«

»Nur wenn es Diamanten sind«, erwiderte ich.

»Ha«, meinte Conklin.

Ich fuhr fort: »Rich, meiner bescheidenen Meinung nach seid ihr immer noch in der Blumenstrauß-und-Abendessen-Phase. Das ist romantisch, risikolos, und ihre Mutter wird in absehbarer Zeit nicht auf die Idee kommen, irgendwelche Einladungen zu verschicken.«

»Okay. Und wie unterschreibe ich die Karte. Mit *In Liebe* oder eher nicht?«

Ich verdrehte die Augen und seufzte. »Richie, liebst du sie? Oder liebst du sie nicht? Das musst du schon selber wissen.«

Er lachte.

»Könntest du vielleicht dieses alberne Kichern bleiben lassen?«, bat ich ihn.

Er salutierte und erwiderte: »Jawohl, Madam, Sergeant Boxer, zu Befehl. Und könntest du dir vielleicht eine Prise Humor zulegen?«

»Du hast es doch nicht anders gewollt.«

Ich gab ihm einen leichten Schubs, und er lachte noch ein bisschen mehr, während wir den Abhang hinaufgingen, vorbei an Autos, die im Schneckentempo vorwärtskrochen, und ausgestiegenen Beifahrern, die ihre Flüche in den Nebel brüllten.

Mein Handy klingelte erneut.

Claire sagte: »Beeilt euch. Ich kann die Typen von der Bridge Authority nicht mehr lange hinhalten. Der Abschleppwagen ist schon vor Ort.«

2 Es war ein wahrhaft surrealer Anblick, und ich nehme dieses Wort bestimmt nicht leichtfertig in den Mund.

Soweit ich erkennen konnte, war ein roter Jeep neueren Baujahrs auf der äußersten rechten Fahrbahn Richtung Norden außer Kontrolle geraten, quer über fünf Spuren geschossen, hatte die Absperrung zum Fußweg durchbrochen und war gegen das Geländer geprallt, das jetzt dort, wo die Schnauze des Jeeps stecken geblieben war, eine große Beule aufwies.

Alle Fahrspuren bis auf eine waren gesperrt, sodass der Nord-Süd-Verkehr nur abwechselnd an dem Unfallwagen vorbeikonnte, der bis zu den Heckleuchten vom dichten Nebel verschluckt wurde.

Überall standen Fahrzeuge der Strafverfolgungsbehörden herum: SUVs der Bridge Authority, die Feuerwehr sowie Streifenwagen der California Highway Patrol und des San Francisco Police Department. Die dazugehörigen Besatzungen drängten sich um den Jeep. Ein paar Mitarbeiter der Gerichtsmedizin fotografierten. Ein Verkehrspolizist hing über dem Geländer und übergab sich.

Zugleich schob sich ein Abschleppwagen in Position, um den Jeep wegzuschaffen, damit die einzige Verbindung zwischen San Francisco und Sausalito wieder freigegeben werden konnte.

Ein Vertreter der Bridge Authority warf einen prüfenden

Blick auf unsere Dienstmarken und rief: »Frau Dr. Washburn, Besuch für Sie.«

Claire kam kopfschüttelnd hinter ihrem Kleinbus hervor und sagte: »Hallo, ihr beiden. Wollt ihr mal was ziemlich Verrücktes sehen? Ich zeig es euch.«

Sie wirkte unübersehbar beunruhigt, und als wir uns dem Jeep näherten, war mir auch klar, warum. Die Windschutzscheibe war nach außen geborsten, die Schnauze wie eine Ziehharmonika zusammengequetscht, und als ich einen Blick in den Innenraum warf, fing mir die Kopfhaut buchstäblich zu kribbeln an.

Im Lauf meiner vierzehn Jahre bei der Mordkommission habe ich schon viele grauenhafte Dinge zu sehen bekommen, aber das hier bekam sofort einen Spitzenplatz. Ganz oben, auf Position eins.

Es handelte sich um zwei junge Erwachsene, höchstens Anfang zwanzig, beide weiß. Der Mann saß auf dem Fahrersitz, die Frau daneben. Sie hatten die Arme in die Hüften gestemmt und den Kopf in den Nacken gelegt. Die Münder waren wie zu einem stummen Schrei weit aufgerissen.

Aber meine unmittelbare Aufmerksamkeit galt dem Bauchbereich der Todesopfer, der bei beiden nicht mehr war als ein klaffendes, blutiges Loch. Und ich konnte deutlich sehen, wo all das Blut und die Eingeweide gelandet waren.

Der Fahrersitz war übersät mit Stückchen menschlichen Fleischs, dazu Stofffetzen und andere Fragmente, die ich zunächst nicht identifizieren konnte. Ein Airbag hing schlaff über dem Lenkrad. Der zweite lag auf den Beinen der Beifahrerin.

Claire sagte: »Wir haben überall Blut und menschliches Gewebe gefunden. Die Sicherheitsgurte, das Armaturenbrett und die Instrumentenkonsole sind mehr oder weniger stark beschädigt, und seht ihr das, was da in der Sonnenblende steckt? Da hat sich ein Knopf richtig tief reingebohrt. Und auf allem liegt eine dünne Schicht Puder aus den Airbags.

Diese Bereiche hier ...«, sie deutete auf die aufgeplatzten Bauchräume der beiden Toten, »... würde ich als Ausgangspunkte einer Explosion bezeichnen.«

»Großer Gott«, sagte Rich. »Die hatten Bomben auf dem Schoß liegen? Wie verzweifelt muss man sein, um sich so umzubringen?«

»Auf die Art und Weise des Todes möchte ich mich im Moment noch nicht festlegen, aber was die Frage der Todesursache angeht ... hier, seht euch das an.« Claire streckte den Arm aus und kippte den Körper der Beifahrerin ein wenig nach vorn. An der Sitzlehne klebten Rückenmarksgewebe, Knochenstückchen und Blut.

Mein Frühstückskaffee war kurz davor, den Rückweg durch die Speiseröhre anzutreten, und die Luft ringsherum begann zu flimmern. Ich wandte mich ab, atmete mehrfach tief ein und aus, und als ich mich wieder umdrehte, besaß ich immerhin so viel Geistesgegenwart, um zu sagen: »Dann hat diese Bombe, oder, besser gesagt, dann haben *diese Bomben* also die Körper komplett auseinandergerissen?«

Claire erwiderte: »Ganz genau, Lindsay. Darum lautet meine vorläufige, aber nichtsdestotrotz fundierte Meinung, dass wir es hier mit zwei Bomben zu tun haben, die im Inneren des Unterleibs, beziehungsweise der Unterleiber, explodiert sind. – Ich glaube, dass das Körperbomben waren.«

3 Die Stimmung unter den Autofahrern war mittlerweile nicht mehr nur angespannt, sondern hatte sich in Entrüstung und Wut verwandelt. Verkehrspolizisten mussten sich erregte Beschimpfungen anhören, und über unseren Köpfen kreisten mehrere Kamerahubschrauber wie Stubenfliegen um einen warmen Apfelkuchen.

Der Fahrer des Abschleppwagens rief mir zu: »He! Kann vielleicht mal jemand die Leichen da rausholen? Wir müssen die Brücke wieder freimachen.«

Es gab nur eine Sache, die ich ganz sicher wusste, und zwar folgende: Ich war die ranghöchste Kriminalbeamtin vor Ort, daher lag die Leitung der Ermittlungen in meinen Händen, und zwar so lange, bis die Angelegenheit endgültig mir oder einem meiner Kollegen übertragen wurde. Im Augenblick hatte ich die Aufgabe, den Schauplatz des Verbrechens vor Manipulationen aller Art zu schützen. Und dieser Schauplatz war nun mal eine sechsspurige Hauptverkehrsstraße.

Ich ging also zu dem Fahrer des Abschleppwagens und sagte: »Danke für den Hinweis, aber der Unfallwagen bleibt hier. Und Sie sehen bitte zu, dass Sie mitsamt Ihrem Abschleppwagen den Tatort verlassen.«

Während er sich daranmachte, meiner Aufforderung Folge zu leisten, sagte ich zu meinen Kollegen: »Was immer das hier sein mag, ein gewöhnlicher Unfall ist es nicht. Deshalb lasse ich die Brücke sperren.«

»Bravo«, erwiderte Claire. »Wir sind deiner Meinung.«

Ich schickte alle überflüssigen Personen weg und rief Charlie Clapper an, den Leiter der Kriminaltechnik. Er sollte alles stehen und liegen lassen und sich unverzüglich auf den Weg hierher machen.

»Mit Vollgas und Tatütata«, sagte ich.

Dann erstattete ich Brady einen vollständigen Bericht. Er meinte, dass er mit dem Polizeichef und dem Bürgermeister Rücksprache nehmen und sich dann so schnell wie möglich auf den Weg hierher machen wollte.

Gelbes Absperrband kam zum Einsatz, um die Stelle mit dem verunglückten Jeep in einem großen Radius abzuschirmen. An beiden Enden der Brücke wurden Straßensperren errichtet. Conklin und ich dokumentierten alles mit unseren Smartphone-Kameras und Notizblöcken und brüteten dabei schon die eine oder andere Theorie aus.

Ich war wahnsinnig erleichtert, als Clappers Transporter sich auf die Brücke schob, dicht gefolgt von einem Tieflader. Beide Fahrzeuge blieben vor der Absperrung stehen, und dann stiegen der unerschütterliche Charlie Clapper und ein halbes Dutzend Kriminaltechniker aus.

Clapper ist Ende vierzig und immer ausgesprochen schick gekleidet. Er war früher Detective bei der Mordkommission und ist heute ein hervorragender Kriminaltechniker. Ich trat zu ihm und sagte: »Ich glaube, so was wie das hier hast du auch noch nie gesehen.«

Als Nächstes gab ich ihnen ein paar Stichworte mit und erklärte, warum ich das Ganze für mehr als einen gewöhnlichen Unfall hielt, bevor wir gemeinsam zu dem Autowrack gingen.

Clapper steckte den Kopf in den Innenraum. Er sah sich um, kam wieder heraus und sagte: »Okay, da ist etwas explodiert, keine Frage. Aber meines Wissens handelt es sich bei Körperbomben um mechanische Vorrichtungen, die einem Menschen eingepflanzt werden. Sprengstoff. Zündkapsel. Zünder. Aber ich sehe keinen einzigen Draht. Ich rieche keinen Sprengstoff. Und noch etwas finde ich sehr eigenartig.« Er hielt kurz inne. »Die Explosion war auf den vorderen Bereich der Fahrgastzelle beschränkt. Aber mit solchen Bomben soll ja normalerweise nicht nur das Fahrzeug, sondern auch alles andere in der näheren Umgebung in die Luft gejagt werden. Aber du hast recht. So was habe ich wirklich noch nie gesehen.«

Ich sagte: »Die Suche nach dem Fahrzeughalter läuft, aber ich würde die beiden Toten gerne identifizieren, bevor die Angehörigen aus dem Fernsehen davon erfahren müssen.«

Ich deutete auf einen roten Nylon-Rucksack im Fußraum vor der Rückbank. Nachdem ein Techniker den Rucksack und die weitgehend unbeschädigte Rückbank fotografiert hatte, streifte ich mir Latexhandschuhe über und machte den Rucksack auf. Darin lagen ein Stoffhund, ein paar CDs, ein Handy-Ladegerät und ein blau gesprenkeltes Portemonnaie.

Im Portemonnaie fand ich einen Führerschein.

»Das weibliche Opfer hieß Lara Trimble, einundzwanzig, aus Oakland«, sagte ich.

Im hinteren Fußraum lag außerdem noch ein großer Haufen zusammengeknüllter Papierverpackungen, und dann fiel mein Blick auf etwas, was womöglich wichtig war.

»Könnt ihr das mal fotografieren?«, bat ich die Kriminaltechniker.

Sobald das erledigt war, holte ich eine Hamburger-Tüte heraus, welche die Explosion unversehrt überstanden hatte.

»Hallo«, sagte ich laut. »Könnte es sein, dass das da ihre letzte Mahlzeit war?«

Clapper sagte: »Vielen Dank«, nahm mir die Tüte mit entschlossenem Griff aus der Hand und verstaute sie in einem durchsichtigen Plastikbeutel. »Wir Fachleute nennen so was Indizien.«

Claire kam zu uns herüber. »Na, Charles, was hältst du davon?«

»Ich glaube, dass wir die ersten Bilder bald landesweit in den Nachrichten sehen werden. In einer halben Stunde trampeln uns hier das FBI, der Heimatschutz, die Behörde für Alkohol, Tabak und Feuerwaffen und dazu jede Menge Bundespolizisten auf den Füßen herum. Die Brücke bleibt garantiert bis Weihnachten gesperrt. Oder zumindest die nächsten vierundzwanzig Stunden.«

Die Golden Gate Bridge war ein hochsensibles Anschlagsziel, ein uramerikanisches Symbol. Eine Bombe auf der Brücke, das würde jeden Bewohner San Franciscos in Angst und Schrecken versetzen. Und auch mir jagte diese Vorstellung eine Heidenangst ein.

Ich rief Brady an und sagte ihm, dass wir einen terroristischen Hintergrund nicht ausschließen konnten.

Er erwiderte: »Scheiße. Natürlich nicht.«

Dann standen wir inmitten der Nebelschwaden herum und warteten auf das FBI.

Erster Teil

Der letzte Tanz
gehört mir

1 Seit der Explosion zweier Körperbomben im Magen zweier junger Menschen in einem roten Jeep
war eine Woche vergangen. Da
nichtmetallische Bomben den Bundesbehörden erhebliches
Kopfzerbrechen bereiteten, konzentrierte das FBI sich vor
allem auf den terroristischen Ansatz und hatte uns den Fall
praktisch aus der Hand genommen.

Während also die Bundespolizei sich in der örtlichen FBI-
Niederlassung verschanzte und ihrer Arbeit nachging, legten sich die Wellen wieder, die der mysteriöse Autounfall mit
anschließender Sperrung der Golden Gate Bridge für einen
Nachmittag in der ganzen Welt geschlagen hatte. Stattdessen las und hörte man von der Scheidung eines Filmstars,
von politischen Skandalen und einer Massenkarambolage im
Süden von Los Angeles.

Das San Francisco Police Department behandelte den Körperbomben-Fall als ungelöstes Kapitalverbrechen, höchstwahrscheinlich ein Doppelmord, wobei mit dem »San Francisco Police Department« Claire, Clapper, Conklin und ich
gemeint sind.

Es war Montagabend kurz nach 18.00 Uhr. Conklin und
ich arbeiteten an unseren Schreibtischen in der Hall of Justice, wo der Strafgerichtshof, die Bezirksstaatsanwaltschaft
sowie die zentrale Dienststelle für den südlichen Bezirk des
San Francisco Police Department untergebracht sind. Die Büros der Mordkommission liegen in der dritten Etage.

Mein Partner und ich saßen uns an zwei Schreibtischen im Bereitschaftsraum gegenüber, einem fensterlosen, sieben mal sieben Meter großen Raum mit grauem Linoleumfußboden und schmuddeligen Wänden in undefinierbarem Farbton. An der Decke hingen Leuchtstofflampen. Insgesamt zwölf Schreibtische stehen in diesem Raum. Im Augenblick war außer uns niemand da, und wir beschäftigten uns mit den wenigen sicheren Fakten unseres Körperbomben-Falls.

Im Lauf der vergangenen Tage hatten wir die Angehörigen der Opfer befragt. Lara Trimbles zutiefst erschütterte Eltern schworen Stein und Bein, dass Lara keine Feinde gehabt hatte. Sie hatte Musik studiert und sich nicht politisch betätigt.

David Katz, der junge Mann am Steuer des Jeeps, war Psychologiestudent gewesen. Auch seine Eltern waren vollkommen erschüttert und konnten sich den tragischen Tod ihres Sohnes nicht erklären. Niemand hatte auch nur den Hauch einer Idee, warum David und Lara ermordet worden waren.

Nachdem wir eine Woche lang das Leben und den Bekanntenkreis der beiden Opfer gründlich durchforstet hatten, waren wir zu derselben Meinung gelangt wie ihre Angehörigen. Die beiden waren in keinerlei Hinsicht radikal gewesen. Sie waren nichts als Opfer.

Claire und Clapper tappten bei der Frage, welcher Sprengstoff verwendet worden und wie er in den Körper der Opfer gelangt war, immer noch im Dunkeln. Bis jetzt hatten wir nur eine umfassende Dokumentation der Schäden an dem demolierten Fahrzeug sowie eine Schachtel voller Indizienmaterial, die uns das FBI überlassen hatte, in der Hand.

Aber im Grunde genommen war nichts dabei, was wir nicht schon vor einer Woche auf der Brücke gewusst hatten. Null, niente, nada.

Ich betrachtete zum hundertsten Mal die Fotos vom Tatort, suchte nach einem Hinweis, nach irgendeiner Kleinigkeit, die ich womöglich übersehen hatte. Doch als die Nachtschicht langsam in unseren bescheidenen Bereitschaftsraum tröpfelte, war ich reif für den Feierabend.

Ich sammelte meine Sachen ein, begrüßte ein paar Kollegen und winkte Richie, der am Telefon hing und mit Tina turtelte, zum Abschied zu. Auf dem Parkplatz in der Harriet Street wartete mein sieben Jahre alter Explorer auf mich. Ich steckte den Zündschlüssel ins Schloss, drehte, und er sprang sofort an.

Zwanzig Minuten später trat ich durch die Tür des geräumigen Apartments, das ich zusammen mit meinem Ehemann Joe, unserer sechs Monate alten Tochter Julie und Martha, meiner Border-Collie-Gefährtin und gleichzeitig Julies bester Hundefreundin, bewohne.

Ich rief: »Sergeant Mommy ist da!«, bekam aber weder klackernde Hundekrallen noch ein »Hallo, Süße« zur Antwort.

Es war viel zu still. Wo steckten sie denn?

Die Hand am Kolben meiner Dienstpistole ging ich von Zimmer zu Zimmer, bis ich wieder im Eingangsflur stand. Mit gesträubten Nackenhärchen sah ich mich um und ging verschiedene Anhaltspunkte durch: kein Hausschlüssel auf der Kommode, das Fläschchen im Spülbecken, Joes Hausschuhe neben dem Sessel, leeres Kinderbettchen… da schwang die Wohnungstür auf.

Martha kam hereingefegt und sprang mich an. Mein hinreißender und wunderbarer Mann folgte ihr auf dem Fuß und schob den Kinderwagen in den Flur.

»Hey, Julie«, sagte Joe. »Sieh mal, wer da ist.«

Ich schlang ihm die Arme um den Hals, gab ihm einen Kuss, nahm mein kleines Mädchen in die Arme und tanzte mit ihr im Kreis. Ich muss gestehen, dass Julie das mit Abstand schönste Baby auf diesem Planeten ist, und das keineswegs nur, weil sie *unser* Baby ist. Sie hat die dunklen Haare ihres Vaters und unsere blauen Augen geerbt, und, ganz ehrlich: Jedes Mal, wenn ich sie aus dem Wagen nehme, strömen die Leute in Scharen zusammen und sagen: »Ooch, bist du süß. Kann ich dich nicht mit nach Hause nehmen?«

Und dann lacht Julie immer und streckt ihnen die Arme entgegen! Es ist zum Totlachen – und macht mir gleichzeitig eine Heidenangst.

»Wir waren im Park und haben ein bisschen Softball gespielt«, sagte Joe.

»Ach so. Gute Idee.«

»Sie hat gesagt, dass sie heute Nacht durchschläft.«

»Haha. Das will ich schriftlich.«

»Wie wär's, wenn du die Knarre und die Schuhe wegpackst und für eine Weile zu Hause bleibst?«, sagte mein Ehemann und schaltete die Nachrichten ein. »Die Suppe ist in zehn Minuten fertig.«

Nach Hause zu kommen ist so schön. So wahnsinnig schön.

2 Den halben Abend lang erzählte ich Joe von den Körperbomben. Und das war mehr als Bettgeflüster. Joe Molinari ist ehemaliger FBI-Agent und war eine Zeit lang stellvertretender Direktor der Heimatschutz-Behörde. Jetzt arbeitet er als gefragter freiberuflicher Sicherheitsberater und geht in seiner Rolle als Hausmann auf, während ich meine Berufung in der Mordkommission auslebe.

Joe und ich hatten den Fall schon etliche Dutzend Male durchgesprochen, aber als wir dann im Dunkeln unter der Decke lagen, sagte er: »Früher oder später wird der Attentäter sich Anerkennung für seine Tat verschaffen wollen.«

»Hmm«, erwiderte ich und durchforstete mein Gehirn. Auf manche Bombenattentäter traf das sicherlich zu. Aber nicht auf alle.

Ich weiß noch, dass Joe in der Nacht zweimal aufstand, um nach Julie zu sehen. Ich stand dreimal auf, und plötzlich war es acht, und ich war zu spät dran.

Gegen neun stellte ich den Wagen auf meinem Lieblingsparkplatz im Schatten der Überführung ab und ging direkt in die Gerichtsmedizin. Im Empfangsbereich drängten sich Uniformierte und Zivilbeamte, sehnten sich nach einer Zigarette und hofften auf einen Obduktionsbericht.

Am Tresen saß eine Neue und stellte sich als Tasha vor. Ich sagte ihr, dass Claire mich bereits erwartete. Das war zwar gelogen, aber Claire machte das Spiel jedes Mal mit.

Ich fand sie im Obduktionssaal, wo sie sich gerade die Handschuhe abstreifte. Ihr Assistent rollte einen Leichnam nach draußen Richtung Kühlfächer.

Sie sagte: »Einfach toll. Ich brauche bloß an dich zu denken, und schon tauchst du auf.«

»Hast du was für mich?«, wollte ich wissen.

»Ja. Wenn ich nicht mit beiden Händen in einem Klumpen Eingeweide gesteckt hätte, hätte ich dir eine SMS geschickt.«

Claire zog den Kittel aus, hängte ihn an einen Haken und nahm die Schutzkappe ab. Ich folgte ihr in ihr Büro und konnte es kaum erwarten. Was würde sie mir sagen?

Sie setzte sich an den Schreibtisch, rollte den Stuhl zurecht und sagte: »Clapper hat mir etwas weitergeleitet, was er vom FBI erfahren hat. Die Zusammensetzung der Körperbomben.«

»Heiliger Strohsack. Schieß los.«

»In aller Kürze. Sie haben im Mageninhalt, der im ganzen Jeep verteilt war, Spuren einer Magnesiumverbindung gefunden. Die Opfer müssen die Substanz eingenommen haben. Kannst du mir folgen?«

»Absolut. Noch ein Schritt näher und ich sitze dir auf dem Schoß.«

»Bleib, wo du bist. Auf meinem Schoß ist kein Platz.«

»Okay.«

»Also, diese Magnesiumverbindung reagiert mit Magensäure.«

Ich blinzelte ein paar Mal und sagte dann: »Soll das heißen, dass diese jungen Leute etwas gegessen haben, und dann, kaum war es in ihrem Magen… *ka-buuum*?«

»Ganz genau«, sagte Claire.

Solange keine neuen oder anderen Indizien vorlagen, die unsere Theorie infrage stellten, würde ich den Körperbomben-Fall als Doppelmord behandeln.

3 Ich war immer noch mit der Frage der essbaren Bomben beschäftigt, als Claires Telefon klingelte. Sofort war sie in ein langatmiges Gespräch mit einem Rechtsanwalt verwickelt, der sie als Gutachterin zu einem Fall hinzuziehen wollte.

Während ich also darauf wartete, dass sie fertig wurde, betrachtete ich das Bild auf ihrem Schreibtisch, das den Club der Ermittlerinnen zeigte, wie wir uns scherzhaft nennen. Er besteht aus vier Mitgliedern, nämlich Claire, Cindy, Yuki und mir.

Claire war die vollbusige Afroamerikanerin in der Mitte, ein Fels in der Brandung, dreifache Mutter und seit einem Dutzend Jahren meine beste Freundin. Ihr Herz war so groß, dass ich dort jederzeit hätte einziehen und einen Hausstand gründen können.

Rechts von ihr, das war Cindy, eine niedlich wirkende, aber unglaublich zähe, unnachgiebige Journalistin. Sie arbeitet beim *San Francisco Chronicle* als Polizeireporterin und hat mir bei ihrer immerwährenden Suche nach einer exklusiven Geschichte schon mehr als einmal geholfen, einen Straftäter dingfest zu machen. Cindy und ich streiten uns immer wieder. Ziemlich oft sogar. Sie gibt erst nach, wenn sie wirklich alles Menschenmögliche versucht hat. Und das eine oder andere Unmögliche auch. Aber wir sind einander sehr vertraut, und ich mag sie schrecklich gerne.

Links von Claire, das war Yuki Castellano, die ihre Tätigkeit in einer Rechtsanwaltskanzlei aufgegeben hatte, um fortan im Dienst der Staatsanwaltschaft böse Buben – und Mädchen – hinter Gitter zu bringen. Sie ist wunderschön, kaum größer als ein Vogel und kann reden wie ein Maschinengewehr. Dazu ist sie hochintelligent und gibt niemals auf, obwohl sie schon die eine oder andere herbe Niederlage hat einstecken müssen.

Und dann war da noch die großgewachsene Blonde am Rand, die mit den zerknitterten Klamotten und dem verdrießlichen Gesichtsausdruck. Das war ich. Pfff. Keine Ahnung, was mich gerade beschäftigt hat, als das Foto gemacht wurde. Na ja, wenn ich raten soll, dann war mir wahrscheinlich unser neuer Lieutenant, Jackson Brady, auf die Zehen getreten.

In der Realität drückte Claire gerade auf die Taste ihrer Sprechanlage und brüllte in den Hörer: »Richten Sie Inspector Orson aus, dass er sich schleunigst abregen soll. Ich bin in zehn Minuten da. Hey, sagen Sie ihm, er soll Kaffee besorgen. Ich nehme meinen mit viel Zucker.«

Claire knallte das Telefon auf die Gabel und sagte: »Kein Friede den Ermatteten.«

»Ich glaube, du wolltest sagen: ›Keine Ruhe den Gottlosen‹.«

»Das auch.«

Ihr Telefon klingelte erneut.

»Geh nicht ran, okay?«, sagte ich. »Diese Sache mit der essbaren Bombe? Was hältst du davon?«

»Tja«, erwiderte Claire, machte eine Wasserflasche auf und trank einen großen Schluck. »Wenn du mich schon fragst, ich glaube, diese Körperbomben waren persönliche Attacken, vergleichbar einem Messerstich.«

»Wie meinst du das?«

»Wir haben es hier mit einer sehr unauffälligen Mikrobombe zu tun. Und der Schaden war jeweils auf eine einzige Person begrenzt.«

»Dann hat irgendjemand die beiden also bewusst ins Visier genommen?«

»Nicht unbedingt. Könnte auch Zufall gewesen sein. Kannst du dich noch an diesen Psychopathen erinnern, der Paracetamol-Kapseln mit Blausäure versetzt hat?«

»Diese Bomben waren also eine Art Botschaft?«

»Genau so sehe ich das auch«, meinte Claire. »Jetzt haben wir uns ein Fleißkärtchen verdient.«

4 Claires Sekretärin Tasha streckte den Kopf zur Tür herein und sorgte für einen abrupten Themenwechsel.

»Yuki Castellano auf Leitung fünf. Sie will mit Ihnen beiden reden. Sie hat wortwörtlich gesagt: ›Wenn Sie mich nicht sofort durchstellen, dann wird es Ihnen noch leidtun, dass Sie heute zur Arbeit gekommen sind.‹ Das war doch ein Scherz, Dr. Washburn, oder?«

»Hat sie dabei gelacht?«, wollte Claire wissen.

»Ja, schon. Total süß.«

Yuki war in unserem Kreis eigentlich für die schlechten Nachrichten zuständig, aber in letzter Zeit war sie sehr oft sehr gut gelaunt. Sie hatte ein paar Prozesse gewonnen, und mit ihrem gut gebauten Herzallerliebsten lief es auch nicht schlecht.

Tasha warf mir einen schnellen Blick zu. »Frau Doktor, Ihre Freundinnen trampeln ständig über mich drüber.«

»Nur damit Sie lernen, sich zu wehren. Danke, Tasha.« Dann drückte sie auf eine Taste, und aus dem Lautsprecher ertönte Yukis Stimme.

Sie zwitscherte: »Hab ich's doch gewusst, dass ihr beiden zusammensteckt. Sprüche klopfen, Donuts essen, Kaffee trinken, das süße Leben in vollen Zügen genießen.«

»Bist du womöglich high, Süße?«, erkundigte sich Claire.

»Aber so was von! Die Liebe weckt die alberne Seite in mir.«

»Hast du auch was auf Lager, was wir noch nicht wissen?«, sagte ich.

»Also gut, wie wär's damit? Brady und ich wollen heiraten.«

Yuki stieß einen ihrer charakteristischen Glockenspiel-Kicherlaute aus. In der nun folgenden Stille starrten Claire und ich einander über den Schreibtisch hinweg an und versuchten zu begreifen, was Yuki gerade gesagt hatte.

Claire erholte sich als Erste wieder.

»Habe ich dich richtig verstanden, Yuki?«, fragte sie. »Du willst uns nicht auf den Arm nehmen oder irgend so was?«

»Weißt du, wo ich gerade bin? In einem Geschäft für Hochzeitsmode.«

Ich hatte mich gerade erst daran gewöhnt, dass Yuki mit meinem Chef zusammen war … und jetzt wollte sie ihn heiraten? Diese Beziehung hatte unserem Dienstverhältnis die eine oder andere Schwierigkeit beschert, aber das war jetzt egal. Yuki wollte heiraten!

»Oh Gott!«, sagte ich. »Hast du damit gerechnet? Oder hat er dich damit überrumpelt? Das hat ja glatt das Zeug, zur besten Nachricht des Jahres gewählt zu werden.«

»Ü-ber-rumpelt!«, quiekte sie. »Seine Scheidung ist endlich durch. Er telefoniert also mit seinem Rechtsanwalt, legt auf, dreht sich zu mir um – wir liegen gerade im Bett – und sagt: ›Jetzt kann uns nichts mehr hindern.‹«

Yuki gönnte uns noch eine Lachsalve, Marke Überglücklich, holte einmal tief Luft und zwitscherte: »Am Samstag sagen wir: ›Ja, ich will.‹«

»Samstag?«, erwiderte ich. »Welchen Samstag? Diesen Samstag?«

»Ja. Also, hört zu. Ich habe eine großartige Hochzeitsplanerin engagiert. Ihr habt nichts weiter zu tun, als die

Kleider anzuziehen und dabei zu sein. Einzelheiten folgen in Kürze.«

»Wir sollen Brautjungfernkleider tragen?« Ich war vollkommen entsetzt.

»Natürlich. In Pink. Schulterfrei. Bauschige Röcke.«

Tja, Cindy und Claire würden in Pink gut aussehen, das war klar. Ich dagegen wie ein halb garer Schinken.

»Keine Sorge, Linds«, fuhr Yuki fort. »Du kannst es auch nach der Hochzeit noch tragen. Ist ein hübsches kleines Cocktailkleid.«

»Genau das hab ich mir schon immer gewünscht: ein schulterfreies, pinkfarbenes Cocktailkleid«, sagte ich und lachte, um mir das tödliche Entsetzen nicht anmerken zu lassen. »Kann ich vielleicht noch eine Tiara bekommen?«

Yuki kicherte. »Das mit den Kleidern war ein Witz. Ich will gar keine Brautjungfern haben. Überhaupt keinen Aufwand. Ein Richter. Ein Eheversprechen. Danach essen und tanzen. Wie hört sich das an?«

»Ausgezeichnet«, sagte Claire. »Wir schmeißen dir eine Verlobungsparty. Für vier. Heute Abend.«

Kaum hatten wir uns von Yuki verabschiedet, verließ ich Claires Büro und lief durch den Verbindungsgang zur Hintertür der Hall of Justice mit ihrer gigantisch hohen Decke und den granatapfelroten Marmorwänden. Ich nahm die Treppe bis in den dritten Stock, durchquerte den Empfangsbereich und betrat durch die kleine Schwingtür den Bereitschaftsraum.

Dort begrüßte ich Brenda, unsere Sekretärin, und schlängelte mich zwischen den Schreibtischen hindurch zu Bradys neun Quadratmeter großem Glaskasten am hinteren Ende.

Er sah genauso aus wie immer – Brustmuskulatur und Bizeps stellten die Elastizität seines Hemds auf eine schwere

Belastungsprobe, die weißblonden Haare waren zu einem kurzen Pferdeschwanz gebunden, und er hatte sich über seinen Computer gebeugt.

Seit Brady meinen Job als Chef der Mordkommission übernommen hatte, war es zwischen uns immer wieder zu Reibungsverlusten gekommen. Zunächst hatte mich sein unpersönlicher Führungsstil gestört. Aber in letzter Zeit, auch wenn ich es nur ungern zugeben mag, bin ich fast zum Fan geworden. Er ist unvoreingenommen. Er ist entscheidungsfreudig. Und er hat sich schon mehrfach als hervorragender Polizist erwiesen.

Ich klopfte bei ihm an die Glastür.

»Komm rein, Boxer«, sagte er.

Das ließ ich mir nicht zweimal sagen. Nach vier Schritten stand ich an seinem Schreibtisch. Dann packte ich ihn an den Schultern und gab ihm einen Kuss.

»Gratulation, Chef.«

Der Ausdruck auf seinem Gesicht war absolut unbezahlbar.

»Danke.«

Auf dem Weg zurück zu meinem Schreibtisch und zu Conklin grinste ich über beide Backen. Mein Partner hob den Blick: »Ich hab genau gesehen, wie du den Chef abgeknutscht hast.«

»Er und Yuki wollen heiraten. Kein Witz. Und wir haben eine heiße Spur. Also nichts wie an die Arbeit.«

5 Ich ließ mich auf den Schreibtischstuhl plumpsen und sagte zu meinem Partner: »Der Sprengstoff in den Körperbomben ist eine Magnesiumverbindung, und die Opfer haben das Zeug zu sich genommen.«

»Sie haben es gegessen? Und dann ist es explodiert? Ausgeschlossen!«

»Ich zitiere lediglich Claire, und die hat es direkt aus dem FBI-Labor. Dort haben sie im Mageninhalt Spuren der Verbindung entdeckt. Anscheinend hat die Magensäure die Explosion ausgelöst.«

»Verdammt.« Conklin ließ sich schwer gegen die Stuhllehne sinken. »Haben sie vielleicht auch eine Theorie, *wer* das Zeug ins Essen getan haben könnte?«

»Noch nicht. Wenn du also eine Idee hast, raus damit.«

Ich holte mir noch einmal die Bilder vom Unfallort auf den Monitor und richtete das Augenmerk dieses Mal vor allem auf die Hamburger-Verpackung und das Wachspapier, die wir in dem Müll vor der Rückbank entdeckt hatten. Der Hamburger war von Chuck's Prime gewesen, einer Fast-Food-Kette, die für ihre Burger mit dem Fleisch frei grasender, US-amerikanischer Rinder bekannt war.

Ich drehte den Bildschirm so, dass Conklin das Foto auch sehen konnte, und sagte: »Siehst du? Ich glaube, Trimble und Katz haben sich ein paar Chuckburger gegönnt und sind kurz danach in die Luft geflogen.«

Conklin meinte: »Ich kenne einen Chuck's in Hayes Valley, ungefähr fünfzehn Minuten südlich der Brücke.«

Wir besorgten uns einen Streifenwagen, und Conklin setzte sich ans Steuer. Ich hörte mit halbem Ohr dem Funkverkehr zu, als Conklin sagte: »Bloß damit du Bescheid weißt, Linds, aber ich gehe zweimal pro Woche zu Chuck's. Vielleicht sogar noch öfter.«

»Ich habe auch schon den einen oder anderen Chuck's Bacon Burger verdrückt, und ich muss zugeben, die waren ausgesprochen lecker.«

»Ja, genau«, erwiderte Conklin. »Vielleicht ist es an der Zeit, mal wieder was anderes auszuprobieren.«

Zwanzig Minuten später parkten wir an der Ecke Hayes Street/Octavia Street neben einem kleinen Park namens Patricia's Green direkt im Zentrum von Hayes Valley mit seinen zahlreichen trendigen Geschäften, Boutiquen, Restaurants und Cafés.

In der Mitte des Häuserblocks befand sich ein großer Parkplatz, und gleich daneben lag, wie eine sonnenbeschienene Trattoria am Strand, das Chuck's.

Die Tische im Freien wurden von großen Schirmen beschattet. Im Inneren zog sich ein mächtiger Tresen an zwei Wänden entlang. Quadratische Holztische standen fein säuberlich in Reih und Glied. So früh am Vormittag hatten nur wenige Menschen Lust auf einen Burger, aber die Servicekräfte bereiteten sich schon auf den bevorstehenden Ansturm zur Mittagszeit vor. Chic sahen sie aus, in ihren aquamarinblauen Cowboyhemden mit Perlmuttknöpfen sowie den eng anliegenden weißen Jeans.

Ich zeigte der jungen Frau an der Kasse meine Dienstmarke und bat sie, mich beim Geschäftsführer anzumelden. Sie funkte Mr. Kent Sacco an, und dreißig Sekunden später kam ein pummeliger Mann Anfang dreißig aus einem Büro im hinteren Teil des Gebäudes. Er begrüßte uns mit einem schweißnassen Handschlag und einer Visitenkarte.

Wir setzten uns an einen Tisch beim Fenster, und ich eröffnete Mr. Sacco, dass die Opfer des Unfalls auf der Brücke von vergangener Woche ihre letzte Mahlzeit wahrscheinlich bei Chuck's eingenommen hatten.

»Wir müssen uns die Bänder aus Ihren Überwachungskameras ansehen«, sagte ich.

»Natürlich. Kann ich sonst noch etwas für Sie tun?«

»Wir hätten gern eine Liste mit Namen und Anschrift sämtlicher Beschäftigter.«

Sacco nahm uns mit nach hinten in sein Büro und druckte uns eine Personalliste sowie Kopien der Ausweispapiere aus. Dann ließ er uns für einen Augenblick allein und holte die DVDs mit den Aufnahmen aus insgesamt vier Kameras, zwei im Inneren und zwei außerhalb des Restaurants.

Auf dem Weg nach draußen erstand Conklin ein paar Burger mit Beilagen. Im Interesse einer umfassenden Aufklärung machte ich ihm nach unserer Rückkehr ins Büro ein Angebot: Ich würde ihm einen Burger abnehmen. Ich hatte zwar wahnsinnigen Hunger, aber trotzdem unterzog ich das Fleisch zunächst einer sorgfältigen Prüfung. Dann klappte ich das Brötchen wieder zu und aß alles auf. Es schmeckte köstlich.

Anschließend nahmen Conklin und ich uns die Videoaufnahmen vor. Wir zuckten zusammen, als wir die grobkörnigen Bilder sahen, auf denen David Katz und Lara Trimble sich Hamburger, Limonade und Pommes frites zum Mitnehmen bestellten. Ein junges Cowgirl nahm die Bestellung entgegen, kassierte und reichte ihnen im Gegenzug eine volle Tüte. Die zukünftigen Bombenopfer nahmen die Tüte in Empfang und verließen Arm in Arm das Restaurant.

Wir sahen uns die Aufnahmen immer wieder an, vorwärts und rückwärts, vergrößert, in Zeitlupe, nahmen jeden einzelnen Bildausschnitt genauestens unter die Lupe.

Bis auf die junge Frau hinter dem Tresen hatte niemand mit den beiden gesprochen, und es gab nicht die leiseste Andeutung einer Auseinandersetzung.

Ich rief Clapper an und sagte ihm, was wir bis jetzt hatten. Er bat mich, ihm die Personalliste mit den Kontaktdaten zu schicken, und sagte, er wolle seinen Kontaktmann beim FBI informieren.

»Die werden das Chuck's auseinandernehmen«, sagte er.

6 Der Tag ging langsam zu Ende. Wir waren bei den Körperbomben keinen Schritt weitergekommen, und ich hatte Hunger. Gerade als ich in meine Jacke schlüpfen wollte, tauchte Brady vor uns auf.

»Ich habe einen Anruf vom FBI bekommen«, sagte er.

»Was Neues über die Körperbomben?«, wollte ich wissen.

»Seht euch einfach die E-Mail an, die ich euch geschickt habe.«

Conklin und ich taten wie geheißen und bekamen die grobkörnige Schwarz-Weiß-Aufnahme einer Frau zu sehen, die irgendwo auf einer Dorfstraße aus einem Postamt kam. Sie kam mir irgendwie bekannt vor, ich wusste nur nicht genau, woher. Conklin hingegen schien zur Salzsäule erstarrt zu sein. Er wirkte vollkommen erschüttert.

Brady sagte: »Das ist unsere alte Freundin Mackie Morales, irgendwo in einem verschnarchten Städtchen in Wisconsin.«

Jetzt erkannte ich sie auch. Sie hatte sich die langen Locken abgeschnitten, die ihre natürliche Schönheit immer besonders gut zur Geltung gebracht hatten. Jetzt trug sie sehr kurze Haare und dazu eine Leinenjacke, die ihr bis weit über die Hüften reichte. Mackie war schlank und ziemlich knochig. Mit der entsprechenden Kleidung konnte sie daher problemlos als Mann durchgehen.

Die Erkenntnis rief mir etliche Bilder und eiskalte Erinnerungen ins Bewusstsein. Sie drehten sich um Randy Fish, einen grausamen Serienkiller, der mich zur Zielscheibe seiner Besessenheit auserkoren hatte. Eigentlich hätte er jetzt gerade in der Todeszelle schmoren müssen, aber stattdessen saß er seine achtmal lebenslänglich in einer besonders knusprigen Ecke der Hölle ab.

Und diese Frau, Mackenzie alias Mackie Morales, war Fishs Herzblatt gewesen. Sie war Mitte zwanzig und hatte den Sommer über bei uns in der Mordkommission ein Praktikum absolviert, im Zusammenhang mit ihrer angeblichen Doktorarbeit in Psychologie. Dabei hatte sie sich einen Weg in Conklins Herz gebahnt und die Informationen, die sie im Lauf des Praktikums gesammelt hatte, genutzt, um mehrere Morde zu begehen.

Sie hatte vorgehabt, uns auf eine falsche Fährte zu locken, bei ihrem Geliebten Eindruck zu schinden und ihn zu befreien.

Doch ihr Plan war nach hinten losgegangen.

Eigentlich hätte auch sie jetzt in der Todeszelle schmoren müssen, aber sie war aus dem Krankenhaus entwischt und seither spurlos verschwunden – bis jetzt.

Ich sah Conklin an, der das Foto von Morales regungslos anstarrte. Ich wusste, dass er sich immer noch schämte, weil diese kriminelle Irre ihn übertölpelt hatte. Aber mich hatte sie ja genauso übertölpelt.

Ich musste an die drei Monate denken, die Morales hier mitgearbeitet hatte – eine geschickte und nur schwer fassbare Mörderin, die sich sehr überzeugend als unsere fröhliche Sommer-Bürokraft präsentiert hatte. Niemand von uns war sicher, solange Morales frei herumlief.

»Ist sie in Gewahrsam?«, wandte Conklin sich an Brady.

»Ich fürchte, nein. Die Aufnahme stammt aus einer Überwachungskamera gegenüber dem Postamt in Two Rivers,

Wisconsin. Das ist eine halbe Stunde von Cleveland entfernt. Ein Kunde des Postamts hat Morales auf dem Fahndungsplakat erkannt, aber danach hat es trotzdem noch etliche Tage gedauert, bis das Video schließlich beim FBI gelandet ist. – Mittlerweile kann sie überall sein«, meinte Brady. »Also haltet die Augen offen. Und viel Spaß heute Abend, Boxer. Gebt gut auf meine Süße acht.«

7

Claire hatte Yukis Verlobungsparty in Windeseile organisiert. Die Gästeliste war zu einhundert Prozent weiblich. Anstatt uns in Susie's Café, unserer Stammkneipe, zu treffen, gingen wir ins Rickhouse, ein Bar-Restaurant im Bankenviertel mit exquisiten Cocktails sowie einer ausgesprochen gemütlichen Atmosphäre, die der Backsteinarchitektur und den Bourbon-Fassdauben an den Wänden zu verdanken war.

Ich war zu spät dran, aber mit ein klein wenig Unterstützung durch den Oberkellner entdeckte ich Claire, Yuki und Cindy auf der Galerie über der Bar.

Yuki war in Bürokleidung erschienen und sah fantastisch aus: ein Klassiker von I. Magnin aus den Sechzigerjahren, schwarzes Seidenchiffon mit Strassbesatz, und dazu die offenen silbernen Pumps, für die sie sonst nie die passende Gelegenheit hatte.

Außerdem prangte am Ringfinger ihrer linken Hand der Diamantring ihrer Mutter, ein vierkarätiger Solitär, groß wie eine Silberzwiebel. Das Ding brachte unseren kleinen Tisch beinahe von alleine zum Leuchten.

Claire stand auf, sodass ich neben Yuki schlüpfen konnte, und sagte: »Wir trinken gerade was, das heißt ›Corpse Reviver Number Five‹. Ich finde, das sollten wir zu unserem Standard-Drink machen.«

»Was ist denn da drin, wenn ich fragen darf?«

Cindy meinte: »Genau das Gegenteil von Balsamierflüssigkeit«, und hob ihr Glas, um mir den sonnig wirkenden Inhalt zu zeigen. Cindy ist genauso blond wie ich, aber im Gegensatz zu mir hat sie Korkenzieherlocken und niedliche, leicht vorstehende Schneidezähne. Und Kleidergröße sechsunddreißig.

»Die Hauptzutat ist Tequila«, fuhr Cindy fort. »Wir rechnen jeden Moment damit, dass Yuki umkippt. Brady wartet bloß auf unseren Anruf, damit er sie abholen kann.«

Yuki grinste. »Vielen Dank für euer Vertrauen.«

»Gern geschehen«, erwiderten wir anderen einstimmig. Es war kein Geheimnis, dass Yuki nur wenig vertragen konnte und eine Schwäche für Margaritas hatte, und dieser Totenauferwecker war geschmacklich nicht weit von ihrem Lieblingscocktail entfernt.

Ich bestellte mir das Gleiche wie die anderen, und als mein Drink serviert wurde, prosteten wir der zukünftigen Braut der Reihe nach zu. Wir hatten ihr im Lauf der Jahre wegen ihres chaotischen Beziehungslebens oft genug ins Gewissen geredet. Einer ihrer Ehemaligen hatte sogar versucht, sie umzubringen.

»Auf Yuki, und danke, dass die Zeit der hoffnungslosen Versager endlich vorbei ist.«

»Darauf trinke ich«, sagte sie.

»Auf dich und Brady«, sagte Cindy. »Das perfekte Paar.«

»Darauf trinke ich auch«, erwiderte Yuki bereits ein wenig schleppend. Dann schlürfte sie das Glas bis auf den letzten Rest leer.

Claire sagte: »Also Schätzchen, auf den besten Sex, die besten Freundinnen und das beste Leben hier auf Erden.«

»Hört, hört«, sagte ich.

Wir stießen mit unseren nach Zitrone und Ananas schmeckenden Tequila-Cocktails an. Yuki stellte ihr leeres Glas auf den Tisch und senkte den Kopf. Ich sah, wie sich auf ihren Wimpern ein paar Tränen sammelten, und legte ihr den Arm um die Schulter.

»Na, na, nicht weinen. Was ist denn los, um alles in der Welt?«

»Das sind Glückstränen«, erwiderte sie. »Weil ich euch drei so schrecklich lieb habe. Und weil ich meine verrückte Mom vermisse.«

»Es hätte sie so glücklich gemacht«, sagte Claire. »Dass du diesen starken, tapferen blonden Mann heiratest.«

Yuki lächelte, legte den Kopf schief und sagte mit der Stimme ihrer Mutter: »Yuki-eh, sei gut Frau. Koche, was er mage. Sage imma ja. Sitze gerade.«

Wir lachten aus voller Kehle. Dann stellte ich Yuki ungefähr hundert Fragen, die sie ohne das geringste Zögern beantwortete – wie sie sich die Hochzeit und die Flitterwochen vorstellte und dass Brady zu ihr ziehen würde, in die ehemalige Wohnung ihrer Mutter, und zwar, sobald sie von der Kreuzfahrt zurück seien.

Claire bestellte die Rechnung, und Cindy beugte sich zu mir. »Ich glaub, ich kann nich' mehr fahr'n.«

»Dann übernehme ich das«, erwiderte ich.

Sobald Cindy sich auf dem Beifahrersitz angeschnallt hatte, ließ ich die Fenster herunter und gab meinem treuen Explorer die Sporen. Während der Fahrt erzählte ich ihr von den Körperbomben – inoffiziell. Und als ich damit fertig war, berichtete ich ihr, dass Mackie Morales in Wisconsin aufgetaucht war.

Cindy seufzte. »War ja klar, dass das irgendwann passieren würde. Aber ich habe trotzdem gedacht, dass sie vielleicht über die Grenze gegangen ist, damit das FBI sie aus dem Blick verliert.«

Ich wusste, dass Cindy an Mackie und Richie dachte.

Und auch ich musste an Mackie denken. Als ich sie das letzte Mal gesehen hatte, da war sie ein schwer verletztes und blutüberströmtes Opfer eines Autounfalls gewesen. Randy Fish war dabei gestorben und ihr gemeinsames Kind dem Tod nur knapp entkommen. Ich hatte gesehen, wie Richie zu ihr in den Notarztwagen gestiegen war. Da war sie mit Handschellen an die Trage gefesselt gewesen. Seither hatte ich nie wieder etwas von ihr gehört, bis zu Bradys Worten am heutigen Tag.

Mackie hätte niemals entkommen dürfen. Es war ein Verbrechen, dass sie auf freiem Fuß war und nichts sie daran hindern konnte, erneut zu morden.

Als ich gerade loswettern wollte, dass Morales eine Irre wie aus dem Lehrbuch war, meldete sich mein Handy. Es war Joes Klingelton.

Ich gab ihm meine momentane Position und die voraussichtliche Ankunftszeit durch, und als ich auflegte, standen wir schon vor Cindys Apartmenthaus. Hier hatten sie und Richie zusammengelebt.

Ich wollte ihr noch einmal sagen, dass sie unbedingt umziehen musste, dass sie einen Neuanfang wagen sollte, ohne ständig und überall auf Richies Spuren zu stoßen, doch noch bevor ich den Mund aufmachen konnte, nahm sie mich fest in den Arm und sagte: »Mach dir um mich keine Sorgen, Linds.«

»Ich kann's nicht ändern«, sagte ich und erwiderte ihre Umarmung.

»Alles ist gut, okay?«

»Okay.«

Natürlich machte ich mir Sorgen um sie. Cindy war hart im Nehmen, aber sie war nicht unverwundbar. Ich sah ihr hinterher, bis sie im Haus verschwunden war. Dann lenkte ich den Wagen wieder hinaus auf die Kirkham Street. Ich dachte an unsere Viererbande, die Cindy scherzhaft den Club der Ermittlerinnen getauft hatte.

Claire und ich waren glücklich verheiratet, und Yuki stand kurz davor, sich an einen Mann zu binden, der ganz ohne Zweifel ein guter Mensch war. Während ich also nach Hause fuhr, wo mein geliebter Mann auf mich wartete und mein kleines Mädchen schlafend im Bettchen lag, da überkam mich ein Gefühl der Dankbarkeit. Ich hatte großes Glück gehabt.

Und dieses Glück wünschte ich auch Cindy von ganzem Herzen.

8 Cindy ging durch ihre Erdge-
schosswohnung, knipste eine
Lampe nach der anderen an und
dachte, dass jedes Mal, wenn sie
mit den Mädels zusammen war und das Gespräch eine inte-
ressante Richtung nahm, eine oder alle drei sich zu ihr um-
drehten und riefen: »Das ist aber inoffiziell, Cindy.«

Es war so was wie ein Running Gag, nur leider kein bisschen witzig. Also, Folgendes: Wenn sie ohnehin ständig und
voreilig verdächtigt wurde, private Informationen an die
Öffentlichkeit zu tragen, warum sollte sie es dann nicht tun?

Als Lindsay ihr vorhin im Auto von Mackie Morales' Auftauchen in Wisconsin erzählt hatte, da hatte sie jedenfalls auf
die übliche Warnung verzichtet. Wenn Morales also nicht inoffiziell war, dann gehörte sie ihr. Und Morales war ein Kracher.

Sie hatte drei Menschen ermordet. Sie war auf der Flucht.
Und sie war noch nie interviewt worden. Eine persönliche Begegnung mit Mackie Morales samt einem ausführlichen Bericht, das war der Traum einer jeden Polizeireporterin.

Seit fünf Jahren hatte Cindy diese Stelle beim *San Francisco Chronicle* inne, und wenn man den Worten ihres He-
rausgebers glauben konnte, dann war sie ein aufgehender
Stern am Journalistenhimmel. Ihr Gehalt war regelmäßig auf-
gebessert worden, und sie hatte eines der heiß begehrten Büros mit eigener Tür ergattert. Ihre Kolumne erschien regelmäßig auf der Titelseite, und zwar in der oberen Hälfte, sowie
auf der Homepage der Zeitung.

Aber nach Cindys eigenen, zugegebenermaßen hohen Ansprüchen hatte sie bis jetzt noch keinen wirklichen Scoop gelandet.

Sie steuerte den kleinen Erker mit der Fensternische an, der ihr als Arbeitsbereich diente, fuhr den Laptop hoch und ging anschließend in die Küche, um heißes Wasser aufzusetzen. Danach wusch sie sich das Gesicht und schlüpfte in eine karierte Schlafanzughose sowie eines von Richies Dienst-T-Shirts mit dem Spruch »Oro en Paz, Fierro en Guerra«. Auf gut Deutsch: »Gold im Frieden, Eisen im Krieg.«

Solange sie Richies T-Shirts trug, in dieser Wohnung wohnte, in dem Bett schlief, das sie sich einst geteilt hatten, würde es ihr noch schwerer fallen, über ihn hinwegzukommen, das war Cindy sehr wohl bewusst. Aber sie war noch nicht bereit dazu, über ihn hinwegzukommen.

Sie liebte ihn. Er liebte sie. Er hatte ihr einen Heiratsantrag gemacht, und sie hatte ja gesagt. Dann hatte sie Mist gebaut.

Sie konnte sich noch sehr lebhaft an den Abend erinnern, an dem sie ihre Verlobung aufgelöst hatten, mitten auf der Jackson Street, im strömenden Regen, nach einem Streit über ihre zukünftigen Kinder, einem Streit, den sie schon viele Male gehabt hatten.

So lautete die Schlagzeile: Er will Kinder. Sie will Karriere. Zunächst.

Beide behaupteten, es sei von Anfang an so gewesen.

Doch die Aussicht auf eine lebenslange Bindung hatte dafür gesorgt, dass sie ihre individuellen Bedürfnisse noch mehr zugespitzt hatten als zuvor. Zumindest war das ihre Sicht der Dinge. Sie hatte zwar nicht gesagt, dass sie niemals Kinder haben wollte, aber so hatte er sie verstanden.

Zu diesem Zeitpunkt hatte Mackie Morales sich bereits in die Mordkommission hineingemogelt und Richie nach allen

Regeln der Kunst manipuliert. Sie hatte sogar ihren bezaubernden, vaterlosen kleinen Sohn dazu benutzt, um Richie für ihre eigenen Zwecke einzuspannen.

Richie war zwar alles andere als dumm, aber er war darauf hereingefallen. So gut war Morales! Und nachdem sich herausgestellt hatte, dass sie eine eiskalte Mörderin war, hatten Richies Herz und sein Vertrauen einen weiteren schweren Schlag erlitten.

Ein beschissenes Kuddelmuddel, anders konnte man das nicht bezeichnen.

Aber als Lindsay vorhin erwähnt hatte, dass Mackie Morales wiederaufgetaucht war, da hatte sich eine Idee von der Größe und der Schönheit eines weißen Vierkaräters in ihrem Kopf breitgemacht.

Sie war eine hervorragende Investigativ-Journalistin.

Sie konnte Mackie aufspüren und der Polizei im Tausch gegen die Möglichkeit eines exklusiven Interviews bestimmte Informationen anbieten. Ein Interview mit Mackie Morales, das wäre ein gewaltiger Karriereschritt.

Außerdem würde Rich Conklin davon erfahren, und es würde ihn sehr berühren.

Ehrlich gesagt, sie war sich ziemlich sicher, dass er die Gelegenheit, sie wiederzusehen, gerne wahrnehmen würde.

9 Cindy nahm die Tasse Earl Grey mit an den Arbeitsplatz und setzte sich auf den hydraulischen Schreibtischstuhl mit dem Memory-Schaumkissen. Sie ging ihre E-Mails durch und beantwortete alle, die irgendwie mit der Arbeit zusammenhingen.

Anschließend öffnete sie die Dateien, die sie vor einiger Zeit zu der Mackenzie-Morales/Randolph-Fish-Geschichte angelegt hatte.

Sie wollte sich wieder mit Morales vertraut machen: geboren in Chicago, unverheiratet, aber Mutter eines kleinen Jungen namens Ben. Er musste heute vier Jahre alt sein. Sein Vater war der berüchtigte und mittlerweile tote Serienkiller Randy Fish.

Cindy las sich die drei Mordanklagen gegen Morales durch, genau wie das Interview, das sie mit Lindsay geführt hatte, nachdem diese Fishs letzte lebende Augenblicke und seinen Tod hautnah miterlebt hatte.

Und dann war da noch das Zitat der Pressesprecherin des San Francisco Police Department: »Mackenzie Morales hatte drei Morde gestanden, als ihr trotz polizeilicher Überwachung die Flucht aus dem Metropolitan Hospital gelang. Sie ist eine hochintelligente Frau, sehr gefährlich und möglicherweise bewaffnet. – Falls Sie Mackenzie Morales sehen, sprechen Sie sie nicht an, sondern verständigen Sie die Polizei.«

Zur Kenntnis genommen.

Sie ging ins Netz und tippte »Mackenzie Morales« in die Suchmaschine ein. Zweieinhalb Sekunden später war der Bildschirm voll mit Treffern: Geschichten und Artikel über Morales.

Sie klickte zunächst die neuesten Artikel an und bekam vier Monate alte Bilder zu sehen, auf denen Morales in einen Notarztwagen geschoben wurde. Die vertraute Gestalt neben der Trage, das war Richie. Er war damals durch die Hölle gegangen.

Sie starrte das Bild einen Augenblick lang an, dann klickte sie weiter.

Nachdem sie sämtliche öffentlich verfügbaren Informationen über Morales und Fish durchgearbeitet hatte, loggte sie sich bei LexisNexis ein, einer kostenpflichtigen Datenbank für Gerichtsakten und andere, öffentlich zugängliche, juristische Unterlagen.

Die Akte über Fish war sehr umfangreich. Das FBI hatte ihn mit dem Tod von acht jungen Frauen in Verbindung gebracht, die alle auf brutale Weise ermordet worden waren. Fish war ein sadistischer Sexualstraftäter, ein Killer, der sich an den Qualen seiner Opfer weidete und sich dort den ganz besonderen Kick holte. Dieses Krankheitsbild war seit Hunderten von Jahren bekannt und ausführlich dokumentiert und erforscht worden.

Fish hatte kein einziges Presseinterview gegeben, aber während Cindy sich durch die Gerichtsprotokolle arbeitete, entdeckte sie eine kleine Information, die bisher nur wenigen oder vielleicht sogar niemandem aufgefallen war. Randy Fishs Vater hatte ein Häuschen am Lake Michigan besessen, in einem Städtchen namens Cleveland, Wisconsin.

Cindy sah sich im Grundbuchregister um und stellte fest, dass der Besitz immer noch auf einen gewissen William Fish eingetragen war. Das Grundstück war schuldenfrei und nie verkauft worden.

Das war von großer Bedeutung. Morales war keine fünfzig Kilometer von William Fishs Haus entfernt gesehen worden.

Cindy nahm den Teebecher in die Hände. Ihr wurde ganz schwindelig, als sie einen Zusammenhang herstellte, den vor ihr noch niemand hergestellt hatte.

Sie stellte sich vor, wie sie Morales interviewte. Sie sah den kleinen grauen Raum, den grauen Tisch, dahinter Morales ganz in Orange, mit Handschellen und Fußfesseln. Sie würde Mitgefühl zeigen, würde sie dazu bringen, sich zu öffnen, ihr von Randy Fish zu erzählen. Cindy würde eine Enthüllungs- geschichte über Fish und Morales verfassen, die das Zeug hatte, ein Klassiker der Kriminalliteratur zu werden, ähnlich wie die Interviews mit Bundy, Gacy, BTK und Dahmer.

Fish und Morales hatten Bonnie und Clyde in den Schat- ten gestellt.

Aber zuerst musste sie ihren Chef Henry Tyler, Heraus- geber des *Chronicle*, um eine Genehmigung bitten. Tyler mochte sie, aber für diese Geschichte musste sie in einen anderen Bundesstaat fahren und konnte ihren regelmäßigen redaktionellen Aufgaben nicht nachkommen.

Sie musste also verdammt überzeugend sein.

Cindy klappte den Laptop zu und ging zu Bett, dann schmiegte sie sich an das riesige Kissen, das Richie gehört hatte.

Sie lag noch über eine Stunde lang wach, ließ sich das Ge- such immer wieder durch den Kopf gehen, korrigierte hier und verfeinerte da. Als sie am nächsten Morgen aufwachte, fühlte sie sich gestärkt und bereit loszulegen.

10

Gründlich vorbereitet, betrat Cindy das alte neugotische Gebäude des *Chronicle* an der Kreuzung Mission Street/5th Street. Um 8.15 Uhr sollte das Gespräch mit Henry Tyler stattfinden. Sie ging in ihr Büro, stellte die Taschen ab und nahm den Fahrstuhl in die Vorstandsetage.

Die Türen glitten auf, und sie begrüßte die Sekretärin mit einem kurzen »Hallo«. Ein Summer ertönte, und sie trat durch die gläserne Doppeltür.

Der Weg führte sie durch den mit Teppichen ausgelegten Flur Richtung Tylers Büro. Fünf Minuten zu früh. Perfekt.

Tyler saß hinter einem gewaltigen Glasschreibtisch. Sein Eckbüro hatte zahlreiche Fenster und war mit zinnfarbenen Ledermöbeln ausgestattet. An drei Wänden hingen abstrakte Gemälde.

Er war ein gut aussehender Mann Mitte fünfzig, hatte in Harvard studiert, als Journalist bei der *New York Times* und als Korrespondent bei Reuters gearbeitet und war jetzt in erster Linie Chef.

Er legte den Telefonhörer auf die Gabel und winkte Cindy heran. »Wir haben uns eine ganze Weile nicht gesehen. Ist alles in Ordnung?«

Cindy hatte sich vorgenommen, ihr Vorhaben kurz und bündig vorzutragen und gleichzeitig möglichst vage zu bleiben. Ihr blieben vermutlich nicht mehr als zwei Minuten, um Tyler zu ködern.

Sie setzte sich auf den angebotenen Stuhl und sagte: »Danke, Henry, alles bestens. Also, Folgendes: Ich habe da immer noch eine Geschichte über Mackie Morales im Kopf. Wissen Sie noch, wer das ist?«

»Na, klar. Irgendwie war sie mit dem SFPD verbandelt – und mit Randy Fish. War seine Geliebte, stimmt's? Und hat drei Menschen erschossen.«

Cindy nickte und sagte: »Morales ist eine ziemlich aufregende Figur, Henry. Wunderschön und eiskalt. Hat drei Morde begangen, von denen wir wissen, und das mit gerade mal sechsundzwanzig Jahren. Das zwischen Fish und ihr, das war eine symbiotische Beziehung. Ich glaube, er war ihr Mentor und sie so etwas wie seine Muse, seine Inspiration. Aber gleichzeitig ging es zwischen den beiden auch um Sex und Liebe. Dabei ist es für einen sexuell motivierten Sadisten wie Fish höchst ungewöhnlich, sich auf eine Liebesbeziehung mit einer Frau einzulassen, die seinem Beuteschema entspricht. Sie haben sogar ein gemeinsames Kind.«

»Aha«, erwiderte Tyler. »Interessant. Und Sie wollen einen größeren Artikel über dieses Killer-Pärchen schreiben. Im Stil einer Wochenendbeilage ungefähr?«

»Ich möchte ein Interview mit Morales führen.«

»Jetzt komme ich gar nicht mehr mit.«

»Tja, das Beste habe ich mir für den Schluss aufgespart. Ich habe eine heiße Spur, offiziell bestätigt. Morales ist auf den Aufnahmen einer Überwachungskamera zu erkennen, und ich habe eine Verbindung zwischen dem Standort der Kamera und einem bestimmten Aufenthaltsort entdeckt – als bisher Einzige, wenn mich nicht alles täuscht. Wenn ich recht habe und Morales sich tatsächlich dort versteckt, dann gebe ich der Polizei einen Tipp, aber nur unter der Bedingung, dass ich bei der Festnahme dabei sein darf. Und wenn das alles aufgeht …«

»Das sind aber ziemlich viele *Wenns*.«

Cindy lachte. »Sie wissen ja, dass genau das meine Spezialität ist: Die Wenns und Abers dieser Welt so lange zu bearbeiten, bis ich sie abhaken kann.«

Henry gönnte ihr ein wohlwollendes Lächeln. »Fahren Sie fort«, sagte er dann. »Ich bin ganz Ohr.«

»Bis jetzt gibt es kein einziges Interview mit Morales«, fuhr Cindy fort. »Nicht einmal ein polizeiliches Verhör, weil sie nämlich entkommen ist, bevor sie verhört werden konnte. Ich weiß jedenfalls eine ganze Menge über sie. Ich kenne etliche ihrer persönlichen Bekannten. Ich traue mir zu, sie zu einer Art Lebensbeichte zu überreden, zu einem Bericht über ihre Liebesgeschichte des Jahrhunderts mit Randolph Fish.«

»Sie halten sich tatsächlich für so gut?«

Cindy grinste. »Absolut.«

»Muss ich Sie daran erinnern, dass diese Frau auf einer Gefährlichkeitsskala von eins bis zehn eine glatte …«

»… Fünfzehn wäre, ich weiß, Henry. Und ich habe gerade so viel Angst vor ihr, dass ich nichts Unüberlegtes tun werde.«

Tyler nickte nachdenklich. »Verstehen Sie mich nicht falsch. Ich habe schon angebissen, als Sie den Namen Morales das erste Mal erwähnt haben. Aber ich will auf keinen Fall einen Nachruf auf Sie verfassen müssen, haben Sie das verstanden, Cindy?«

Cindy lächelte. »Dann verrate ich Ihnen etwas, was Sie beruhigen wird. Ich habe einen Waffenschein. Und ich habe eine Pistole.«

Tyler war beeindruckt, das konnte man sehen. »Sie verblüffen mich immer wieder aufs Neue, Cindy. Können Sie auch damit umgehen?«

»Natürlich. Ich war zwei Jahre lang jedes Wochenende auf

dem Schießstand. Ich habe ja mit einem Polizeibeamten zusammengelebt.«

Tyler rollte ein Stück nach hinten, ließ seinen Drehstuhl
herumschwingen und starrte nachdenklich zum Fenster hinaus. »Wie lange brauchen Sie?«, fragte er schließlich.

»Ich halte Sie auf dem Laufenden.«

Um 9.00 Uhr marschierte Cindy in die Personalabteilung,
unterzeichnete eine Quittung und ließ sich einen Vorschuss
in bar geben. Ihre Reisetasche lag gepackt in ihrem Büro, und
ihre kleine, aber wirkungsvolle Pistole steckte sicher verpackt
in einer der Innentaschen.

Drei Stunden später startete ihr Flug. Ziel der Reise: Cleveland, Wisconsin.

11

Am nächsten Morgen, nach einer ruhelosen Nacht auf einer viel zu weichen Hotelmatratze, zog Cindy eine braune Hose, einen pastellfarbenen Strickpullover und braune Lederstiefel mit flachen Absätzen an. Die blonden Locken band sie zu einem Pferdeschwanz, schlüpfte anschließend in ihren Kamelhaarmantel und steckte die kurzläufige Smith & Wesson .38 Special ein.

Sie bezahlte die Übernachtung im *Red Moon Motel* mit ihrer Firmenkarte, setzte sich in den Mietwagen, einen Ford Focus, und machte sich auf den Weg nach Westen. Die Laptoptasche lag auf dem Beifahrersitz, ein Milchkaffee stand im Becherhalter, und in das Navigationsgerät hatte sie die Adresse von William Fishs einsam gelegenem Haus am See eingegeben.

Natürlich konnte sie sich nicht sicher sein, dass Mackie Morales tatsächlich dort gewesen war, aber die Chancen standen nicht schlecht. Sie war in einer Ortschaft irgendwo im Niemandsland gesehen worden, nur eine halbe Stunde von dieser dünn besiedelten Gegend entfernt.

Cindy konnte sich fast immer auf ihren Instinkt verlassen, und in diesem Fall hatte sie nicht den geringsten Zweifel, dass sie auf der richtigen Fährte war.

Sie gelangte auf den Lakeshore Drive, der sich am Ufer des Lake Michigan entlangzog, und fuhr nach Norden. Zu ihrer Linken flogen zahlreiche baumbestandene Grundstücke mit hübschen, etwas älteren Häusern vorbei, während zwischen den Bäumen auf der rechten Seite immer wieder kurz der See aufblitzte.

Sie fuhr weiter. Der Abstand zwischen den einzelnen Häusern wurde kontinuierlich größer, und zwischen den Wäldern funkelten, wie Stroboskoplichter, immer wieder Sonnenstrahlen auf.

Nach gut fünfzehn Kilometern meldete sich das Navi, und Cindy bog nach rechts auf einen Feldweg ab, der zum See führte. Der Weg war ziemlich uneben, voller Schlaglöcher und Spurrillen und zu beiden Seiten von hohen Bäumen gesäumt.

Jetzt teilte sich der Weg in zwei noch schmalere Fahrspuren, dann ertönte die Navistimme: »Sie haben Ihr Ziel erreicht.« Cindy entdeckte ein grün gestrichenes Häuschen im Landhausstil am Rand einer Lichtung. Die weißen Zierleisten und die Umrisse des Häuschens zeichneten sich klar und deutlich vor dem dunklen Wald ab. Es sah fast aus wie ein Scherenschnitt. Den See konnte man von hier aus nicht sehen.

Cindy fuhr am Haus vorbei und parkte den Wagen auf der Straße, die zum See führte. Von dieser Stelle aus war das Häuschen durch eine Lücke im Baumbestand gut zu erkennen. Sie schaltete den Motor aus und holte ein Fernglas aus der Tasche. Das Haus war allem Anschein nach in gutem Zustand. Kein Briefkasten, kein Auto. Der einzige Hinweis darauf, dass es bewohnt war, war ein kleines Dreirad auf dem schattigen Grasflecken, der als Garten diente.

Wohnte hier jemand?

Oder war das Haus verlassen?

Cindy überlegte, ob sie aussteigen und klingeln sollte. Sie konnte ja, falls jemand die Tür aufmachte, so tun, als hätte sie sich verfahren. Aber sie hätte zu gerne einen Blick durch die Fenster geworfen, gelauscht.

Doch da ihr Tarnmantel gerade in der Reinigung war, wollte sie nicht riskieren, dass Morales plötzlich mit einer geladenen Pistole in der Hand in der Tür auftauchte.

Das Dreirad war zwar kein Beweis, aber es bestand ganz eindeutig die Möglichkeit, dass Morales hierhergekommen war, um ihren kleinen Sohn zu besuchen.

Cindy hatte getan, was sie sich vorgenommen hatte. Sie war ihrer Spur bis ans Ende gefolgt. Jetzt musste der nächste Schritt folgen, und dazu brauchte sie Hilfe.

Mal sehen, was sie mit den Behörden vor Ort aushandeln konnte.

12

Cindy saß auf der Polizeiwache von Cleveland, Wisconsin, in der West Washington Avenue, und zwar im Amtszimmer von Captain Patrick Lawrence.

Der Captain war ein großer, untersetzter Mann um die vierzig. Er hatte dichtes braunes Haar und rote Flecken im Gesicht. Den rechten Arm trug er in einer Schlinge, weil er bei einer Waffenmesse versehentlich von einem Schuss getroffen worden war.

Lawrence telefonierte gerade mit einem gewissen Reilly und beklagte sich darüber, dass er kein Telefon und keinen Computer, ja nicht mal einen Kugelschreiber vernünftig halten konnte, verdammt noch mal, von schießen ganz zu schweigen. Dann sagte Reilly etwas, Lawrence hörte zu, lachte und erwiderte: »Ja, ja, die Linke funktioniert einwandfrei.«

Cindy blickte sich um, registrierte das Regal mit den Maskottchen der Green Bay Packers, die Scharfschützen-Plaketten an der Wand, die Fotos, auf denen der Captain mit einem Zwölfender posierte, sowie das Familienfoto mit der hübschen Ehefrau und vier Jungs, die alle ihrem Dad wie aus dem Gesicht geschnitten waren.

Lawrence sagte gerade: »Ich muss Schluss machen, Reilly, aber danke der Nachfrage.«

Dann legte er auf und wandte sich Cindy zu. »Bitte entschuldigen Sie«, sagte er. »Mein Schwager wollte sich erkundigen, wie es mir geht. Also, habe ich Sie richtig verstanden? Sie sind eine Journalistin aus San Francisco und haben einen Hinweis auf eine gesuchte Person erhalten, die sich angeblich in meinem Bezirk aufhält?«

»Sie ist eine gesuchte Mörderin«, sagte Cindy. »Mehrfach-Mörderin.«

»Und wie lautet der Name der Flüchtigen?«, wollte Lawrence wissen.

»Immer eins nach dem anderen, Captain«, sagte Cindy. Sie lächelte und demonstrierte, dass sie trotz Pferdeschwanz und Pastellfarben durch und durch Profi war. »Ich bin Ihnen gerne behilflich, diese Frau festzunehmen, aber ich möchte eine Gegenleistung dafür haben.«

»Na sicher. Sie wollen, dass ich Sie zu einem Angelausflug mitnehme, und falls etwas anbeißt, wollen Sie eine exklusive Geschichte haben. So was in der Art, Miss Thomas?«

»Ganz genau so, Captain. Und um mal bei dem Beispiel mit dem Angelausflug zu bleiben: Wir zielen auf einen weißen Hai, der sich in ihren Gewässern hat sehen lassen.«

Der Captain grinste. Es war, zugegeben, ein ziemlich nettes Grinsen.

»Man merkt sofort, dass Sie schreiben«, sagte er. »Was ist das denn nun für eine Spur, Miss…«

»Nennen Sie mich Cindy, bitte.«

»Also gut, Cindy. Nun mal raus mit der Sprache: Was genau wissen Sie? Und verschonen Sie mich mit überflüssigem Kram. Ich habe nur eine begrenzte Anzahl Personal zur Verfügung, und ich schicke garantiert niemanden los, bevor ich nicht ganz genau weiß, dass diese angebliche Mehrfach-Mörderin sich wirklich hier in der Gegend aufhält.«

Cindy erzählte dem Captain, dass die Flüchtige vom FBI gesucht wurde und von einer Überwachungskamera in einem

Radius von fünfzig Kilometern um Cleveland erfasst worden war.

»Ich werde den Namen meines Informanten nicht preisgeben, unter gar keinen Umständen. Aber ich war heute Morgen bei dem besagten Haus. Die Flüchtige hat ein kleines Kind, und ich habe im Garten ein Dreirad gesehen. Gut möglich, dass das gar nichts zu bedeuten hat. Aber das Haus würde sich wirklich hervorragend als Versteck eignen.«

Der Captain klopfte mit den Fingerspitzen auf seinen Schreibtisch. »Ich fürchte, das reicht nicht, Cindy. Wir können nicht einfach ohne eigene Nachforschungen irgendwo hinfahren, wo sich unter Umständen eine gefährliche Straftäterin aufhält. Geben Sie mir doch die Adresse, damit ich die Sache vernünftig angehen kann. Dann schicke ich ein Zivilfahrzeug mit Beschattern vorbei, und die beobachten erst mal das Haus … Wer kommt? Wer geht? Das Übliche eben, bevor wir da mit Waffen im Anschlag aufkreuzen. Verstehen Sie?«

»Das verstehe ich. Und nur damit es keine Missverständnisse gibt, Captain: Sie wollen diese Gesuchte auf jeden Fall in Gewahrsam nehmen. Sie wollen sie auf gar keinen Fall davonkommen lassen.«

»Das habe ich verstanden. Aber jetzt verraten Sie mir den Namen der Dame. Und falls wirklich ein Haftbefehl für sie besteht, dann sollen Sie auch auf Ihre Kosten kommen. Einverstanden?«

Cindy streckte ihm die Hand entgegen, und der Captain schlug mit seiner gesunden Linken ein. Als Cindy dabei war, »Mackenzie« zu buchstabieren, verharrte Captain Lawrences gesunde Hand plötzlich über der Tastatur.

»Mackie Morales. Das ist doch Randy Fishs Freundin.«

»Stimmt. Sie wissen über Fish Bescheid?«

»Ich bin mit ihm zur Schule gegangen. War schon immer

ein kleiner Scheißer, aber ich hab ihn unterschätzt. Immerhin hat er sich als einer der größten Scheißhaufen erwiesen, die in hundert Jahren aus diesem Bundesstaat hervorgegangen sind.«

»Er war skrupellos und durchtrieben«, bestätigte Cindy. »Genau wie Morales.«

Captain Lawrence sagte: »Ich bin dabei, Cindy. Erzählen Sie mir alles, was Sie wissen.«

13

Eine Stunde nach dem Treffen in Captain Lawrences Büro saß Cindy auf dem Beifahrersitz seines Streifenwagens. Sie standen ziemlich genau an derselben Stelle auf dem Waldweg hinter dem Haus, wo sie am Vormittag schon einmal gewesen war.

Cindy hatte die Bedingungen des Captains akzeptiert.

Sie durfte mit ihm zum angegebenen Ort fahren. Sie musste sich immer im Hintergrund halten und durfte sich auf keinen Fall einmischen. Alles, was er sagte, war inoffiziell, es sei denn, er erteilte ihr eine ausdrückliche Genehmigung für ein bestimmtes Zitat. Sie durfte nicht fotografieren und keinerlei Alleingänge unternehmen, sonst war die ganze Absprache null und nichtig.

Als Anerkennung für ihren Hinweis wollte Captain Lawrence sich bei Cindy zum einen öffentlich bedanken und sich zum anderen mit allen Mitteln, die ihm zur Verfügung standen, dafür einsetzen, dass sie die Exklusivrechte an der Geschichte bekam.

Das waren wirklich gute Bedingungen, zumal Cindy sich sicher war, dass er zu seinem Wort stehen würde.

Jedenfalls war die Operation nun in vollem Gang.

Nur wenige Minuten nach ihrer Ankunft vor Ort hatte ein zweiter Streifenwagen die Zufahrt zu dem langen Waldweg blockiert, der zu Fishs Haus führte. Außerdem befand sich ein Boot auf dem See, und im Wald hatten sich zwei bewaffnete Teams auf die Lauer gelegt.

Jetzt näherte sich ein weißer Lieferwagen mit der Aufschrift ZIMMER CONSTRUCTION dem Häuschen. Das Funkgerät im Wagen des Captains erwachte zum Leben, und Sergeant Bob Morrison berichtete, dass er und Officer Barton sich jetzt der Haustür näherten.

Captain Lawrence gab sein Okay, dann wandte er sich an Cindy: »Ich hab mich informiert. Ihren Artikel über Randy Fish... den hab ich damals schon gelesen. Tut mir leid, dass ich Ihren Namen nicht erkannt hab.«

»Das passiert. Ständig.«

»Es war ein guter Artikel, gut geschrieben. Ich denke immer wieder an Randy und überlege mir, wann er zu so einem Monster geworden ist. Er stammt aus einer guten Familie. Sein Vater war Zahnarzt...«

Das Funkgerät knisterte. Lawrence schnappte sich das Mikro und sagte: »Morrison? Was ist los?«

»Wir haben geklingelt, aber keine Reaktion, Captain. Wir sehen uns mal auf der Rückseite um.«

Die beiden als Bauarbeiter verkleideten Polizisten verschwanden aus dem Blickfeld. Wenige Minuten später waren sie wieder da. Der, der Morrison hieß, legte die Hände an die Schläfen, beugte sich vor das Fenster und blickte hinein. Danach gab er seinem Partner ein Zeichen, und dieser spähte ebenfalls ins Innere.

Lawrence sagte: »Habt ihr was entdeckt, Morrison?«

»Sieht so aus, als wäre da drin eine Sprengfalle aufgebaut, Captain.«

»Nichts wie weg«, befahl Lawrence.

Cindy hörte die hastig ausgetauschten Funksprüche zwischen dem Captain, den Männern im Wald und den als Bauarbeiter getarnten Polizeibeamten, die sich schnell wieder in ihren Lieferwagen zurückzogen.

Ihr Gehirn arbeitete fieberhaft. Sie wusste, wo ihre Geschichte ihren Anfang nehmen würde: Genau hier nämlich, mit Morrison, der Lawrence meldete, dass das Haus mit einer Sprengfalle versehen war, die jederzeit explodieren konnte. Das war ein fantastischer Einstieg. Kinowürdig.

Lawrence fuhr nach Süden Richtung Hauptstraße, dicht gefolgt von dem weißen Lieferwagen.

Er sagte: »Cindy, wir haben etwas zu besprechen.«

»Auf jeden Fall«, erwiderte sie. »Das Haus ist eine Sprengfalle. Das heißt, dass Morales dort Bomben deponiert hat, die in die Luft gehen, sobald die Ordnungshüter die Tür ...«

»Was ich meine«, fiel Captain Lawrence ihr ins Wort, »ist, dass wir über unsere Abmachung sprechen müssen. Falls Morales tatsächlich hier untergekrochen ist, dann darf sie auf keinen Fall etwas merken. Vielleicht kommt sie ja zurück, wenn sie glaubt, dass ihre sichere Unterkunft immer noch sicher ist. Und genau das wollen wir! – Aber ich *muss* jetzt das FBI verständigen. Bedanken Sie sich später mal, dass ich Ihnen das erspart habe. Die werden sich niemals auf einen Deal mit Ihnen einlassen, aber Sie werden Ihren Informanten preisgeben müssen. Hundertprozentig. Außerdem ist gar nicht gesagt, dass Morales etwas mit dieser Sprengfalle zu tun hat. Ein journalistisches Prinzip ist doch, dass man nur darüber schreiben darf, was man auch verifizieren kann, oder? Hab ich recht?«

»Zumindest ist das das journalistische Prinzip, dem ich mich verpflichtet fühle.«

»Also gut. Das heißt, Cindy ...«, Lawrence wandte sich zu ihr, während er den holperigen Feldweg entlangfuhr, »... dass Sie ohne meine ausdrückliche Erlaubnis kein einziges Wort über diese Angelegenheit schreiben dürfen. Kein einziges.«

14

Das Telefon auf dem Nachttisch riss mich aus dem tiefsten Tiefschlaf.

Ich war mir ziemlich sicher, dass wir Samstag hatten, und warf einen Blick auf die Uhr. 10.30 Uhr. Ich hatte mindestens sechs Stunden durchgeschlafen... und das Baby schrie immer noch nicht. Das war ein Grund zum Feiern!

Das Telefon klingelte weiter.

Joe, der neben mir lag, ächzte laut und sagte: »Ich nehm sie. Ich bin dran.«

Ich erwiderte: »Das ist Brady«, und griff nach dem Handy.

Was wollte er von mir? War heute nicht seine Hochzeit mit Yuki? Ich nahm das Gespräch an. Vielleicht sollte ich ja nur noch etwas für die Feier abholen. Nicht, dass Yuki womöglich kalte Füße oder er einen vierfachen Mord auf den Schreibtisch bekommen hatte, den er jetzt an mich abtreten wollte.

Ich meldete mich.

»Boxer, da hat gerade jemand eine Meldung gemacht, die sich sehr nach Körperbombe anhört. Willst du? Oder soll ich das an Paul Chi weiterleiten? Deine Entscheidung.«

Ich sagte: »Du kennst mich viel zu gut.«

Dann ließ ich mir die Adresse geben und sagte, dass ich in zwanzig Minuten vor Ort sein wollte. Mir war zwar nicht klar, wie ich das schaffen sollte, aber die Körperbomben gehörten mir. Ich rief Conklin an und erfuhr, dass sein Wagen in der Werkstatt und er bei Tina war.

»Zieh dich an«, sagte ich. »Und zwar sofort.«

Ich war gestern Abend mit der Vorstellung ins Bett gefallen, dass Joe und ich uns heute Morgen vielleicht lieben könnten. Und ich bin mir sicher, dass seine Gedanken ziemlich ähnlich ausgesehen hatten.

Aber ich stand auf und machte den Schrank auf. Holte eine Jeans und ein weißes bügelfreies Männerhemd heraus. Das Übliche.

»Das ist nicht fair«, sagte Joe.

»Ich mach's wieder gut, Joe. Ich schwöre.«

»Das habe ich doch schon mal gehört. Ein paar tausend Mal, um genau zu sein.«

Ich lachte, zog mich an, schnallte das Schulterhalfter um und schlüpfte ins Jackett. Ein blaues. In einen meiner drei fast identischen Blazer.

Dann nahm ich das Kleid, das ich zur Hochzeit anziehen wollte, aus dem Schrank – ein wunderschönes dunkelblaues, fast schwarzes Kleid, bestehend aus einem todschicken Taftrock, einem Taillenmieder und einem plissierten, eng anliegenden Oberteil. Meine Kette mit dem Saphiranhänger würde gut dazu passen. Sehr gut.

Ich hängte das Kleid an die Tür, durchwühlte das Regal im Schrank und stieß irgendwann auf die Schachtel mit meinen so gut wie nie getragenen schwarzen Stuart-Weitzman-Schuhen. Ich stellte sie vor das Kleid auf den Boden. Ich konnte es kaum erwarten, ein wenig glamourös auszusehen. Dann sagte ich zu meinem Mann: »Ich gehe jetzt, um mir diese explodierte Bombe anzusehen, und wenn ich Glück habe, bin ich in ein paar Stunden schon wieder da.«

»Na klar«, meinte Joe. »Aber irgendwie habe ich das Gefühl, als wäre das mit dem Glück nicht so einfach.«

»Sorgst du dafür, dass Maria Teresa auf Julie aufpasst?«

»Na, klar.«

»Bist du sauer?«, fragte ich ihn.

»Ach was, nein«, entgegnete Joe. »Wenn du glücklich bist, dann bin ich, äh, auch einigermaßen glücklich.«

Ich sagte ihm, dass ich ihn »so doll« liebte und breitete dazu die Arme so weit wie möglich aus.

Er lachte, und ich gab ihm einen Kuss. Dann warf ich einen Blick in Julies Bett und schickte ihr ein Luftküsschen, um sie nicht zu wecken. Martha kam mit mir vor die Tür und fiepte leise. Dazu setzte sie diesen bittenden, treuherzigen Hundeblick auf.

Ich huschte in die Küche zurück und machte ihre Schüssel voll.

»Alles okay so?«

Mein Gott.

Ich war immer noch zu Hause, während der Schauplatz einer Bombenexplosion auf mich wartete.

15

Conklin setzte sich zu mir ins Auto und strich eine braune Stirnlocke mit den Fingern zurück. »Brady hat gesagt, dass es eine Körperbombe war?«

»So hört es sich an.«

Wir fuhren in die Scott Street, unweit der Kreuzung mit der O'Farrell Street, und stellten das Auto vor einem zweistöckigen braunen Holzschindelhaus ab. Es war eines unter vielen und stand direkt unter einer Hochspannungsleitung in einer von Bäumen gesäumten Straße in der Western Addition.

Officer Shelly Adler nahm uns an der Tür in Empfang, gab uns einen kurzen Abriss der Situation und sagte, dass das Opfer – weiblich, weiß – in einer riesigen Blutlache tot auf dem Küchenboden lag. Es gab keinerlei Anzeichen für einen Einbruch, und das Verhältnis zwischen der alleinerziehenden Mutter und ihrem Sohn war völlig spannungsfrei gewesen.

»Was die Körperbomben angeht, Sergeant«, sagte Adler. »Das kann ich nicht beurteilen. Sie ist immer noch warm, also kann sie noch nicht lange tot sein. Sie heißt Belinda Beadle. Ihr sechzehnjähriger Sohn, Wesley, sitzt oben in seinem Zimmer. Mein Partner ist bei ihm.«

Conklin und ich trugen uns in die Anwesenheitsliste ein und waren gerade durch die Tür, als ein Jugendlicher mit braunen Haaren die Treppe heruntergestürmt kam. Adlers Partner rief ihm von oben noch hinterher: »Wes, du kannst da nicht hingehen«, aber es war bereits zu spät.

Der Junge sah schrecklich aus: blass, weit aufgerissene Augen, vielleicht hatte er einen Schock. Blut klebte ihm an den Händen und Wangen, und auch sein T-Shirt war vollkommen damit besudelt.

Er packte mich am Arm. Sehr fest.

»Das ist meine *Mom*«, sagte er. »Sie ist *explodiert*. Wie die Leute auf der *Brücke*.«

»Erzähl mir genau, was geschehen ist, Wes«, sagte ich.

Seine Brust hob und senkte sich. Dann schlug er die Hände vors Gesicht und fing an zu weinen. Es dauerte eine Weile, bis er sich mit dem Saum des T-Shirts über die Augen wischte und sagte: »Ich bin gestern Abend, beziehungsweise heute früh, nach Hause gekommen und habe noch geschlafen. Da habe ich einen lauten Knall gehört, *buuum*. Ich bin sofort runtergerannt und hab meine Mom auf dem Fußboden liegen sehen. Überall war Blut, alles von da.« Er legte sich beide Hände auf den Bauch. »Ich wollte mit ihr reden, wollte sie aufwecken, aber sie war *tot*. Sie war *tot*.«

Er war vollkommen außer sich. Am Boden zerstört. Und die Vorstellung, dass er das, was er an diesem Morgen gesehen hatte, nie wieder würde vergessen können, bereitete mir großen Kummer. Dass er den Anblick seiner toten Mutter für den Rest seines Lebens nicht wieder aus dem Kopf bekommen würde.

Conklin und ich ließen Wes in der Obhut von Officer Adler zurück, bückten uns unter dem Absperrband hindurch, welches das Wohnzimmer vom Rest des Hauses trennte, und fanden Belinda Beadle auf dem Küchenfußboden neben der Spüle in einer seltsam abgewinkelten Position vor. Ihre hellbraunen Haare waren frisch gekämmt. Sie war barfuß und geschminkt und trug einen marineblauen Bademantel.

Sie hatte sehr viel Blut verloren, genau wie Adler gesagt

hatte. Es hatte die gesamte Vorderfront ihres Bademantels durchnässt und auf dem Fußboden eine große Pfütze gebildet. Aufgrund ihrer Haltung lag der Schluss nahe, dass das Blut aus ihrem Bauchraum gekommen war. Die Wunde selbst konnte ich nicht erkennen, aber ich sah, dass der Bademantel noch intakt war. Im Gegensatz zur Kleidung der Opfer aus dem Jeep war er nicht in Fetzen gerissen worden.

Ich beriet mich mit Conklin, rief Clapper und den diensthabenden Gerichtsmediziner, Dr. Massimo, an und erstattete Brady Bericht. Dann kehrten wir ins Wohnzimmer zurück.

Ich musste Wesley noch ein paar Fragen stellen. Er saß auf einem Sessel zwischen zwei uniformierten Polizeibeamten.

Ich fragte ihn: »Kennst du vielleicht irgendjemanden, der deiner Mutter etwas antun wollte? Hatte sie einen festen Freund? Habt ihr Hamburger gegessen oder mit nach Hause gebracht? Oder sonst etwas vom Imbiss?«

Seine Antworten waren: Nein, nein, nein und nein.

Als der Minivan der Kriminaltechnik vorfuhr, bat ich Officer Adler, Wes in seinen Streifenwagen zu setzen und ihm für eine Weile Gesellschaft zu leisten.

Jetzt bevölkerten Kriminaltechniker das kleine Haus. Conklin und ich rückten an den Rand, während sie den Leichnam mitsamt der näheren Umgebung fotografierten. Ich bat sie, den Mülleimer aufzuklappen, aber: keine Hamburger-Folien. Keine einzige Fast-Food-Verpackung.

Der Gerichtsmediziner traf ein, und die Tote wurde umgedreht und auf eine Plastikfolie gelegt.

Erst jetzt entdeckte einer der Kriminaltechniker die Glock, die unter Belinda Beadles Körper gelegen hatte.

Ich bat ihn um einen Gefallen: »Könnten Sie bitte möglichst schnell feststellen, ob sie Schmauchspuren an den Händen hat?«

Während der Techniker Ms. Beadles Handrücken mit einem Wattebausch abtupfte, schlug Dr. Massimo den Bademantel der Toten beiseite.

»Legen Sie mich bitte nicht fest, aber vom ersten Eindruck her würde ich sagen, dass die Todesursache ein aufgesetzter Schuss mitten ins Herz war.«

Falls das Opfer sich die Verletzung selbst zugefügt hatte – und genau das schien der Fall zu sein –, dann hatte sie sich womöglich eine Trauerfeier mit geöffnetem Sarg gewünscht. Und vielleicht hatte sie gedacht, dass ihr Sohn gar nicht zu Hause war, als sie sich erschossen hatte.

»An ihrer rechten Hand kleben Schmauchspuren«, sagte der Kriminaltechniker und zeigte mir das Teströhrchen.

Conklin und ich fuhren mit Wes Beadle ins Präsidium und gaben ihm ein frisches SFPD-Sweatshirt. Dann befragten wir ihn mit eingeschaltetem Aufnahmegerät. Er sagte, ja, seine Mutter habe eine Pistole. Ja, das sei die Waffe. Ja, in letzter Zeit sei sie öfter traurig gewesen. Aber er hatte nicht gewusst, *wie* traurig. Und, nein, er kam freitags nicht immer nach Hause.

Wes weinte, beschimpfte sich selbst, weil er so ein schlechter Sohn gewesen war, und mir blieb keine andere Wahl. Ich stand auf, breitete die Arme aus, und er ließ sich hineinfallen und klammerte sich an mich.

Dann kam auch schon das Jugendamt. Wes hatte einen Onkel Robert, der ein Stück die Küste hinauf lebte, und ich versprach, ihn so lange anzurufen, bis ich ihn erreicht hatte.

Als es dann so weit war und ich Robert Beadle erzählen konnte, was sich zugetragen hatte, fing plötzlich mein Handy an zu piepsen. Ich hatte den Alarm persönlich einprogrammiert. Was war denn los?

Ich konnte es kaum glauben. Die Hochzeit begann in fünfundvierzig Minuten – und Conklin und ich steckten immer noch in unseren Arbeitsklamotten.

Was mich anging, durfte ich Yukis Hochzeit unter keinen Umständen verpassen.

Das durfte nicht geschehen.

16

Ich gab Conklin die Autoschlüssel und rief meinen Mann an. »Das ist ein Notfall, Joe. SOS.«

Joe brauchte fast eine halbe Stunde bis zur Hall of Justice. Er trug den Zweitausend-Dollar-Anzug, für den er nur noch selten eine passende Gelegenheit bekam. Und mein messerscharfes Designerkleid hing an dem Haken über der Rückbank seines Wagens.

Sogar an meine Schuhe hatte er gedacht.

Und an mein Schminktäschchen.

Ich liebe meinen Mann. Ich *liebe* ihn.

Ich setzte mich auf den Rücksitz, und Joe jagte fast mit Schallgeschwindigkeit über die weltberühmten Achterbahnstraßen von San Francisco.

Ich kämpfte mit Unterwäsche, Schnallen und Druckknöpfen, während das Auto unentwegt bergauf oder bergab kurvte. Es war fast zum Schreien. Und die Schminkerei erst, die war *wirklich* zum Schreien. Ich hielt mir einen fünf mal fünf Zentimeter großen Spiegel vors Gesicht und versuchte alles, um nicht über die Ränder zu malen. Dann besprühte ich mich mit Parfüm, und Joe bekam auch ein bisschen was ab.

»Hey«, sagte er. »Aufpassen, Blondie.«

Als wir in die Tiefgarage des Rathauses rollten, hatten wir noch zwei oder drei Sekunden Zeit. Dass Yukis Heirat ausgerechnet hier stattfand, in diesem wunderschönen Gebäude, das uns allen, die wir bei der Strafverfolgung arbeiteten, so vertraut war, war einfach perfekt.

Zumal sie in der Rotunde getraut werden sollte.

Joe packte mich an der Hand, und wir rannten nach oben in die runde Zeremonienhalle aus pinkfarbenem Tennessee-Marmor. Am Fuß der Treppe warteten schon ungefähr fünfzig Gäste auf den Beginn.

Mein Blick fiel auf Brady. Er war größer als die meisten Anwesenden, und seine blassblonden Haare fielen ihm bis über die Schultern. In seinem schieferblauen Anzug sah er aus wie ein Filmstar.

Jetzt drehte Brady sich zu mir um, und ich konnte auch Yuki sehen. Sie trug ein Futteralkleid aus weißer Seide, hatte die Haare mit perlenbesetzten Kämmen hochgesteckt und sah unfassbar schön aus. Ihr riesiger Brautstrauß bestand aus cremefarbenen Pfingstrosen mit pinkfarbenen Bändern. Ach ja…

Brady und Yuki sahen aus, als gehörten sie auf die Modeseiten des *Chronicle*, und zwar als schönstes Paar des Jahres.

Yuki rief: »Alles klar, wir können anfangen. Lindsay ist da.« Dann hallte ihr glockenhelles Lachen durch das weite Rund, und sie machte ein paar selbst ausgedachte Tanzschritte. Brady ist eigentlich nicht der Typ, der laut lacht. Gut möglich, dass dies das allererste Mal war, dass ich sein herzhaftes »Ahahaha« zu hören bekam.

Richter James Devine trug einen schwarzen Anzug und eine gelbe Fliege. Er räusperte sich, und während die Hochzeitsgäste sich um den Fuß der Treppe herum gruppierten, stiegen Yuki und Brady Hand in Hand hinauf. Dann standen sie unter der fantastischen goldenen Kuppel vor dem Richter. Sie sahen aus wie die Spitze einer außergewöhnlichen pinkfarbenen Hochzeitstorte.

Die Ansprache begann mit einfachen, traditionellen Worten.

»Liebes Hochzeitspaar, liebe Freunde und Verwandte, liebe Gäste, wir haben uns heute hier zusammengefunden, um diese beiden auf ihrem Weg in den Stand der Ehe zu begleiten.«

Ich musste an meine eigene Hochzeit denken, die noch gar nicht so lange zurücklag, und als Brady und Yuki die Ringe tauschten und die Gelübde sprachen, da war ich mit ganzem Herzen bei ihnen.

James Devine sagte: »An der Ostwand der Rotunde befindet sich ein Kupferstich von Father Time, und darunter lesen wir folgende Inschrift: ›San Francisco, oh glorreiche Stadt unserer Herzen, die du versucht wurdest und der Versuchung widerstanden hast. Bestehe fort in diesem Geist, auf dass die Zukunft dir gehöre.‹ – Und genau das wünsche ich euch beiden. – Hiermit erkläre ich dich, Jackson Brady, und dich, Yuki Castellano, zu Mann und Frau. Jackson, du darfst die Braut küssen.«

Brady nahm Yukis Gesicht in beide Hände, küsste sie und hob sie hoch. Von tosendem Beifall umbraust trug er unsere liebe Freundin die Treppe herab.

Mein Mann gab mir einen Kuss und sagte: »Ich liebe dich, Blondie. Wie verrückt.«

Und ich sagte ihm, dass ich ihn auch wie verrückt liebte.

Dann liefen wir in Festtagskleidung auf die Straße. Wir sahen aus wie ein Schwarm tropischer Vögel.

Und ich hatte Lust zu tanzen.

17

Keine Ahnung, wie Yukis Hochzeitsplanerin so kurzfristig einen Saal im Epic Roasthouse bekommen hatte, aber sie hatte es tatsächlich geschafft. Das Besondere an diesem tollen Restaurant ist die Fensterfront mit dem absolut unbezahlbaren Blick auf die Bay Bridge und die San Francisco Bay. Ganz egal, wie oft man diesen unfassbaren Anblick genießen kann, es wird einem nie zu viel.

Es gab Cocktails, und plötzlich stand ich neben Brady. Er sagte: »Ich kann es immer noch nicht glauben, dass dieses Wunder geschehen ist und ich Yuki kennengelernt habe. Und du hast uns miteinander bekannt gemacht, Lindsay. Dir habe ich das zu verdanken.«

»Na ja… sie hat mich besucht und du bist zu mir an den Schreibtisch gekommen. Insofern hast du irgendwie recht. Ich habe euch miteinander bekannt gemacht.«

»Das habe ich einzig und allein dir zu verdanken. Mein Bruder will es dir auch noch sagen. Sie hat mich vor einem Leben als griesgrämiger Einzelgänger bewahrt.«

»Dein Bruder Doug? Der war schon da.«

Noch so ein herzerfrischendes Lachen von Brady. »Ja, ich habe wirklich wahnsinniges Glück gehabt, dass ich sie gefunden habe.«

In diesem Stil machte er noch eine ganze Weile weiter. Es war witzig, ihn so zu erleben. Wie ein kleines Kind.

Dann schlug jemand mit der Gabel gegen ein Glas, und das

Essen wurde serviert. Wir hatten einen Koch, der nur für uns zuständig war, und die Tische waren in Hufeisenform angeordnet, sodass wir alle die Lichter der Brücke und das Glitzern des Mondlichts im Wasser sehen konnten.

Joe und ich saßen zwischen Brady und Yuki, Bradys beiden riesenhaften Brüdern Greg und Doug sowie Yukis Onkel Jack, der hier in San Francisco ihr einziger Verwandter war.

Cindy und Claire mit ihrem Mann Edmund – Cellist beim San Francisco Symphony Orchestra – komplettierten unseren Tisch.

Jetzt wurde der erste Gang serviert – ein scharfes Limetten-Ceviche –, dann folgten noch vier weitere Gänge, unterbrochen von zahlreichen Ansprachen und Hochrufen auf die Braut und den Bräutigam. Brady wurde von seinen Brüdern ordentlich durch den Kakao gezogen, und alle bogen sich vor Lachen. Dann gaben Yukis Kollegen sowie der Club der Ermittlerinnen ein paar liebevolle Anekdoten zum Besten, die allen Anwesenden Tränen in die Augen trieben.

Als die Teller abgeräumt waren, wurden die Lichter gedimmt, und James Devine, der an den Wochenenden als DJ unterwegs war, drehte den CD-Spieler auf und leitete den Tanz mit dem beschwingten Bobby-Darin-Klassiker »More« ein.

Yuki und Brady kamen als Erste auf die freie Fläche zwischen den Tischen, aber schon bald wogten zahlreiche Paare vor dem Hintergrund der hell erleuchteten Bay Bridge über die Tanzfläche.

Rich und seine gut aussehende, sportliche neue Freundin waren unglaublich gute Tänzer. Es sah aus, als hätten sie seit Jahren nichts anderes gemacht. Ich fragte mich, ob ich nicht vielleicht wütend auf ihn sein sollte, weil er Tina mit zu Yukis

Hochzeit gebracht hatte, wo Cindy hautnah mitbekommen musste, wie gut sie zusammen aussahen. Aber um ehrlich zu sein – es war schon eine ganze Weile her, dass er und Cindy ihre Verlobung aufgelöst hatten.

Es war völlig okay, dass Richie sich anderweitig orientierte.

Ich drehte mit Joe ein paar Runden übers Parkett und tauschte dann mit Claire. Edmund Washburn war ein sehr geschmeidiger Tänzer.

Dann brauchte ich eine Pause und setzte mich zu Cindy, die ganz alleine in ihrem wunderhübschen himmelblauen Kleid an unserem Tisch saß. Seit Beginn des Abends hatten wir kaum ein Wort gewechselt.

All ihre Liebe und all ihr Schmerz waren ihr deutlich anzusehen.

Richter Devine legte etwas Langsames auf – Nat King Coles »Unforgettable«.

Ich legte Cindy eine Hand auf die Schulter und fragte: »Darf ich um diesen Tanz bitten?«

»Das musst du nicht, Linds. Ganz ehrlich nicht. Nein.«

»Na, komm schon. Nur ein Tänzchen. Keinerlei Verpflichtung.«

»Und wieso willst du mit mir tanzen?«

»Äh … weil du so reizend aussiehst, wie du hier sitzt und dich an deinem Weinglas festhältst?«

»Also, das ist garantiert gelogen.«

»Weil ich dich so wahnsinnig gernhabe?«

Cindy lächelte mich an, stand auf und hängte sich bei mir ein. So gingen wir zur Tanzfläche.

Ich nahm sie in die Arme, und zwar so, dass sie Conklin und Tina den Rücken zuwandte. »Entspann dich. Und lass mich führen.«

Sie lachte.

Dann sagte sie: »Alles gut, Lindsay…«

»Und?«

»Ich hab dich auch wahnsinnig gern.«

18

Cindy bezahlte das Taxi und wankte auf unsicheren Beinen bis zu ihrer Haustür. Es dauerte eine Weile, bis sie das Schlüsselloch gefunden hatte, dann betrat sie ihre dunkle Wohnung und schloss hinter sich ab. Auf dem Weg ins Schlafzimmer prallte sie ein paar Mal gegen die Flurwand, dann zog sie sich aus und ließ die Kleider einfach auf den Boden fallen.

Eine Flut von Bildern überfiel sie, und sie konnte sich nicht dagegen wehren. Rich und Tina sahen gut aus zusammen. Sie hatten Spaß. Und aus der Art, wie sie getanzt hatten, sowie aus der Tatsache, dass Rich sie überhaupt zu Yukis Hochzeit mitgebracht hatte, ging eindeutig hervor, dass das weder ihr erstes noch ihr letztes Date gewesen war.

Lindsay hatte recht gehabt. Rich und Tina zusammen tanzen zu sehen war sehr schmerzhaft gewesen. Dabei kannte Lindsay noch nicht einmal die ganze Wahrheit. Zum Beispiel wusste sie nichts über ihren Ausflug nach Wisconsin.

Cindy drehte die Dusche auf, setzte sich in die Ecke der Duschwanne unter den heißen Regen und fing an zu schluchzen. Sie hatte auf der ganzen Linie versagt. Zuerst hatte sie die beste Beziehung ihres gesamten Lebens in den Wind geschossen, und dann war sie zu Henry Tyler gegangen und hatte ihm mehr oder weniger zu verstehen gegeben, dass er eine zukünftige Pulitzer-Preisträgerin vor sich hatte. Was sollte sie ihm jetzt sagen?

Henry, Morales war nicht da.

Als sie sich ausgeweint hatte, schlüpfte sie in pinkfarbenes Flanell, Ober- und Unterteil, ohne T-Shirt mit SFPD-Logo oder andere Erinnerungen an Rich.

Am liebsten hätte sie sich noch einen Drink gegönnt, aber stattdessen kochte sie sich einen Kaffee, knipste die Schwanenhalslampe in ihrem Arbeitszimmer an und fuhr den Laptop hoch. Dann öffnete sie eine E-Mail ihres neuen Freundes Captain Patrick Lawrence aus Cleveland, Wisconsin.

Hallo Cindy,
nur, damit Sie Bescheid wissen: Ein paar Spezialisten des FBI haben die Sprengfalle entschärft, für den Fall, dass ein paar dämliche Camper vom See hochkommen und in das Haus einbrechen wollen. Die Falle hatte drei Auslöser. Gut, dass Morrison den Draht gesehen hat. Die Milch im Kühlschrank war seit zwei Wochen abgelaufen. Mehr weiß ich nicht. Das FBI lässt die Hütte jedenfalls nicht mehr aus den Augen. Vielleicht taucht Morales ja doch noch auf. Vielen Dank noch mal und alles Gute.
Pat

Cindy ließ sich gegen die Stuhllehne sinken und starrte an die Decke. Sie würde Henry Tyler beichten müssen, was aus ihrem glorreichen Plan geworden war, und dann musste sie sich etwas Neues ausdenken. Irgendwie – sie wusste nur noch nicht, wie – musste sie diese Geschichte »abhaken« oder untergehen.

Cindy schrieb eine Antwort an Captain Lawrence, und dann fing sie an, jeden einzelnen Ort zu recherchieren, an dem Morales im Verlauf ihrer sechsundzwanzig Lebensjahre schon gewesen war. Morales war kein Randolph Fish. Sie war kein Genie, sondern nur ein gnadenloses, mordendes Miststück.

Aber wo hielt dieses Miststück sich versteckt?

19

Mit schnellen Schritten ging Mackie Morales durch die West Washington Street im »Loop«, wie Chicagos zentral gelegenes Geschäfts- und Einkaufsviertel allgemein genannt wurde. Es war Montagmorgen. Jämmerliche Bürosklaven strömten in hässliche graue Bürogebäude. Autos und Taxis fuhren vorbei, als hätten sie tatsächlich ein Ziel. Die Straßen waren grau, die Menschen waren grau, die ganze Atmosphäre war grau.

Es war ein Tag, an dem Mäntel und Kapuzen allgegenwärtig und darum unauffällig waren.

Mackie war in einem Krankenhaus gar nicht weit von hier zur Welt gekommen. Sie kannte jede Straße in dieser Stadt – jede Gasse und jedes Haus und an welcher Stelle des Stadtplans es zu finden war. Sie musste nicht einmal den Blick heben, als sie die LaSalle überquerte und die Bank in der Mitte des nächsten Häuserblocks ansteuerte.

In ihrem Kopf, dort, wo er auf ewig in Sicherheit war, hörte sie Randys Stimme. Er sagte gerade, dass sie langsamer gehen und die Kapuze aufsetzen solle, um von den Kameras nicht erkannt zu werden.

Lass dich von den Schatten umhüllen, Süße. Sei ein Schatten. Verstehst du?

»Alles klar, Geliebter.«

Manchmal konnte sie sein Gesicht klar und deutlich vor sich sehen. Das war das Beste, aber selbst wenn sie ihn nicht sehen konnte, war er bei ihr. Sprach mit ihr. Leistete ihr Gesellschaft. Passte auf sie auf.

Tauch ein in den Fußgängerstrom.

»Ich bin doch nicht von gestern, Baby.«

Er lachte, und sie lächelte, setzte die Kapuze auf und vergrub die Hände tief in den Taschen ihres grauen dreiviertellangen Regenmantels. Die Finger ihrer rechten Hand schmiegten sich um den Kolben ihrer Ruger, als wären sie füreinander geschaffen.

Mackie sah ihr Spiegelbild in den Schaufenstern, an denen sie vorbeiging: die Boutique mit den albernen, kindischen Kleidchen, der düstere Telefonladen mit den vielen Kunden, dann die dunkle Scheibe der Bushaltestelle, in der sich vier Personen drängten und auf die Straße starrten.

Jetzt war sie am Eingang der Citibank-Filiale angelangt, ihrem Ziel. Sie ging durch die offene Tür. Gleichzeitig kamen zwei Frauen heraus, genau zwischen ihr und dem bewaffneten Wachmann. Der Wachmann war Mitte zwanzig und sportlich, aber er trug einen schweren Ledergürtel, an dem er viel überflüssiges Gewicht mit sich herumschleppte.

Er schien sie nicht einmal zu bemerken.

Mackie ging weiter, vorbei an den Geldautomaten zu ihrer Linken, und betrat mit gesenktem Haupt den Schalterraum. Es war warm, und die bläulich schimmernden Deckenlampen tauchten den ganzen Raum in ein gleichmäßig helles Licht. Keine Schatten weit und breit.

In ihrem Kopf summte Randy eine träge Melodie. Das machte er manchmal, und sie fand seinen Gesang liebevoll und tröstlich.

Sie blickte sich um, betrachtete die Kunden und die Angestellten, ließ den Blick über den kreisförmigen Kundentresen zu ihrer Rechten schweifen. Dort versuchten eine dicke

Kundenbetreuerin mit lilafarbenem Pony und ihr mittelalter, dicklicher Kollege gerade, einen wütenden Mann mit einem großen, verschlissenen Aktenkoffer zu beruhigen.

Geradeaus, im hinteren Teil des Raums, befanden sich die Kassenschalter. Drei Kunden standen dort und warteten darauf, bedient zu werden. Mackie stellte sich hinten an.

Die Frau vor ihr war vielleicht fünfundzwanzig und trug einen langen gelben Regenmantel, dazu eine schwere Handtasche über der Schulter und schwarze Gummistiefel. Sie las etwas auf ihrem Tablet und schien ganz versunken in die Lektüre.

Mackie schätzte, dass es etwa vier Minuten dauern würde, bis sie vor einem der drei Schalter stand, und Randy stimmte ihr zu und schlug vor, dass sie die Zeit nutzen sollte, um die Körpersprache der drei Schalterbeamten zu studieren.

Am nächstgelegenen Schalter stand eine grauhaarige Weiße. Sie trug eine blaue Seidenbluse und redete in kurzen, oft geübten Sätzen mit ihrem Kunden. Am Schalter neben ihr war ein weißer Mann gerade damit beschäftigt, Geld zu zählen. Er wirkte sehr konzentriert, und als er fertig war, fing er noch einmal von vorn an.

Neben ihm bediente eine hübsche Schwarze einen Kunden. Sie trug eine eng anliegende Bluse mit Blumenmuster und eine goldene Halskette. Jetzt lachte sie über eine Bemerkung des Kunden.

Mackie schätzte, dass die ältere Frau ihren Anweisungen wahrscheinlich am ehesten Folge leisten würde.

Die Schlange rückte weiter, und dann schaltete die Schwarze ihr Licht auf Grün, zum Zeichen, dass sie für den nächsten Kunden bereit war. Sie blickte die Frau im gelben Regenmantel vor Mackie an und sagte: »Hallo? Sie sind dran.«

Mackie schob sich dicht hinter die Frau in Gelb, so dicht, dass sie den abgesprungenen roten Nagellack deutlich erkennen konnte, und sagte: »Oh je, ich glaube, Sie haben das da fallen lassen.«

Die Frau drehte sich zu ihr um, und Mackie drückte ihr die Ruger in die Seite.

Randy brauchte ihr nicht vorzusagen.

»Das ist eine Pistole«, sagte Mackie leise. »Willst du weiterleben? Dann mach genau das, was ich sage.«

20

»Was?«, sagte die Frau in Gelb und verkrampfte sich.

Mackie zischte: »Augen nach vorn. Wie heißt du?«

»J-J-Jill.«

»Jill, wir gehen jetzt zum Schalter. Entweder du benimmst dich, oder du bist tot. Kapiert? Und jetzt los. Bewegung.«

Randys Stimme in ihrem Kopf sagte: *Das machst du prima, Schätzchen. Weck sie auf.*

Mackie sagte: »Jill. Be-we-gung.«

»Bitte nicht schießen. *Bitte!*«

Mackie versetzte der Frau einen kräftigen Stoß, und sie überquerten die zweieinhalb Meter Granitfußboden, die zwischen dem Absperrseil und dem Schalter lagen. An der Bluse der Schalterbeamtin war ein Namensschild befestigt. SANDRA CARNAHAN.

Sandra sagte: »Wie kann ich den Damen denn behilflich sein?«

Mackie beugte sich vor und sagte über Jills Schulter hinweg: »Ich habe eine Pistole. Benimm dich ganz normal.«

»Ich verstehe«, sagte die Frau mit weit aufgerissenen Augen.

»Lass die Finger vom Alarmschalter, sonst schieße ich!«

»Ich habe ein kleines Kind«, sagte die Schalterbeamtin.

»Schön für dich, Sandra. Dein kleines Kind will, dass du deine Schublade ausräumst und mir das ganze Bargeld gibst. Keine Farbbeutel. Kein Alarm. Wenn du mich verarschst, dann muss dein Kleines ohne seine Mom groß werden.«

»Ich mach ja schon. Keine Sorge.« Sandra schniefte.

Sie zog eine Schublade auf, stapelte drei Geldscheinbündel in die Metallschleuse und schob sie Mackie entgegen. Mackie streckte einen Arm um Jill herum und hatte das Geld schon in der Hand, als Jill die Nerven verlor. Sie fing an zu kreischen.

Sandra hyperventilierte und machte ganz den Eindruck, als würde sie jeden Moment anfangen zu laufen, zu schreien oder beides. Alle Augen waren jetzt auf Mackie und die Frau in Gelb gerichtet.

Randys Stimme in Mackies Kopf sagte: *Sandra hat die Alarmtaste gedrückt.*

Tatsächlich? Großer Fehler, Sandra. Selbst schuld.

Mackie hob die Pistole, zielte und drückte ab. Die Kugel durchschlug das Plexiglasfenster, aber Sandra hatte sich bereits hinter den Tresen geduckt. Mackie wandte sich um und sah, wie alle durchdrehten. Menschen warfen sich hinter Säulen, versteckten sich unter Schreibtischen, drückten sich gegen die Wand.

Jill ließ sich zu Boden fallen, schlug die Arme schützend über den Kopf und fing an zu jammern: »Neeeiiin, neeeiiin, neeeiiin.«

Daraufhin sagte Mackie mit kalter, tonloser Stimme: »Siehst du, wozu du mich gezwungen hast?«

Sie drückte zweimal ab. Die Kugeln hinterließen saubere Löcher in dem gelben Mantel. Dann drehte Mackie sich um und stellte sich den Blicken des Publikums.

21

Mackie spürte einen Adrenalinstoß, einen von der guten Sorte. Einen von der Sorte, die sie furchtlos machten und bewirkten, dass sie alles schaffen konnte. Sie hatte schon öfter getötet, aber immer nur im Schutz einer Menge.

Unterzutauchen war ihre große Stärke.

Das hier war etwas ganz anderes.

Sie hielt die Pistole in der ausgestreckten Hand und brüllte: »Alle auf den Boden. *Sofort!* Wer was anderes macht, wird erschossen!«

Menschen purzelten übereinander, fielen zu Boden, schlugen die Hände vors Gesicht. Aktenkoffer, Handys und Regenschirme landeten auf den Fliesen, sodass die klappernden Geräusche in der sich anschließenden Stille noch lange nachhallten.

Es war, als stünde die Zeit still. Mackie nützte diesen Augenblick der Erstarrung zu einer Bestandsaufnahme.

Sie hatte jede Einzelheit klar und deutlich vor Augen: die vor Entsetzen gelähmten Gesichter der Kunden und Bankangestellten, das dicke Mädchen mit den lilafarbenen Stirnfransen, eine Angestellte mit einer dicken schwarzen Brille, ein weißhaariger Mann mit rotem Gesicht, das langsam blau anlief.

Sie sah die Uhr an der Südwand, die 10.03 Uhr anzeigte, die Videokameras an den Säulen, den Schock auf dem jungen Gesicht des Wachmanns.

Sie konnte es schaffen. Sie würde es schaffen.

Sie hatte das Geld, eine geladene Waffe und freie Bahn zum Ausgang. Zehn Meter entfernt.

Die Zeit erwachte wieder zum Leben. Der Wachmann ebenfalls. Er baute sich breitbeinig vor Mackie auf, die Pistole mit beiden Händen gepackt. Er wirkte sehr jung. Grün. Angsterfüllt.

Jetzt rief er: »Waffe fallen lassen. Die Polizei ist verständigt. Hier kommst du nicht mehr weg. Waffe sinken lassen, schön langsam.«

Randy ergriff das Wort: *Weitermachen, Mackie. Schenk mir ein bisschen Freude.*

Mackie hätte am liebsten laut gelacht. Sie drückte dreimal ab und stanzte ein schönes, dicht beisammen liegendes Dreieck in den Hals und die Brust des Wachmanns. Er griff sich an die Kehle und brach mit einem verdutzten Gesichtsausdruck zusammen. Blut spritzte. Er keuchte und tat pfeifend seinen letzten Atemzug.

Mackie huschte zu ihm und hob seine Pistole vom Boden auf. Dann drehte sie sich erneut zu der Menge um, dieses Mal mit einer Waffe in jeder Hand.

Das müsste die Möchtegern-Helden eigentlich ein bisschen nachdenklich machen.

Die Kameras hatten sie genau im Blick, das wusste sie. Die Polizei würde auch bald auftauchen. Aber noch hatte sie ein wenig Zeit.

Rückwärts ging sie zur Tür und drückte sie mit einer Schulter auf. Dann rief sie in den Schalterraum: »Derjenige, der als Erster rauskommt, kriegt eine Kugel in den Kopf. Schönen Tag noch allerseits.«

Und dann stand sie wieder draußen im Grau des Vormittags.

Mackie schlenderte hinter drei dämlichen Anzugträgern die North Dearborn entlang und knöpfte sich dabei den Mantel auf. Zehn Meter vor ihr, neben der Bushaltestelle, sah sie einen Mülleimer. Sie mischte sich unter die Fahrgäste, die gerade aus dem Bus stiegen. Dabei leerte sie die Taschen ihres grauen Kapuzenmantels und steckte das Geld und die Ruger in den marineblauen Mantel, den sie darunter trug.

Sie stopfte den grauen Mantel in den Mülleimer und ging weiter, durchwühlte dabei ihre Taschen und förderte eine Sonnenbrille zutage. Die setzte sie auf und malte sich anschließend mit einem grellroten Lippenstift die Lippen an. Dann fuhr sie sich ein paar Mal durch die Haare und hatte innerhalb von dreißig Sekunden ihr Aussehen deutlich verändert.

Eine Woge freudiger Erregung ergriff von Mackie Besitz, fast wie ein Rausch. Sie ging in gemächlichem Tempo immer weiter nach Norden und überquerte trotz roter Fußgängerampel die West Randolph Street.

Sie hatte schätzungsweise ein paar tausend Dollar erbeutet, und das war mehr als genug, um diesem verfluchten Chicago den Rücken kehren zu können.

Aber ihr eigentlicher Plan, der Plan, der ein neues Zuhause zusammen mit Randy und Ben an einem neuen Ort und mit neuen Namen vorgesehen hatte, dieser Plan war mit Randys Tod zunichtegemacht worden.

Und das hatte sie Sergeant Lindsay Boxer zu verdanken.

Aber dafür würde sie sich persönlich bei ihr bedanken.

Sie konnte es kaum erwarten.

22

Es war drei Uhr nachmittags. In Seattles lebhaftem Hafenviertel tummelten sich ankommende Passagiere, Lebensmittel- und Gepäcktransporte und andere Lieferfahrzeuge, die den Hafen mit Treibstoff und Fracht versorgten. Am Pier 66 hatte ein Kreuzfahrtschiff festgemacht.

Yuki und Brady saßen Händchen haltend auf der Rückbank ihrer Limousine, während der Wagen sich zentimeterweise durch den dichten Verkehr schob und schließlich eine winzige Parklücke vor den Toren des Hafens fand. Der Chauffeur kam nach draußen und öffnete Yuki die Tür. Brady stieg auf der anderen Seite aus und quittierte die Fahrt mit seiner Unterschrift.

Ihr Gepäck war bereits abgeholt worden. Yuki atmete die salzige Seeluft ein und dachte an die Zukunft. Sie war verheiratet! Sie war Jackson Bradys Ehefrau. Sie liebte ihren Mann, liebte ihn über alle Maßen. Und es ließ sich nicht anders ausdrücken: Ihr Job war nicht mehr der Mittelpunkt ihres Lebens.

»Das ist sie«, rief Brady ihr zu.

»Sie«, das war die *FinStar*, das Flaggschiff der Finlandia Line, das am hinteren Ende des Piers festgemacht hatte. Dieses prachtvolle Schiff würde sie und Brady zusammen mit rund sechshundert anderen Passagieren auf eine zehntägige Luxuskreuzfahrt nach Alaska bringen.

Selbst von hier aus sah die *FinStar* durch und durch Ehrfurcht gebietend aus.

Die Limousine fuhr weiter, und Brady rief seiner Frau zu: »Alles okay?«

»Nein.«

»Was ist denn?«, wollte er mit besorgter Miene wissen.

»Okay ist einfach das falsche Wort. Okay ist schon über ein halbes Jahr vorbei. Ich schwebe auf Wolke sieben, Brady. Auf Wolke neunundvierzig!«

Er grinste breit, legte ihr einen Arm um die Taille, und dann gingen sie zum Eingang des Terminals.

»Ich hoffe bloß, dass wir klarkommen, Süße. Zehn Tage lang nichts anderes zu tun, als zu genießen … Es muss zwanzig Jahre her sein, dass ich mal zehn Tage am Stücke frei gehabt habe.«

»Ich habe vor, einen Großteil der Zeit im Bett zu verbringen«, sagte Yuki.

»Oh nein, nicht das«, meinte er.

Sie grinsten einander an und küssten sich. Im Verlauf der folgenden zwei Stunden eroberten sie dann ihr fantastisches, schiffsförmiges Flitterwochenhotel, besuchten ihre Kabine, unterzogen das Bett einer eingehenden Prüfung und waren um 17.00 Uhr wieder an Deck.

Von ihrem windumtosten Aussichtspunkt hatten sie in nördlicher und südlicher Richtung die Küste von Seattle im Blick, während sich Elliott Bay und der Puget Sound nach Westen erstreckten. Seevögel stürzten sich in die Wellen, und dann hielt Yuki sich beide Ohren zu, als die Schiffssirene mit vier lang gezogenen Tönen aller Welt signalisierte, dass das Schiff zur Abfahrt bereit war.

Boote der Hafenpolizei und der Küstenwache kamen näher, um das Kreuzfahrtschiff beim Verlassen des Hafens zu eskortieren.

Die Passagiere standen aufgereiht an der landseitigen Reling, winkten den Daheimgebliebenen zum Abschied zu, fotografierten und genossen zusammen mit den anderen den Augenblick, als das Schiff sich gemächlich vom Anleger löste.

Yuki stieß mit den Fingerspitzen an das Kärtchen in ihrer Jackentasche.

Sie hatten es in ihrer Kabine entdeckt, zusammen mit einer Flasche Champagner. Der Text lautete: *Liebes Ehepaar Brady. Herzlichen Dank, dass Sie Ihre Flitterwochen bei uns verbringen wollen. Ich freue mich schon sehr darauf, im Lauf der Woche bei einem Dinner Ihre Bekanntschaft zu machen.*

Der Kapitän, George Berlinghoff, hatte eigenhändig unterschrieben.

»Ich habe noch was für dich«, sagte Brady. »Ein, äh, Hochzeitsgeschenk.« Er zog eine längliche schwarze Schachtel aus der Tasche seiner Windjacke. »Ich habe es gesehen«, fuhr er fort, »und sofort an dich gedacht. Aber beim Juwelier komme ich mir immer vor wie der letzte Trottel, also… ich hoffe, dass es dir gefällt.«

»Es gefällt mir«, sagte Yuki.

»Du musst die Schachtel aufmachen, Dummerchen.«

Sie lächelte und klappte den Deckel auf. Als sie die Kette aus pinkfarbenen Korallenperlen sah, jede einzelne so groß wie eine Murmel, hielt sie den Atem an.

»Absolut perfekt.«

»Die heißen ›Engelshaut-Korallen‹.«

»Sie sind wunderschön, Brady. Unfassbar schön.«

Yuki stellte sich auf Zehenspitzen und küsste ihren nagelneuen Ehemann, küsste ihn noch einmal, bedankte sich und reichte ihm die Kette. Dann drehte sie ihm den Rücken zu, damit er sie ihr um den Hals legen konnte.

Er kämpfte mit dem Verschluss, fluchte, entschuldigte sich

und hatte es nach dem dritten Versuch endlich geschafft. Er beugte sich nach unten und legte seine Wange an Yukis.

»Frohe Flitterwochen, Mrs. Brady.«

Yuki war so gerührt, dass sie keinen Ton herausbrachte, aber das eine wusste sie: Sie war noch nie im Leben so glücklich gewesen. Und sie war sich sicher, dass sie und Brady füreinander bestimmt waren.

Zweiter Teil

Aufgepasst, die gute alte Mackie ist wieder da.

23

Als Clapper anrief, war ich schon wach.

Er sagte: »Gut, dass ich dich erwische, Boxer. Es gibt Neuigkeiten, was die Körperbomben angeht.«

Gegen Viertel nach sieben schickte ich Claire eine SMS, und eine Stunde später waren sie und ich, randvoll mit Koffein und Optimismus, auf dem Weg zum Kriminaltechnischen Labor des SFPD in Hunters Point.

Im Erdgeschoss des über zwölfhundert Quadratmeter großen Labors nahm Clapper uns in Empfang. Wir bestürmten ihn mit Fragen, aber er sagte nur: »Ihr müsst euch noch ein paar Minuten gedulden, dann erfahrt ihr alles. Aber es ist besser, wenn sie es euch direkt sagt.«

Er führte uns durch die labyrinthartigen Gänge des Labors, vorbei an zahlreichen Büroabteilen, bis wir vor einem Eckbüro im hinteren Teil des Gebäudes standen, das vollgestopft war mit Labormöbeln und hochmodernen, funkelnden Geräten.

Und im Zentrum des Ganzen saß Dr. Damaris Cortes, die Laborleiterin und Kontaktperson des FBI für alles, was den Körperbomben-Fall betraf. Cortes war attraktive vierzig Jahre alt, trug kurze blau gefärbte Haare und große Diamantohrstecker, und in die kleine Kuhle zwischen Daumen und Zeigefinger der rechten Hand hatte sie sich ein Atom tätowieren lassen.

Sie strahlte fast vor Energie und bot uns ein paar Sitzgelegenheiten an.

Clapper sagte von der Tür her: »Wenn ihr drei euch zusammentut, dann könntet ihr wahrscheinlich sogar dafür sorgen, dass die Erde sich schneller dreht.«

Cortes erwiderte: »Anschnallen, Clapper. Aber schnell.«

Clapper lachte. »Alles klar.« Dann zog er sich zurück.

Cortes sah uns mit ihren großen grauen Augen an. »Claire, Lindsay, Ihnen ist doch klar, dass es diese Körperbombe gar nicht geben kann, oder? Und trotzdem ist es passiert. Das FBI hat mir ein paar Kubikzentimeter Mageninhalt vorbeigebracht – ungefähr einen Teelöffel voll. Und jetzt raten Sie mal. Ich habe was gefunden.«

Cortes drehte sich und öffnete verschiedene Computerdateien.

»Nein, nein, nein … ah, da bist du ja, du kleiner Stinker«, sagte sie. »Hier, sehen Sie sich das an.«

Claire und ich spähten über ihre Schulter hinweg auf den Bildschirm, aber ich hatte keine Ahnung, was diese unregelmäßigen pinkfarbenen Kleckse bedeuten sollten.

»Ist es das?«, wollte Claire wissen. »Dieser kleine, rechteckige Schatten da?«

Ich kniff die Augen zusammen und meinte: »Warum sagen Sie uns Normalsterblichen nicht einfach, was Sie entdeckt haben?«

Cortes lachte ein wildes, ungezähmtes Lachen, das wie die Faust aufs Auge zu ihrem Auftritt als irre Wissenschaftlerin passte.

»Das, werte Damen, ist Ihr rauchender Colt.«

24

Damaris Cortes strahlte uns mit einer dermaßen hocherfreuten Miene an, dass man glauben konnte, sie hätte soeben das achte Weltwunder entdeckt.

»Rauchender Colt?«, fragte ich. »Inwiefern?«

Sie war überglücklich, dass sie uns – sehr ausführlich – alles erklären konnte. Dadurch wurde mir klar, wie viel Arbeit sie investiert haben musste, um dieses winzige Gelplättchen zu entdecken. Und was das Beste daran war: Es war noch intakt.

Dr. Cortes' Erklärung lief, übersetzt in allgemein verständliche Sprache, auf Folgendes hinaus: Ausgangspunkt war eine kleine, magenlösliche Kapsel gewesen, die drei Substanzen enthalten hatte: Magnesium – das hatten wir schon gewusst –, Hexogen – davon hatten wir nichts gewusst – und Öl, um die beiden Substanzen voneinander zu trennen, bis die Magensäure die Kapsel aufgelöst hatte.

Cortes frischte mein Wissen über Hexogen noch einmal auf. Es handelte sich um einen stabilen Sprengstoff in Granulatform, der ursprünglich für militärische Zwecke entwickelt worden war. Hexogen besitzt eine sehr viel größere Sprengkraft als Dynamit und war bislang ausschließlich mithilfe von Sprengzündern zur Explosion gebracht worden.

Aber jetzt gab es offensichtlich eine neue Methode.

Cortes' Theorie lautete, dass die Kapsel durch die Magensäure aufgelöst wurde. Im Zuge dessen reagierte das Magnesium mit der Magensäure, und die dabei entstehende kleine Stichflamme reichte, um das Hexogen zu zünden. Die nachfolgende Explosion hatte genügend Energie entwickelt, um Muskelgewebe, Sicherheitsgurt und Windschutzscheibe zu zerfetzen.

Cortes fuhr fort: »Das Ganze wurde brillant ausgeführt. Die Kapsel war offensichtlich in qualitativ hochwertigem Hamburgerfleisch versteckt, vorgeformt und tiefgekühlt, um dann irgendwann zubereitet zu werden.«

»Aber würde man es nicht merken, wenn man so eine Kapsel im Mund hat?«, wollte ich wissen.

»Nicht unbedingt«, erwiderte Cortes. »Die Gelkapsel ist biegsam und ziemlich klein. Eingebettet in eine dicke Frikadelle, vielleicht zusammen mit Käse, Speck und Brot? Zumal die meisten Leute ihre Hamburger sowieso kaum kauen, stimmt's?«

Sie zuckte mit den Schultern.

Ich musste daran denken, wie ich kürzlich am Schreibtisch einen Chuckburger verschlungen hatte, und schimpfte mich nachträglich aus, weil ich so ein Risiko eingegangen war.

Cortes fuhr fort: »Es könnte durchaus sein, dass Ihr Killer etliche Versuche gebraucht hat, bevor das Ganze funktioniert hat. Aber um überhaupt auf die Idee zu kommen, so etwas zu konstruieren ... also, da haben Sie es auf jeden Fall mit einer Art Genie zu tun. Das ist Ihnen doch klar, oder?«

Claire meinte: »In den Comics früher gab es doch immer auch die *bösen* Genies, stimmt's?«

»Ich habe das Fleisch aus der Probe mit dem lokalen Fleischangebot verglichen und bin zu dem Schluss gekommen, dass es mit dem Rindfleisch, das bei Chuck's Prime verwendet wird, übereinstimmt.«

Wir bedankten uns bei Cortes, und Claire und ich schlängelten uns durch das Bürolabyrinth wieder nach draußen, bis wir auf dem Parkplatz standen.

Ich sagte zu Claire: »Weißt du, was ich glaube?«

»Moment.« Sie legte beide Daumen an die Schläfen. »Ich muss erst deine Frequenz suchen.«

»Ich glaube, dass die Opfer im Jeep der erste Versuch waren. Und wenn das tatsächlich so ist, dann …«

»Du glaubst, dass bald noch eine Körperbombe explodiert?«

»Ich glaube, ja. Wir haben die Botschaft noch nicht kapiert.«

25

Ich entdeckte Conklin im Pausenraum an der Spüle. Er war gerade dabei, die Kaffeekanne sauber zu machen.

Ich nahm eine frische Packung Kaffee aus dem Schrank und riss sie auf. »Es gibt Neuigkeiten in Bezug auf die Körperbomben«, sagte ich.

»Schieß los!«

Ich erzählte ihm von der Zwei-Komponenten-Sprengladung und der Gelkapsel, versteckt in einem Hackfleischklumpen, der identisch war mit der Mischung, die bei Chuck's Prime verwendet wurde.

»Das FBI macht die Chuck's-Fleischfabrik dicht. Wir sollten uns auf den Weg nach Emeryville machen«, sagte ich.

»Also dann, nichts wie los.«

Conklin band seine gute Krawatte um. Ich legte frischen Lippenstift auf, und dann fuhren wir über die Bay Bridge auf die Ostseite der Bucht nach Emeryville.

Die Morgensonne bohrte sich durch den Nebel und verlieh den Straßen von Emeryville einen schmeichelhaften Glanz. Der Strukturwandel hatte dieser ehemaligen Industriebrache zahlreiche moderne Bauwerke beschert – neue Geschäfte und Restaurants und in der Nähe des Hafens etliche Filmproduktionsgesellschaften und Bürokomplexe. Dazwischen standen vereinzelt noch ein paar historische Bauten.

Die Chuck's-Unternehmenszentrale befand sich im Emery Tech Building in der 65th Street, einem stromlinienförmigen

Gebäude aus Backstein und Glas, das einen kompletten Straßenzug einnahm. Früher hatte es eine Fabrik für Ventile und Regler beherbergt.

Ich parkte direkt davor und legte eine Karte auf das Armaturenbrett, die den grauen Crown Victoria als Polizeifahrzeug kenntlich machte. Dann betraten Conklin und ich das Gebäude.

Wir saßen in einem Empfangsbereich, der mit Maschinen und anderen Teilen aus der alten Fabrik dekoriert war, und warteten auf den Vorstandsvorsitzenden, Michael Jansing. Er war der Schwiegersohn von Charles »Chuck« Andersen, dem Namensgeber von Chuck's.

Nachdem wir zwanzig Minuten lang Däumchen gedreht hatten, brachte man uns in ein Konferenzzimmer, wo Jansing uns bereits erwartete. Er war ungefähr fünfzig Jahre alt, hatte rötlich blonde Haare und eng zusammenstehende blaue Augen.

Außer Jansing saßen noch sechs weitere Personen an einem stabilen Redwood-Tisch. Jansing stellte sie uns der Reihe nach vor: der Marketing-Direktor, die Leiter der Öffentlichkeitsarbeits-, der Personal- und der Sicherheitsabteilung sowie zwei Rechtsanwälte. Dazu kam noch die Leiterin der Produktentwicklung, die per Videokonferenz an der Sitzung teilnahm.

So bunt die Mischung auch war, eines war ihnen allen gemeinsam: Sie freuten sich nicht über die Anwesenheit des San Francisco Police Department. Ihre Körpersprache und ihre Mienen verrieten Argwohn, Verärgerung, Ablehnung und Misstrauen. Es war offensichtlich, dass sie uns nicht als Freunde der großen Chuck's-Familie betrachteten und dass sie befürchteten, wir könnten eine schlechte, womöglich sogar tödliche Wirkung auf ihren Ruf haben.

Deshalb hatte Jansing für ein Sondierungsgespräch mit

zwei Polizeibeamten der mittleren Ebene ein solch massives Aufgebot angefordert.

Aber ich konnte ihn verstehen.

Nachdem wir uns ebenfalls an den Tisch gesetzt hatten, sagte Jansing: »Das FBI hat unsere Filiale in Hayes Valley auseinandergenommen und nichts gefunden. Um ehrlich zu sein, ich war ein wenig überrascht über Ihren Anruf, Sergeant Boxer.«

»Wir arbeiten eng mit dem FBI zusammen«, sagte ich der versammelten Führungsmannschaft, »aber wir haben auch eigene Ermittlungen in Bezug auf diesen mutmaßlichen Doppelmord eingeleitet. Und jetzt deuten neue Indizien darauf hin, dass eine hochexplosive Substanz in einem Chuck's-Hamburger versteckt war.«

Jansings Augenbrauen zuckten ruckartig nach oben. »Können Sie das beweisen?«, fragte er.

Es entsprach zwar nicht ganz der Wahrheit, aber ich sagte: »Ja, das können wir, Mr. Jansing. Zwei Menschen sind ums Leben gekommen, nachdem sie einen Chuck's-Hamburger verspeist haben. Das bedeutet nicht zwangsläufig, dass einer Ihrer Mitarbeiter für die Sprengsätze verantwortlich ist, aber es bedeutet, dass wir mit unserer Suche hier bei Chuck's beginnen müssen.«

Was nun folgte, lässt sich am besten als Freistil-Tischtennisturnier beschreiben, wo der Ball von jedem beliebigen Spieler kreuz und quer auf jeden beliebigen Tisch gespielt werden kann. Schließlich war der Punkt erreicht, wo so viele aggressive Fragen auf uns abgeschossen wurden, dass Conklin sich erhob: »Hey. Das reicht jetzt. Wir sind bereit, mit jedem der Anwesenden hier zu sprechen, ohne die Justizbehörden einzuschalten. Aber wir können Sie natürlich auch vorladen und die Befragung im Präsidium durchführen. Das liegt ganz bei Ihnen.«

Donna Timko, die Leiterin der Produktentwicklung, die per Video zugeschaltet war, zeigte als einzige Person wenigstens so etwas wie Betroffenheit oder Menschlichkeit.

Sie sagte: »Sergeant Boxer, ich kann Ihnen gar nicht sagen, wie schwer uns die Vorstellung getroffen hat, dass Chuck's irgendetwas mit dieser Angelegenheit zu tun haben könnte.« Ihre Stimme brach, aber sie sprach weiter. »Wir haben jeden einzelnen Mitarbeiter in der Produktion befragt, und ich kann Ihnen versichern, dass dieser Akt blinder Gewalt... dass niemand, der bei uns arbeitet, damit irgendetwas zu tun hat.«

Donna Timko konnte die Tränen nicht länger zurückhalten.

Jansing sagte: »Donna, meine Liebe, beruhige dich doch. Es ist alles in Ordnung, wir haben nichts zu verbergen.« Dann wandte er sich wieder uns zu. »Tun Sie, was Sie tun müssen. Aber tun Sie es bitte so schnell, dass wir nicht gezwungen sind, wegen Behinderung unserer betrieblichen Abläufe juristische Schritte gegen Sie einzuleiten.«

26

Während das FBI also Chuck's zentrale Fleischfabrik in Petaluma dichtmachte und ich weiß nicht wie viele Tonnen Rindfleisch durchsiebte, verbrachten Conklin und ich den folgenden Tag in der Zentrale von Chuck's Prime mit der Befragung von Führungskräften und Angestellten.

Und das kam dabei heraus: Michael Jansing hatte eine Vision und hohe Ansprüche. Seine Mitarbeiter mochten ihn und vertrauten ihm. Er bezahlte ihnen faire Löhne. Das Produkt war gut. Die Mitarbeiter waren stolz auf ihren Arbeitsplatz. Niemand hatte irgendwelche Hass-Mails bekommen, niemand kannte einen aktuellen oder ehemaligen Beschäftigten, der sich in irgendeiner Weise unberechenbar, unzurechnungsfähig oder aggressiv verhalten hätte. Was unterm Strich blieb: Nichts. Nicht einmal der kleinste Hinweis auf eine Person, die einen Hamburger mit militärischem Sprengstoff versetzt haben könnte. Und das bedeutete, dass wir keine Ahnung hatten, wie wir zukünftige Körperbomben verhindern sollten.

Ich gab Conklin die Autoschlüssel, und er sagte: »Tja, zwei ganze Tage vergeudet, und das für nichts und wieder nichts.«

»Ich esse nie wieder einen Hamburger«, sagte ich. »Das ist mein voller Ernst. Das Thema Hackfleisch hat sich ein für alle Mal erledigt.«

Ich schnallte mich an und rief, während Conklin uns zur Hall of Justice zurückbrachte, per Smartphone meine E-Mails ab. Bei einer speziellen E-Mail musste ich leise lachen.

»Na? Was liest du da Lustiges?«, wollte Conklin wissen.

»Ich will das, was Yuki gerade hat.«

»Ständig Sex mit Brady? Ernsthaft?«

»Nein. Halt die Klappe. Hör zu!

›Liebste Freundinnen,
ich weiß wirklich nicht, wo ich anfangen soll. Alaska ist
einfach unbeschreiblich toll. Ich versuch's trotzdem mal.

Heute bei Tagesanbruch sind wir mit einem mitreisen-
den Naturforscher in einem Beiboot aufs Meer gefahren
und haben eine Herde Orcas gesehen. JAWOHL! Eine
ganze Familie. Sie haben senkrecht die Köpfe aus dem
Wasser gestreckt, als würden sie auf Zehenspitzen stehen.
Ihr Lieben, es war unglaublich.

Dann kam ein Seeadler direkt vor unseren Augen an-
geschwebt und hat seine Krallen in einen Lachs geschlagen. Der Fisch war fast so groß wie der Adler, und eine
ganze Weile war ich mir nicht sicher, ob er es wirklich
schaffen würde, aber er hat den Lachs nicht losgelassen
und so lange mit seinen mächtigen Schwingen geschlagen,
bis er ihn schließlich aus dem Wasser ziehen und abheben
konnte!

Wir haben einen Gletscher bestiegen. Ich! Ich hab's geschafft! Das ist eine irre Erfahrung, ihr Lieben. Auf einem
Eisblock entlangzugehen, der die Farbe von Bradys Augen
hat. Und ich glaube, ich habe zwischen den blauen und
weißen Eiszacken sogar einen Eisfluss gesehen.

Dann habe ich mich hingekniet und aus einer glaskla-
ren Quelle blaues Wasser getrunken, das gerade eben erst,
nach Jahrmillionen, wieder aufgetaut war.

Es war überwältigend. Einfach unglaublich.

Und dann noch was:

Als wir den Gletscher wieder hinuntergeklettert sind und kurz vor dem Boot waren, hat Brady die Hand nach mir ausgestreckt, weil er mir helfen wollte. In dem Moment bin ich ausgerutscht. Beide Beine nach vorn und auf dem Hinterteil direkt ins Wasser.

Brady hat mich gerettet. Er hat mich rausgezogen und mit mir geschimpft. Und dann hat er gesagt, dass er ein Mittel gegen Unterkühlung kennt, aber dass ich mich dann nackt ausziehen muss. Ich hätte mir fast in meine nasse Hose gemacht vor Lachen. ☺

Ich schreibe euch aus unserer fantastischen Kabine auf der FinStar, aber jetzt hat Brady mich gerufen. Ich soll mit ihm in die Sauna gehen. Es geht mir so gut wie noch nie im Leben, das sollt ihr wissen.

Genau wie Claire gesagt hat: beste Freunde, beste Stimmung, bester Sex – oder so ähnlich!
Ich liebe euch!
Yuki C. BRADY.‹«

Als ich fertig war, drehte ich mich zu Conklin um: »Sie ist einfach zum Totlachen, findest du nicht auch?«

Er brüllte einen Autofahrer vor uns an, der gerade ohne zu blinken die Spur gewechselt hatte: »He, Mann, was soll denn das?«

Und dann an mich gewandt: »Was nun, Sherlock?«

»Ganz ehrlich, ich hätte schon Lust auf eine gemütliche Kreuzfahrt nach Alaska.«

»Wer nicht? Aber wir sollten uns mal mit dieser Timko unterhalten. Die Leiterin der Produktentwicklung?«

»Morgen früh, gleich als Erstes. Fahr einfach hin, ohne Vorankündigung. Weißt du, Richie, ich hatte ja überhaupt keine Flitterwochen.«

Die Sonne versank hinter der Skyline von San Francisco.

Richie setzte seine verbale Auseinandersetzung mit dem Feierabendverkehr fort.

Ich dachte an meine Freundin, und mir wurde bewusst, dass ich diese Worte noch nie zusammen ausgesprochen hatte. Aber jetzt tat ich es.

»Yuki, du Glückliche.«

27

Kurz bevor wir bei Conklins Wohnung angelangt waren, hörten wir einen Funkspruch, den wir nicht ignorieren konnten. Eine Schießerei, höchstwahrscheinlich im Zusammenhang mit einer häuslichen Auseinandersetzung. Ein weinendes Kind hatte die Notrufnummer angerufen. Die Adresse lag etwa sechs Kilometer entfernt.

Ich schnappte mir das Mikro und sagte, dass wir unterwegs waren. Dann bat ich Richie anzuhalten.

Er parkte in einer Einfahrt, und wir stiegen aus, holten unsere Schutzwesten aus dem Kofferraum und legten sie an. Dann fuhren wir weiter, mit voller Kapelle – am Kühler, an den Sonnenblenden und auf dem Dach, überall blitzte und blinkte es.

Richie trat aufs Gas, und acht Minuten später hielten wir vor einer braun gestrichenen Doppelhaushälfte an, einem Holzrahmenbau, wie es sie hier in der Jerrold Avenue zu Dutzenden gab.

Die Haustür stand offen. Wir traten mit gezogenen Pistolen ein, und Richie rief: »Wir sind von der Polizei.«

Im Wohnzimmer blieben wir ruckartig stehen. Eine Frau hockte zusammengekauert an der Wand und richtete eine Schrotflinte auf uns. Blut und Gewebefetzen klebten an der Wand, und drei Meter neben der Frau lag ein lebloser Körper, ein Mann, soweit ich es beurteilen konnte.

Sein Herz pumpte frisches Blut auf den Holzfußboden.

Conklin sagte: »Madam, Sie müssen die Waffe weglegen.«

Die Frau war weiß, um die dreißig und trug ein zerrissenes T-Shirt und eine Jeans. Die Blutspritzer auf ihrem Gesicht verrieten, dass sie beim Schuss sehr dicht vor dem Opfer gestanden haben musste. Allem Anschein nach hatte er dabei sein halbes Gesicht verloren, aber es sah so aus, als würde er immer noch atmen.

Irgendwo am Ende eines Flurs hörte ich Kinder weinen.

Mir war klar, dass die Situation auf Messers Schneide stand und dass wir sie so schnell wie möglich unter Kontrolle bekommen mussten. Ich stellte mir vor, wie die Frau ihr Gewehr auf uns richtete und abdrückte. Nachlud. Die Kinder ermordete. Nachlud. Die Waffe gegen sich selbst richtete.

Sie reagierte nicht auf Conklins Worte, darum brüllte ich sie an: »He! Sie da! Lassen Sie die verdammte Waffe fallen!«

»Ich kann nicht«, erwiderte sie mit einer leisen Kleinmädchenstimme. Sie sah uns mit irrem Blick an, kopfschüttelnd und am ganzen Körper zitternd. »Er bringt mich um.«

»Wir sind ja da«, sagte Conklin und trat auf sie zu. »Er wird Ihnen nichts tun. Wir sind jetzt da, Madam. Wir helfen Ihnen. Also legen Sie das Gewehr weg, okay? Das müssen Sie tun, damit wir uns um Ihre Kinder kümmern können.«

»Meine Kinder? Sie kennen meine Kinder?«

Ihr Blick huschte gehetzt von Conklin zu mir und wieder zurück, ohne den Mann auf dem Fußboden einmal zu streifen.

Conklin steckte seine Pistole weg. Ich gab ihm Deckung, während er langsam auf die Frau zuging. Dabei streckte er ihr die geöffneten Handflächen entgegen.

»Ich will Ihnen helfen, nichts anderes. Wie heißen Sie?«

»Holly.«

»Also gut, Holly. Ich heiße Richie.«

Eine von Conklins zahlreichen Stärken ist, dass er unglaublich gut auf Frauen eingehen kann. Das ist eine echte Gabe.

Ich sagte. »Und ich stelle mich einfach nur hinter Sie, Holly.«

Sie sah mich an, während ich im Bogen um sie herum ging. Conklin sah seine Chance. Mit ein paar schnellen Schritten war er bei ihr, griff nach dem Gewehr, klappte es auf, ließ die Patrone herausfallen und warf das Gewehr anschließend auf die Couch.

»So«, sagte er dann. »Jetzt können wir uns unterhalten. Holly, erzählen Sie mir doch bitte mal, was hier passiert ist.«

28

Nachdem Holly nicht mehr bewaffnet war, näherten mein Atemrhythmus und mein Herzschlag sich langsam wieder der normalen Frequenz. Ich war erleichtert, dass kein weiterer Schuss gefallen war. Und ich wollte nicht, dass Holly etwas Schlimmes zustieß.

Ich hatte bereits eine ziemlich konkrete Ahnung, was hier vorgefallen sein könnte. Hollys Mann hatte sie misshandelt und dann eine Schrotflinte mit ins Spiel gebracht. Er hatte die Waffe auf sie gerichtet, doch dann war es ihr gelungen, ihn zu überrumpeln, die Finger an den Abzug zu bekommen und abzudrücken.

Höchstwahrscheinlich hatte sie dadurch ihr eigenes Leben gerettet.

Trotzdem würde sie vor Gericht beweisen müssen, dass sie in Notwehr gehandelt hatte. Ihr beschissenes Leben würde vorerst nicht besser werden, vielleicht sogar nie.

Ich beugte mich über den verblutenden Mann auf dem Fußboden. Er war untersetzt, ungefähr Mitte dreißig und hatte zahlreiche Tätowierungen auf den Armen und am Hals. Blut- und Luftblasen drangen aus den Überresten seiner Nase und seines Mundes hervor. Er lebte. Aber vielleicht wollte er angesichts dessen, was ihn erwartete – Operationen, Schmerzen, Flüssignahrung und Gefängnis –, ja gar nicht überleben.

Ich rief die Funkzentrale an und erfuhr, dass der Krankenwagen in drei Minuten hier sein würde. Ich gab Bescheid, dass wir die Situation unter Kontrolle hatten, dass die Sanitäter sofort ins Haus kommen konnten, und bat darum, das Jugendamt zu verständigen.

Conklin führte Holly zu einem karierten Sessel und setzte sich ihr gegenüber auf die Couch. Sie stieß nur unzusammenhängende Laute aus. Ich ging den Flur entlang, um nach den Kindern zu sehen.

Im kleineren der beiden Schlafzimmer fand ich sie, versteckt zwischen einem Bett und der Wand. Als ich »Hallo zusammen« sagte, streckten sie die Köpfe hervor.

Das Mädchen sah aus wie vier, der Junge wie acht. Die Kleine schaute mir in die Augen, holte einmal tief Luft und fing an, aus voller Kehle zu schreien, bevor sie unters Bett kroch.

Der Junge trocknete sich mit seinem T-Shirt das Gesicht ab und stieß hervor: »Sind Sie von der Polizei?«

»Du hast uns angerufen, stimmt's?« Ich zeigte ihm die Dienstmarke an der Kette um meinen Hals. »Ich bin Sergeant Boxer, aber du darfst mich Lindsay nennen. Und wie heißt du?«

»Leon. Leon Restrepo. Und das ist Cissy.«

»Weißt du, wie viele Leute hier im Haus sind?«

»Ja.«

»Und kannst du es mir auch sagen?«

Er zeigte Richtung Wohnzimmer. »Sie. Er. Ich und Cissy.«

»Ist Holly deine Mutter?«

Leon nickte. Dann liefen ihm die Tränen über die Wangen.

»Okay, Leon. Okay. Kannst du mir erzählen, was hier passiert ist?«

»Sie schimpft immer mit ihm«, sagte der kleine Junge. »Sie hat schon ganz oft gesagt, dass sie ihn erschießen will, aber mein Dad sagt immer bloß: ›Das ist nur Gequatsche.‹ Aber sie hat ihn umgebracht, stimmt's?«

»Nein, nein, dein Dad ist nicht tot. Aber schwer verletzt.«

»Oh, Mann, das ist schlimm.«

Leon sank auf das Bett und weinte, als wollte er nie wieder aufhören. »Ich hab meinen Dad so lieb«, stieß er zwischen den einzelnen Schluchzern hervor. »Ich hab meinen Dad so furchtbar lieb. Bitte, bitte, er darf nicht sterben.«

29 Ich machte unsere Wohnungstür auf, und Martha kam aus
dem Wohnzimmer auf mich zu-
gestürmt. Sie stieß mir die Vor-
derpfoten mit voller Wucht in den Solarplexus und sang ihre
ganz eigene, spezielle Willkommensmelodie.

Ich beugte mich zu ihr hinunter, gab ihr ein Küsschen, wu-
schelte ihr durch das Fell und folgte ihr ins Zimmer, wo mein
Mann sich aus seinem großen Sessel erhob und mir mit aus-
gebreiteten Armen entgegenkam.

»Maria Teresa ist gerade gegangen. Julie hat ihr Fläschchen
und ein Bad bekommen, und jetzt schläft sie«, sagte er und
drückte mich fest an sich. »Maria Teresa hat uns einen Scho-
koladenpudding dagelassen, und ich habe mit Martha einen
langen Spaziergang gemacht.«

»Vielen Dank, Joe. Ich hatte einen wahnsinnigen Tag.«

»Hast du was gegessen?«

»Ha! Natürlich nicht.«

»Na, dann komm mal mit, Süße. Ich wärme dir ein Stück
Hackbraten auf, und du erzählst mir, was los war.«

Ich warf einen Blick in Julies Zimmer. Sie schlief selig wie
ein Lämmchen. Ohne Vorwarnung zuckten mir Erinnerungen
an ihre ersten Monate durch den Kopf, als Joe und ich ständig
Angst gehabt hatten, dass sie sterben könnte – grässliche, grau-
same Erinnerungen. Ich schüttelte sie wieder ab. Dann zog ich
Julies Decke glatt, küsste meine Fingerspitzen und drückte sie
ihr auf die Wange. »Süße Träume, meine Kleine«, flüsterte ich.

Als ich mich umdrehte, stand Joe direkt hinter mir.

»Ich habe mein Handy ausgeschaltet«, sagte er. »Und den Stecker vom Festnetz gezogen.«

»Am besten schalte ich mein Handy auch aus, oder?«

»Das wär doch was, Linds, oder? Sei nicht erreichbar. Du und ich, wir brauchen mal wieder ein bisschen Zeit zu zweit, finde ich.«

Das Handy auszuschalten war die leichteste Übung des ganzen Tages.

Joe servierte mir Hackbraten und grüne Bohnen auf einem blau-weißen Teller und schenkte uns beiden ein Glas Merlot ein. Ich bat ihn um einen Nachschlag, und dann nahm ich eine Schale mit Pudding in Angriff.

Anschließend legte ich mich in die Badewanne, und Joe nahm auf dem Klodeckel Platz. Dann unterhielten wir uns über den fruchtlosen Befragungsmarathon bei der Hamburger-Kette, Yuki und Bradys zauberhafte Flitterwochen und den Schauplatz eines innerfamiliären Blutbades. Er hatte dafür ein paar gute Neuigkeiten für mich. Er hatte einen Berater-Auftrag an Land gezogen, den er von zu Hause aus erledigen konnte, am Computer.

Wir zogen uns früh in unser blaues Schlafzimmer zurück, wo die Lichter der Stadt sanft zu den Fenstern hereinschienen. Es war herrlich, sich zu lieben, ohne mit den Gedanken bei einem klingelnden Telefon zu sein.

Und unsere kleine Julie schlief tief und fest.

30

Ich war im Fitnessstudio und quälte mich auf dem Crosstrainer, als ein ziemlich massiger Mann in einem braunen Mantel über den roten Teppich auf mich zuhinkte. Ich kannte diesen Elefanten im Porzellanladen, kannte ihn genauso gut wie mich selbst.

»Boxer, tut mir leid, wenn ich störe.« Er grinste und starrte mich lüstern an.

»Hier sind Straßenschuhe verboten, Jacobi.«

Warren Jacobi und ich sind seit vielen Jahren befreundet. Eine ganze Zeit lang waren wir sogar ein Team. Zehn Jahre lang haben wir Tag- und Nachtschichten miteinander verbracht, haben zusammen Überstunden gemacht, Bandenkriege und Morde in unterschiedlichsten Variationen miterlebt, darunter Badewannen unter Strom und vorgebliche Mitleidstötungen, um nur einige wenige zu nennen.

Als ich dann zum Lieutenant ernannt worden war, hatte Jacobi sich mit Conklin ein Auto geteilt. Einige Zeit später habe ich mich freiwillig aus dem bürokratischen Albtraum des Chef-Daseins zurückgezogen und Jacobi den Posten überlassen. Aber es dauerte nicht lange, bis Brady Lieutenant wurde und Jacobi, der über mehr aktive Erfahrung verfügte als wir anderen zusammen, aber unter diversen alten Schusswunden zu leiden hatte und sich außerdem mit großen Schritten dem Ruhestand näherte, die Leiter nach oben fiel und zum Chef der Kriminalpolizei ernannt wurde.

In dieser Funktion vertrat er Brady, während der seine Flitterwochen genoss. Und der Besuch im Fitnessstudio war ganz bestimmt nicht dazu da, um unsere Freundschaft aufzufrischen. Trotzdem stieg ich vom Crosstrainer und umarmte ihn, so verschwitzt, wie ich war.

»Was führt dich denn hierher, Kumpel?«

»Ich bin nur der Bote, Boxer.«

Was hatte das denn zu bedeuten? Was konnte das für eine Botschaft sein, die den Leiter der Kriminalpolizei aus seinem Büro hierher führte? Ich musterte sein faltiges Gesicht, seine halb geschlossenen grauen Augen. Hatte Joe ihn angerufen? War etwas mit Julie?

»Nun sag schon, Jacobi. Was ist los?«

»Ganz ruhig, Boxer. Es ist nichts Persönliches. Aber du gehst ja nicht ans Handy.«

»Also gut. Was führt dich ins Body Beautiful?«

Er lachte. »Ich werde Mitglied, damit ich ungestraft Frauen in engen Stretch-Trikots anstarren kann.«

»Hahaha.«

»Also gut. Das FBI hat mich hergeschickt.«

»Oh. Dann kann ich das Training wahrscheinlich abbrechen.«

»Ganz genau. Zieh dich um, und dann setzen wir uns irgendwo hin, wo wir uns ungestört unterhalten können.«

Ich stellte mich schnell unter die Dusche, zog mich noch schneller an und ging ins Foyer des Fitnessstudios, wo Jacobi mich bereits erwartete. Wir traten hinaus auf die Folsom Street und lehnten uns an die Hauswand.

»In L. A. ist etwas passiert, vor ungefähr einer Stunde. Ein Mann hat sich auf dem Parkplatz eines Fast-Food-Ladens einen Frühstücks-Hamburger gegönnt und ist dabei explodiert. Er war sofort tot. Die umherfliegenden Glassplitter haben einen

Fußgänger das Augenlicht gekostet, andere haben ebenfalls Verletzungen erlitten. Gestorben ist aber nur einer.«

»Vor einem Chuck's?«

»Richtig. Das Chuck's in Marina del Rey. Hier hast du die Telefonnummer des FBI-Agenten, der mich angerufen hat, Jay Beskin. Es ist am besten, wenn wir nett zu ihnen sind. Du willst diesen Fall doch behalten, oder, Boxer?«

Ich ließ Jacobi wissen, dass die Mutterschaft meine weiche Seite zum Leben erweckt hatte. Er grinste spöttisch: *Ja, bestimmt.* Wir verabschiedeten uns voneinander, und ich rief meinen Partner an.

»Schwing dich in den Sattel«, sagte ich. »Wir treffen uns auf dem Parkplatz in der Harriet Street, und zwar so schnell wie möglich.«

31

Conklin und ich nahmen unsere Plätze gegenüber von Michael Jansing ein. Wir befanden uns in seinem Büro, das gleichzeitig ein kleines Museum für Werbeplakate und andere Chuck's-Prime-Erinnerungsstücke war.

Jansing, der Vorstandsvorsitzende mit den rotblonden Haaren und den eng zusammenstehenden blauen Augen, starrte uns über die gravierten Plexiglaswürfel, Schrifttafeln und Obelisken hinweg an, die seinen Schreibtisch schmückten – alles Preise für Fast-Food-Werbekampagnen.

»Haben Sie verstanden, was ich gerade gesagt habe, Mr. Jansing?«, fragte ich ihn. »Das FBI ist in diesem Augenblick dabei, den nächsten durch Chuck's verursachten Todesfall zu untersuchen. Wollen Sie nun Ihrer Firma helfen und mit uns zusammenarbeiten, oder sollen wir Sie der Bundespolizei überlassen?«

Jansing erhob sich, ging zur Tür und sagte zu seiner Sekretärin: »Caroline, würden Sie bitte Louis Bescheid sagen?« Dann kehrte er an seinen Schreibtisch zurück. »Mein Rechtsanwalt.«

»Kein Problem«, sagte Conklin. »Wenn Sie sich dadurch wohler fühlen.«

»Hören Sie, es tut mir leid.«

»Was tut Ihnen leid?«, wollte ich wissen.

»Es tut mir leid. Aber der Leiter unserer Rechtsabteilung hat Ihnen etwas mitzuteilen.«

Ein gebückter Mann trat ein. Er trug einen grauen Büroanzug und hatte versucht, seine wenigen, dunkel-metallisch glänzenden Haare strategisch günstig über der Kopfhaut zu verteilen. An den Fingern seiner rechten Hand hatten sich gelbliche Nikotinflecken gebildet. Ich erkannte in ihm einen der Mitspieler des Büro-Pingpong-Spiels, an dem wir vor Kurzem teilgenommen hatten.

Er trat näher und stellte sich noch einmal vor.

»Louis Frye«, sagte er und gab uns die Hand, bevor er sich auf den Stuhl neben Conklin setzte.

»Lou, kannst du die beiden bitte über diese Textnachrichten aufklären?«

Was hatte das denn zu bedeuten? Bis jetzt hatten wir im Zusammenhang mit den Körperbomben noch nichts von irgendwelchen Textnachrichten gehört. Falls Jansing uns wichtige Informationen vorenthalten hatte, dann musste es dafür einen verdammt triftigen Grund geben, wenn wir ihn nicht wegen Behinderung der polizeilichen Arbeit anzeigen sollten.

»Die Nachricht wurde von einem Prepaidhandy aus gesendet«, sagte Frye. »Ich habe sie für Sie ausgedruckt.« Er schob uns ein weißes Blatt Papier zu, auf dem drei Wörter zu lesen waren: »Es ist Zahltag.«

»Wann haben Sie das bekommen?«, erkundigte ich mich.

»Nach dem Anschlag auf der Brücke. Direkt an mich«, sagte Jansing. »Das hat mich völlig kaltgelassen. Wir wussten ja nicht, dass die Sache auf der Brücke etwas mit uns zu tun hat«, sagte der Rechtsanwalt. »Bis das FBI über unsere Filiale in Hayes Valley hergefallen ist. Dann hat Michael die zweite Nachricht bekommen. Sie war identisch, aber danach gab es noch einen Anruf mit einer Lösegeldsumme. Wir haben beschlossen zu bezahlen.«

Natürlich hatten sie bezahlt. Chuck's Prime wollte schließlich nicht, dass der Firmenname in den Nachrichten auftauchte.

»Wie viel?«, hakte Conklin nach.

»Fünfzigtausend«, antwortete Frye. Er klopfte auf der Suche nach einer Zigarettenschachtel seine Taschen ab. Dann zog er ein zerknülltes Päckchen Filterlose hervor, klappte es auf, klappte es zu und steckte es wieder ein.

»Wir haben die Scheine in eine große Chuck's-Box gepackt und diese in einen Abfalleimer vor unserer Filiale in Monterey gesteckt«, sagte er dann.

»Und Sie haben wirklich geglaubt, dass Sie das Problem damit aus der Welt schaffen können?«, wandte Conklin sich an den Oberboss.

»Ja. Natürlich. Darin waren Lou und ich uns auch einig«, sagte Jansing. »Wir wollten lieber das Geld opfern, anstatt noch einmal jemanden sterben zu lassen. Wir hatten das Gefühl, das sei der richtige Weg.«

Am liebsten hätte ich die beiden Schlipsträger angebrüllt: *Ihr Vollidioten!* Doch stattdessen sagte ich: »Anstatt also die Polizei zu verständigen, damit sie die Geldübergabe überwacht, haben Sie einem Bombenbastler, einem Mörder, einem Erpresser vertraut, nur weil der *gesagt* hat, dass es keine weiteren Bomben mehr geben würde?«

Jansing war kreidebleich im Gesicht geworden. Ich glaube nicht, dass es das schlechte Gewissen war. Ich glaube eher, dass ihm schlagartig bewusst wurde, wie tief er sich in die Scheiße geritten hatte.

»Wir beschäftigen Tausende Menschen, die alle große Nachteile erleiden müssten, wenn die Öffentlichkeit …«

»Das FBI hat vor zwei Stunden Kontakt mit uns aufgenommen«, unterbrach ich sein selbstmitleidiges Gequatsche. »Vor einem Chuck's in Los Angeles ist einer Ihrer Kunden explodiert.«

Dann reichte ich Jansing einen Zettel, auf dem der Name des FBI-Mannes stand. »Mit diesem Herrn hier, Special Agent Beskin, habe ich gesprochen. Er wird sich in Kürze bei Ihnen melden. Ich gebe Ihnen den guten Rat, ihm alles zu sagen, was Sie wissen. Noch Fragen?«

32 Cindy saß an ihrem Schreibtisch beim *Chronicle* und ging ihre alten Aufzeichnungen über Randy Fish noch einmal durch, suchte nach dem entscheidenden Fitzelchen Information, das sie womöglich übersehen hatte und das sie zu Morales führen würde. Als es 10.00 Uhr war, hatte sie drei Becher Kaffee und zwei Churros vertilgt. Das war das Einzige, was sie in ihrem gegenwärtigen Gemütszustand überhaupt hinunterbrachte.

Anscheinend wusste ihr Körper sehr genau, was er gerade brauchte.

Henry Tyler war an diesem Tag in Washington, sodass Cindy eine Galgenfrist vergönnt war, bevor sie ihm zutiefst beschämt mitteilen musste, dass ihre Geschichte sich ganz anders entwickelt hatte als vorgesehen und dass sie vorläufig doch nicht für den Pulitzerpreis nominiert werden würde.

Es war ein Gespräch, auf das sie sich überhaupt nicht freute.

In diesem Augenblick blieben ein paar ihrer Kolleginnen vor ihrer Bürotür stehen und unterhielten sich lauthals über eine neue Reality-Dating-Show. Cindy stand auf und machte die Tür zu. Als sie wieder an ihrem Schreibtisch saß, lag eine E-Mail von Capt.Lawrence@CWPD.com in ihrem Posteingang.

Hoffnung flackerte auf, hüpfte ein paar Mal im Kreis, gefolgt von einer Pirouette und einem kleinen Knicks.

Hi Cindy,

wir haben Morales' Fingerabdrücke im Haus gefunden, allerdings schon ziemlich angestaubt. Trotzdem, Sie können stolz auf sich sein, schließlich sind Sie ja überhaupt auf die Idee gekommen. Übrigens, falls Sie es noch nicht mitbekommen haben, am Montag wurde in Chicago eine Bank überfallen. Ersten Vermutungen zufolge dürfte es sich bei der Täterin um unsere gemeinsame Freundin Mac handeln. Nach allem, was ich gehört habe, hat sie zwei Menschen erschossen und ungefähr tausend Dollar erbeutet. Dann ist sie einfach verschwunden, am helllichten Tag. Also ist Morales zuletzt in Chicago gesehen worden. Oder es war jemand, die ihr ähnlich sieht.

Alles Gute

Pat

Diese wenigen Zeilen waren für Cindy wie der helle Sonnenstrahl, der nach vierzig Tagen und Nächten ununterbrochenen Regens durch die Wolkendecke bricht. Sie hatte recht gehabt! Morales hatte das Fish-Haus tatsächlich als Versteck genutzt.

Und jetzt gab es sogar noch eine neue Spur.

Morales hatte eine Bank überfallen und zwei Menschen getötet. Beides war ein klarer Ausdruck ihres Wahnsinns und ihrer Verzweiflung.

Cindy hatte nicht den geringsten Zweifel daran: Morales würde bald wieder Geld brauchen. Sie würde sich bald wieder zeigen.

Als Nächstes ging sie online und gab die Suchbegriffe »Banküberfall, Chicago« ein. Sie las sich die Berichte der diversen Chicagoer Tageszeitungen durch. Mackie Morales wurde nirgendwo namentlich erwähnt. Die Strafverfolgungsbehörden gingen also offensichtlich nach demselben Prinzip vor wie bei Fishs Haus, nachdem Cindy entdeckt hatte, dass es mit einer Sprengfalle versehen worden war.

Sie wollten Morales aus der Presse halten, damit sie nicht ahnte, dass sie bereits enttarnt worden war.

Cindy suchte sich die Videos der Chicagoer Lokalsender heraus und stieß dort auf etliche Interviews mit Bankkunden, die direkt nach dem Überfall auf die Straße gelaufen waren.

Sie notierte sich die Namen und schickte eine E-Mail an ihre Kollegen beim *Chronicle*, um zu fragen, ob irgendjemand Kontakte zur Polizei in Chicago hatte.

Dann schrieb sie an Henry Tyler:

An: H. Tyler
Von: C. Thomas
Betreff: Neueste Entwicklungen, Morales
Henry, Morales hat möglicherweise in Chicago einen Bankraub verübt und zwei Menschen getötet. Ihr Name ist bis jetzt unter Verschluss. Ich gehe der Sache nach. Melde mich, sobald ich mehr weiß. Cindy.

Anschließend verfasste sie eine Antwort an Captain Lawrence und bedankte sich für den Hinweis. Und dann buchte sie einen Flug nach Chicago.

33

Mackie Morales saß am Steuer des silberfarbenen Acura, den sie auf einem Parkplatz in der State Street – einer luxuriösen Einkaufsstraße im »Loop« von Chicago – geklaut hatte. Der Schlüssel hatte im Kofferraumschloss gesteckt, also hatte die Besitzerin eindeutig nichts als Luft in der Birne. Wahrscheinlich fragte sie sich immer noch, wo sie ihr Auto abgestellt hatte, und es würde noch eine Weile dauern, bis sie es bei der Polizei als gestohlen meldete.

Während Mackie also unterwegs Richtung Westen war, hatten sie und Randy die Gelegenheit, sich köstlich zu amüsieren. Er sagte: *Manchmal schickt einem das Leben zum richtigen Zeitpunkt eine Dumpfbacke über den Weg.*

»Der war gut, Liebster.«

Bei einem Tankstopp in Bettendorf, Iowa, zweieinhalb Stunden westlich von Chicago, entdeckte sie die wetterfeste Wolljacke der Dumpfbacke im Kofferraum. Sie holte ihre Pistole aus ihrem blauen Trenchcoat, steckte sie in die Tasche der Wolljacke und stopfte den Trenchcoat anschließend in den Mülleimer neben den Zapfsäulen.

Als Nächstes fand sie ein Paar Lederhandschuhe in den Taschen der Jacke – sehr praktisch – und dazu ungefähr sechzehn Dollar in Eindollarscheinen und Münzen. Wäre schön gewesen, wenn die Dumpfbacke eine erwähnenswerte Summe Bargeld im Auto gelassen hätte, aber dafür fand Mackie im Handschuhfach eine Packung Kekse. Auch erfreulich.

Jetzt also, nach diversen bar bezahlten Einkäufen – Benzin, Naschkram und ein Abendessen auf einer Raststätte bei Cheyenne –, fuhr Mackie auf dem Interstate Highway durch die dürren Ebenen des südlichen Wyoming. Sie hielt sich streng an die Geschwindigkeitsbegrenzung und wollte nichts als einen rauschfreien Radioempfang und freie Fahrt ohne Polizeikontrollen. Doch dann sah sie bei der Auffahrt Laramie eine Gestalt am Straßenrand stehen.

Bald erkannte sie, dass es sich um eine junge Frau mit Jeans und Jeansjacke handelte. Sie hatte lange dunkle Haare, und auf ihrem selbst gemalten Pappschild stand ROCK SPRINGS.

Randys Typ. Hundertprozentig.

Mackie hielt an, das Mädchen schnappte sich seinen Rucksack und kam zum Wagen gelaufen.

Mackie ließ das Beifahrerfenster herunter.

Das Mädchen sagte: »Hallo, super, danke fürs Anhalten. Wohin fährst du?«

»Ich möchte nach Portland«, erwiderte Mackie. »Da komme ich direkt an Rock Springs vorbei.«

»Oh, das wäre ja toll. Vielen Dank.«

Das Mädchen mit den langen Haaren holte eine Wasserflasche aus dem Rucksack. Für einen kurzen Moment sah Mackie die blauen Flecken an ihrem Handgelenk, dann versteckte das Mädchen die Abdrücke, die von kräftigen Fingern hinterlassen worden waren, wieder unter ihren Jackenärmeln.

»Ich heiße Leila«, sagte sie.

»Und ich bin Hannah«, erwiderte Mackie. Den Namen hatte sie sich ganz spontan ausgedacht. »Leila, ich will ja nicht neugierig sein, aber warum bist du so spät am Abend noch per Anhalter unterwegs?«

»Ach, na ja, ich hatte Probleme mit meinem Freund ... obwohl, jetzt ist er wahrscheinlich mein Ex. Ich habe ihn be-

sucht. Er studiert in Laramie, an der University of Wyoming.«
Leila zeigte mit dem Daumen nach hinten. »Wir haben uns
gestritten. Natürlich, weil er mit einer anderen was angefangen hat. Jetzt muss ich alleine wieder nach Hause, aber wenigstens muss ich dieses Arschloch nie wiedersehen.«

»Hast du denn keine Angst beim Trampen?«

»Überhaupt nicht. Ich steige grundsätzlich nur zu Frauen
ins Auto. Wohnst du in Portland?«

»Meine Mom lebt da. Ich will sie besuchen. Sie ist wahnsinnig witzig, und kochen kann sie auch.«

»Cool. Hannah, ich habe gestern Nacht überhaupt nicht
geschlafen. Kann ich vielleicht für ein paar Minütchen die
Augen zumachen?«

Mackie suchte und fand einen Sender mit ruhiger Musik.
Als Leila eingeschlafen war, dachte Mackie an Lindsay Boxer.
Es war gut, wieder nach San Francisco zu kommen. Richie
und Lindsay würden nicht *einen* Gedanken an sie verschwen-
den.

Überraschung! Wir sind wieder da-haaa!

Leila saß auf dem Beifahrersitz und zuckte im Schlaf.

Bevor sie in San Francisco ankam, musste sie sich auch
noch überlegen, was sie mit ihr anfangen sollte.

34

Das Abendessen war beendet, und Yuki stand zusammen mit Brady und zahlreichen anderen Passagieren in der überfüllten und absolut fantastischen Ocean Bar der *FinStar*. Das Innere der Bar wurde von goldenen Zierleisten und rostroten Herbsttönen dominiert. Draußen vor den geschwungenen, vom Boden bis zur Decke reichenden Fenstern war es pechschwarze Nacht. Nur die Schaumkronen rund um den Bug sorgten für ein wenig Weiß, während das wunderschöne Schiff auf Sitka zuhielt.

Yuki trug ein schwarzes Kleid, sehr sexy, und dazu ihre neue Engelshaut-Korallenkette sowie hochhackige Riemchenschuhe. Sie nippte nur vorsichtig an ihrer ersten Margarita und hoffte auf die Aurora borealis, das weltberühmte Nordlicht, das man in diesen Breitengraden gelegentlich zu sehen bekam.

Brady sah unfassbar gut aus. Auch er trug Schwarz: Rollkragenpullover, Blazer und Hose. Seine dunkle Kleidung bildete einen herrlichen Kontrast zu seinen hellblonden Haaren. Er streckte die Hand nach ihr aus.

»Komm mal mit, Süße. Lass uns aufs Verandadeck gehen.«

Zu Hause stand Yuki jeden Tag um sechs Uhr auf. Sie war bis ins Kleinste organisiert und überarbeitet, immer in Bewegung, ununterbrochen bemüht, Verbrecher vor Gericht zu zerren und ins Gefängnis zu stecken.

Aber wenn sie mit Brady zusammen war, fühlte sie sich anders. Bei ihm konnte sie auch ihre weichere, verletzlichere Seite zeigen, konnte ihm die Führung überlassen und sich ihm anvertrauen. Noch nie zuvor hatte sie einem Mann auf diese Weise vertraut, emotional, aber auch ganz praktisch. Ihr Vertrauen war wirklich riesig. Aber sie hatte Höhenangst.

Yuki stellte das Glas ab, nahm die Hand, die ihr Ehemann ihr darbot, und sagte: »Geh voraus.«

Gemeinsam stiegen sie die mit gelbbraunem Teppichboden belegte Treppe hinauf. Sie wand sich unter einem riesigen künstlichen Sternenhimmel, der sich über dem Treppenhaus wölbte, spiralförmig nach oben. In der Veranda-Lounge angekommen, legte Brady ihr eine Hand auf den Rücken und dirigierte sie durch die Menschenmenge bis zu der Glasscheibe an der Schiffsspitze.

In diesem Augenblick ging ein ehrfürchtiges Raunen durch den Raum.

Auf der Steuerbordseite sah Yuki jetzt ein blassblaues gefiedertes Licht am Himmel. Es wurde kräftiger und fing an, sich zu bewegen, bildete eine Lichtschneise von Ost nach West, in sich verschlungen wie eine Art Wirbel.

Brady stand hinter ihr und hatte die Arme um sie geschlungen, während sie den Atomteilchen zusahen, die hundert Kilometer über ihren Köpfen aufeinanderprallten und dabei Energie abgaben, sodass vor dem Hintergrund des samtigen Nachthimmels ein ätherisch anmutendes, verschwommenes Bild entstand.

»Ich muss unbedingt Fotos machen«, sagte Yuki.

»Das lässt sich arrangieren«, erwiderte ihr Ehemann.

Er nahm sie bei der Hand, führte sie zur Tür und achtete darauf, dass sie ohne zu stolpern über die hohe Schwelle kam.

Der kalte Wind an Deck trieb Yuki Tränen in die Augen, aber sie machte einige Fotos. Dabei wehten ihr jedes Mal die

Haare vor das Objektiv. Doch dann entdeckten sie Lyle, ihren Kabinen-Steward, der sich anbot, ein Bild von ihnen beiden zu machen.

»Wie lange bleibt das so?«, fragte sie ihn.

»Vielleicht mehrere Stunden, aber soweit ich gehört habe, kann es auch einfach verschwinden, nur weil Sie geniest haben.«

»Dann schnell«, sagte sie und drückte ihm die Kamera in die Hand.

Sie und Brady stellten sich also Arm in Arm vor die Reling und wandten der vom zauberhaften Nordlicht erhellten Dunkelheit über und unter ihnen den Rücken zu.

Yuki bedankte sich bei Lyle und bekam die Kamera zurück. Dann drehte sie sich zu Brady um, stellte sich auf Zehenspitzen und drückte sich an ihn. Er schlang die Arme noch fester um sie.

Sie rief ihm über das Brausen des Windes hinweg zu: »Bring mich ins Bett.«

»Womit haben wir dieses Glück bloß verdient?«, meinte Brady.

35

Mein Tag begann in Jacobis großem Büro mit Sicht auf die Schaufenster der Kautionsagenten und den Parkplatz in der Bryant Street.

Jacobi hatte neue Informationen von unserem Kontaktmann beim FBI bekommen. »Es gibt etliche Übereinstimmungen bei den Indizien, die bei den Brückenopfern und bei dem Toten auf dem Parkplatz in L. A. gefunden wurden. Die gleiche Art der Verletzungen, und dazu ein winziges Hexogen-Kristall.«

»Sehr nett, dass die uns auf dem Laufenden halten. Aber für mich ist das immer noch ein Doppelmord mit Hamburger.«

»Weißt du was, Boxer? Überlass das doch dem FBI. Die haben ein riesiges Labor und ausreichend Leute. Wir haben auch so schon mehr als genug zu tun.«

»Ist das ein Befehl?«

»Ja, na klar. Würde das was nützen?«

Nein, würde es nicht.

»Das ist mein Fall, Jacobi.«

Ich rief Donna Timko an, die Leiterin der Produktentwicklung bei Chuck's Prime, aber nachdem ich erfahren hatte, dass sie den ganzen Tag auswärts zu tun hatte, beschlossen Conklin und ich, Holly Restrepo aus der Zelle zu holen.

Es folgte eine sechsstündige, sehr intensive Unterhaltung zu dritt. Sie hielt von Anfang bis Ende stur an ihrer Geschichte fest. Ihr mieser, gewalttätiger Ehemann hatte sie bedroht. Aber sie konnte sich an nichts mehr erinnern, bis zu dem Augenblick, wo wir gekommen waren und sie mit dem Gewehr in den Händen zugesehen hatte, wie Rudolfo auf dem Fußboden immer mehr Blut verloren hatte.

Mein liebenswürdiger Partner sagte: »Holly, die Zeit wird knapp. Wenn Sie zugeben, dass Sie in Notwehr auf Ihren Mann geschossen haben, dann bietet die Staatsanwaltschaft Ihnen vielleicht einen Deal an. Falls er nicht überlebt, dann würden Sie des vorsätzlichen Mordes angeklagt werden. Und dann können Sie Ihre Kinder nie wieder im Arm halten.«

Holly Restrepo verdrehte die Augen, es sah irre aus, und sagte: »Sehe ich vielleicht aus, als wäre ich zurechnungsfähig?«

Ja, so sah sie aus.

Wir waren die Versuchskaninchen, an denen sie ihre Verteidigungsstrategie ausprobierte.

So verging der ganze Tag. Frustrierend und unter dem Damoklesschwert der nächsten Körperbomben. Ich sehnte mich nach dem Feierabend.

Ich war gerade mal zehn Minuten zu Hause, hatte die Jacke an den Haken gehängt und die Pistole abgeschnallt, da tauchte Cindys Name auf dem Display unseres Festnetztelefons auf.

»Linds, kann ich mal vorbeikommen?«

»Natürlich! Joe macht gerade eine Gemüselasagne. Schieb deinen dürren Hintern zu uns an den Tisch.«

Eine halbe Stunde später kam Cindy zur Tür herein. Niedlich sah sie aus, mit ihrer Jeans, der pinkfarbenen Strickweste und der glitzernden Haarspange. Aber auch aufgedreht.

»Ich muss jetzt unbedingt ein Baby knuddeln«, sagte sie.

»Setz dich.«

Cindy streckte die Arme aus, und Joe gab ihr Julie. Für eine Frau, die keine eigenen Kinder haben wollte – noch nicht! –, stellte sie sich erstaunlich geschickt an. Man hätte glauben können, dass sie jeden Tag kleine Kinder im Arm wiegte.

Sie plauderte angeregt mit Julie über dies und das, nichts allzu Persönliches oder Tiefschürfendes, abgesehen vielleicht von der Frage, ob sie Jay Leno oder David Letterman den Vorzug geben würde. Julie gab als Antwort ein leises Blubbern von sich, und ich musste laut lachen. Irgendwann blieb mir nichts anderes übrig, als Cindy die Kleine wegzunehmen, damit ich sie vor dem Essen noch ins Bett bringen konnte.

Cindy stocherte in ihrer Lasagne herum und stellte Joe alle möglichen Reporterinnenfragen. Manchmal hakte sie sogar nach. Trotzdem wurde ich das Gefühl nicht los, dass sie irgendetwas beschäftigte – irgendetwas, was sie nicht in seiner Gegenwart ansprechen wollte.

Was immer es auch sein mochte, sie stillte das Verlangen, darüber zu reden, mit zwei Gläsern Wein, um dann Kaffee und Dessert abzulehnen und sich stattdessen ein drittes Glas zu gönnen. Damit war die Flasche leer. Joe sagte, dass er noch ein paar Telefonate zu führen hatte. Er küsste Cindy auf die blonden Locken und verließ das Zimmer.

Ich wandte mich an Cindy und sagte mit meiner besten Kino-Kommissarinnen-Stimme: »Also gut, Schwester. Raus mit der Sprache.«

36

Behutsam stellte Cindy ihr Weinglas auf den Couchtisch, streifte die flachen Schuhe ab und drückte sich mit angezogenen Beinen in eine Ecke der Couch. Ich saß ihr gegenüber in Joes großem Ledersessel.

»Was ist denn los?«, fragte ich sie.

»Du wirst mich umbringen«, erwiderte Cindy. »Aber es wäre mir erheblich lieber, du würdest mich am Leben lassen.«

Ich sah ihr ins Gesicht und entdeckte einen Hauch von schlechtem Gewissen in ihrem Blick. Schlagartig klingelten sämtliche Alarmglocken. Was, verdammt noch mal, hatte Cindy angestellt?

»Also dann, Augen zu und durch.«

Und dann erzählte sie es mir.

»Du hast doch mal erwähnt, dass Morales in Wisconsin gesehen worden ist, in einem kleinen Ort am Lake Michigan, weißt du noch? Also… ich war dort und habe sie aufgestöbert.«

»Das ist doch nicht dein Ernst! Das hast du nicht gemacht, Cindy!«

»Ich habe herausgefunden, dass Randy Fishs Vater dort ein Haus hat, direkt am See. Und dann habe ich mir gedacht, dass Morales sich vielleicht in dieses Haus zurückgezogen hat. Ich habe die Polizei verständigt, und wir waren zusammen dort. Ich wollte bei der Festnahme dabei sein und dann darüber schreiben, verstehst du? Exklusiv. Aber ... sie war schon nicht mehr da.«

»Du bist mit einer Information, die ich dir unter dem Siegel der Freundschaft anvertraut habe ...«

»Ich weiß, ich weiß. Aber es war doch gar nicht dein Fall, Lindsay. Sie war ja in Wisconsin! Weit, weit weg.«

»Und dann hast du mithilfe von Informationen, die du von mir bekommen hast, mit dieser, dieser ... Geschichte angefangen, ohne mich zu fragen? Ist dir eigentlich klar, was das für mich für Konsequenzen haben kann?«

Cindy griff nach ihrem Glas, leerte es in einem Zug und sagte: »Na ja, ursprünglich hatte ich gedacht, dass ich dir und Richie das ganze Material gebe, alles, was ich herausgefunden habe, und dass ihr sie dann festnehmen könnt. Dann hätten wir alle gewonnen. Hör zu, ganz egal, was du jetzt von mir denkst, ich nehme es dir nicht übel. Ich habe einen Fehler gemacht. Es tut mir wirklich leid. Danke für das Abendessen, Lindsay.«

Sie stellte das Glas ab und angelte mit den Zehenspitzen nach ihren Schuhen. Ich war mir ziemlich sicher, dass sie nicht einmal halbwegs geradeaus gehen konnte, aber ganz bestimmt konnte sie nicht mehr Auto fahren.

»Ich werde dich bestimmt nicht anbetteln, Cindy, aber wenn du nicht sofort jedes einzelne Detail auf den Tisch legst, dann ersticke ich dich mit einem Sofakissen.«

Sie lachte. »Bitte, tu mir nichts.«

»Das wird sich zeigen.«

Sie grinste und ließ sich wieder auf die Couch sinken. »Na gut. Als wir bei dem Haus angekommen sind, war Morales schon nicht mehr da. Aber sie hatte eine Sprengfalle gebastelt ... Ganz genau! Dann wäre alles in die Luft geflogen. Das weiß ich aus erster Hand.«

»Und woher weißt du, dass das tatsächlich Morales war?«

»*Absolut vertraulich* … man hat unter einer Staubschicht Fingerabdrücke von ihr gefunden. Und jetzt bewacht das FBI das Haus, in der Hoffnung, dass sie vielleicht noch mal auftaucht und sie sie dann verhaften können. Aber wenn du mich fragst? Ich glaube nicht, dass sie wiederkommt.«

»Weil?«

Cindy holte tief Luft und stieß einen lang gezogenen Seufzer aus.

»Anfang der Woche hat eine Frau, deren Beschreibung ziemlich genau zu Mackie passt, eine Bank in Chicago ausgeraubt. Sie hat dabei zwei Menschen getötet – den Wachmann und eine unbeteiligte Kundin. Ich bin dann auch nach Chicago geflogen und habe mit zwei Bankkunden gesprochen, die entkommen konnten, bevor die Polizei alles abgeriegelt hat. Von ihnen habe ich folgende Beschreibung der Täterin bekommen. Pass gut auf, Lindsay: Ungefähr eins siebzig groß. Sportlich. Möglicherweise lateinamerikanischer Herkunft.«

Ich sagte: »Das soll eine Beschreibung sein? Für mich klingt das eher wie ein vages Klischee, völlig nutzlos, weil es auf viel zu viele Menschen zutrifft. Jetzt hör mir mal zu, Cindy! Bitte, sieh mich an! Nehmen wir mal an, du bist Morales tatsächlich auf der Spur. Gott sei Dank bist du ihr nicht persönlich über den Weg gelaufen. Ganz im Ernst! Das FBI hat sie auf die Liste der zehn meistgesuchten Straftäter gesetzt, an Nummer fünf! Du weißt besser als die meisten anderen, wie gefährlich sie ist.«

Cindy erwiderte: »Ich bin Polizeireporterin, Linds. Und zwar offensichtlich eine verdammt gute!«

Das konnte niemand bestreiten. Cindy hatte mir mit ihrer Hartnäckigkeit mehr als einmal geholfen, einen Fall aufzuklären, und sie besaß eine Intuition, die mehr war als bloßes Glück. Einmal hatte sie gesagt, dass ihr nur noch ein einziger Kracher fehlte, um landesweit den Durchbruch zu schaffen. Mir war durchaus klar, was Morales für sie bedeutete. Aber das bedeutete nicht, dass sie sich in ihre Nähe wagen durfte. Ich nickte und sagte: »Ich weiß, wie gut du bist, ehrlich.«

»Kann ich dann jetzt vielleicht einen Kaffee bekommen? Weil es nämlich noch mehr zu erzählen gibt.«

37

Ich kochte Kaffee, ohne Cindy aus den Augen zu lassen. Sie klopfte mit den Fingerspitzen auf ihrem Handy herum und wirkte genauso abgelenkt wie während des Essens.

Joe kam in die Küche, und ich flüsterte ihm zu: »Sie ist Morales auf den Fersen.«

Er zog die Augenbrauen hoch und fragte: »Ganz alleine? Du würdest sie am liebsten abknutschen deswegen, oder?«

»Also … wieso?«, erwiderte ich misstrauisch.

»Weil sie dir so ähnlich ist.«

»Ach, hör doch auf«, sagte ich. »Findest du wirklich?«

Er grinste, gab mir einen Klaps auf den Hintern, schenkte sich eine Tasse Kaffee ein und ging in sein Arbeitszimmer.

Ich rief: »Cindy, dein Kaffee ist fertig.«

Sie kippte Zucker und Milch in ihren Becher, und dann gingen wir gemeinsam wieder ins Wohnzimmer. Sie wischte mit dem Daumen über ihr Smartphone, und als ich unmittelbar davor war, einen Schreikrampf zu kriegen, stand sie auf und streckte mir das Display entgegen.

»Vor rund drei Stunden habe ich diese E-Mail bekommen, mit ein paar Bildern im Anhang«, sagte sie. »Manchmal ist ein Foto mehr wert als tausend Blablas.«

»Was ist das?«, wollte ich wissen.

Auf dem ersten Foto waren drei Streifenwagen der Wyoming Highway Patrol zu sehen. Sie standen mit eingeschalteten Blinklichtern am Rand des Highways.

Auf dem zweiten war die Fahrbahn mit rot-weiß gestreiften Warnhütchen abgesperrt worden, während ein halbes Dutzend State Troopers in khakifarbenen Uniformen sich vor dem Straßengraben versammelt hatte. Darin lag eine augenscheinlich tote Frau.

»Soll das etwa Mackie sein?«

»Nein«, sagte Cindy. »Blätter mal weiter.«

Das nächste Foto war eine Nahaufnahme der Toten. Zuerst dachte ich, sie sei angefahren worden, aber auf dem vierten Bild wurde deutlich, dass sie einem Schuss in die linke Schläfe zum Opfer gefallen war.

»Woher hast du die?«, wollte ich wissen.

»Das ist vertraulich«, sagte Cindy. »Sie stammen von einem befreundeten Polizisten, der sie wiederum aus einer ungenannten Quelle hat. Die Tote ist noch nicht identifiziert. Ich kenne diese Frau nicht, Linds«, sagte Cindy, »aber trotzdem kommt sie mir irgendwie bekannt vor.«

Ich nahm die Nahaufnahmen etwas genauer unter die Lupe. Sie war hübsch, Mitte zwanzig, lange dunkle Haare, blasse Haut, schlank. – Das Einschussloch in der Schläfe brachte mich auf den Gedanken, dass sie vielleicht auf einem Beifahrersitz gesessen hatte, dann erschossen und aus dem Fahrzeug gestoßen worden war. Oder vielleicht war sie selbst gefahren, hatte aus irgendeinem Grund angehalten, das Fenster heruntergelassen und war dann von draußen erschossen worden. Der Täter hatte sie anschließend aus ihrem Auto gezerrt und war selbst weitergefahren.

Dann kam ich zu den Nahaufnahmen ihrer Hände. An allen Fingern fehlte das erste Fingerglied, und mit einem Schlag war alles anders.

Cindy sagte: »Erinnert dich das an was?«

Ja. Es erinnerte mich an Randy Fish, einen sadistischen

Triebtäter, der seine Opfer mit unterschiedlichen Methoden gequält und getötet hatte. Einem seiner letzten Opfer hatte er mit einer Rebschere die Fingerkuppen abgeschnitten – bei lebendigem Leib. Er hatte es mir persönlich erzählt.

Randy Fish war tot, das hatte ich mit eigenen Augen gesehen.

Aber seine Seelenverwandte lebte.

Cindy sagte: »Das kann doch unmöglich Zufall sein, oder? Dieser Mord sieht für mich aus wie eine Hommage an Randy Fish. Und deshalb glaube ich, dass Mackie dahintersteckt.«

Könnte sein. Schon möglich. Definitiv denkbar. Aber es gab nicht den geringsten Beweis dafür, dass Mackie Morales irgendetwas mit diesem Verbrechen zu tun hatte.

Ich stellte Cindy jede Menge Fragen: Hatte das Opfer einen Ausweis bei sich gehabt? Gab es Zeugen? Eine Vermisstenmeldung, die zu der Toten passte? Irgendetwas?

Cindy meinte: »Linds, ich habe dir alles gesagt, was ich weiß, *und* alles, was ich denke.«

Aber das kaufte ich ihr nicht ab.

Cindy blickte mich mit ihren großen, runden himmelblauen Augen an, aber ich war mir nicht einmal sicher, ob sie mich überhaupt wahrnahm. Vielleicht war sie in Gedanken bereits damit beschäftigt, ihren Scoop über die mordlüsterne Mackie Morales auszuarbeiten.

Oder es war etwas ganz anderes.

Ich sagte: »Was ist es, Cindy? Was willst du mir nicht erzählen?«

38

Conklin kam um halb neun ins Büro, was für seine Verhältnisse relativ spät war. Er war weder rasiert noch gekämmt, und das Hemd hatte er auch nicht richtig zugeknöpft. Entweder hatte er eine Runde im Wäschetrockner gedreht, oder ich hatte alle Anzeichen für eine frische Liebe vor mir: lange Nächte, morgendliche Freuden.

»Ich habe gerade Kaffee gekocht«, sagte ich und wies mit dem Kinn in Richtung Pausenraum.

»Gott sei Dank.«

»Gern geschehen.«

Nach einer Minute war er mit einem Becher frisch gebrühtem Kaffee in der Hand wieder da. Er zerrte seinen eingeklemmten Stuhl unter dem Schreibtisch hervor, ließ sich daraufplumpsen und fuhr sich mit beiden Händen durch die dicken braunen Haare.

Dann sagte er: »Kaffee ohne Donuts ist wie ein Tag ohne Sonne.«

»Tut mir echt leid«, erwiderte ich.

Dann zog ich meine Schreibtischschublade auf, holte eine Packung Erdnussbutterkekse hervor und warf sie meinem Partner zu. Er fing sie in der Luft und riss die Packung mit den Zähnen auf.

»Tina und ich …«

»Mm-hmm.«

»… wir sind politisch nicht auf einer Wellenlänge. Ich hätte nie gedacht, dass so was irgendwann mal eine Rolle spielen würde.«

»Habt ihr euch gestritten?«

»Ich schätze mal, man geht automatisch davon aus, dass jemand, den man mag, auch ähnliche Werte hat wie man selbst. Aber da liege ich anscheinend immer wieder falsch.«

»Meinst du, ihr kriegt das trotzdem hin?«

Er zuckte mit den Schultern, kaute auf seinen Keksen herum und erkundigte sich mit vollem Mund, was es bei mir Neues gab.

Ich erzählte ihm, dass Cindy gestern bei uns zu Abend gegessen hatte. Dass sie lange mit dem Baby gespielt hatte, behielt ich für mich.

Conklin sagte: »Wie geht es ihr? Bei der Hochzeit hat sie gar nicht gut ausgesehen. Sie hat abgenommen. Und sie hat kaum mit mir geredet. Geht es ihr gut?«

»Männer haben wirklich keine Ahnung«, sagte ich.

»Was soll das denn schon wieder heißen?«

»Egal. Jedenfalls habe ich vor ein paar Tagen den Fehler gemacht und ihr erzählt, was Brady uns erzählt hat – dass Morales womöglich in Wisconsin gewesen ist. Und Cindy hat beschlossen, der Sache persönlich auf den Grund zu gehen.«

Conklin verschluckte sich an seinem Kaffee, und als er endlich ausgeprustet hatte, starrte er mich an. »Willst du damit sagen, dass sie nach Wisconsin geflogen ist, um Mackie Morales zu suchen? Ganz alleine? Und was hätte sie gemacht, wenn sie sie gefunden hätte?«

Ich berichtete ihm also von Cindys Suche nach unserer ehemaligen Sommerpraktikantin mit einem Hang zum Morden – und dass sie sich nach einem Karrieresprung sehnte. »Aus ihrer Sicht ist das eine Gelegenheit, wie man sie nur einmal im Leben bekommt.«

Conklins Mienenspiel durchlief unterschiedliche Stadien des ungläubigen Entsetzens, während ich ihm erzählte, was Cindy in den vergangenen Tagen aufgedeckt hatte. Zusammen betrachtet konnten die verschiedenen Ereignisse nur eines bedeuten: Mackie Morales war wieder da.

»Cindy wollte mir nicht alles verraten«, sagte ich zu Rich. »Und als ich nachgebohrt habe, da hat sie nur gesagt, ich zitiere: ›Ich sag es dir, sobald ich mehr weiß.‹«

Conklin zerknüllte seinen leeren Becher und warf ihn in den Abfalleimer. »Hast du versucht, sie davon abzubringen? Na, egal, ich weiß ja, wie sie ist. Da kann man bloß hoffen, dass Mackie nicht dahinterkommt, dass Cindy sich an ihre Fersen geheftet hat.«

Mein Diensttelefon klingelte und wollte einfach nicht aufhören. Irgendwann nahm ich ab.

Eine Männerstimme sagte: »Sergeant, hier sprich Lou Frye. Von Chuck's Prime.«

Ich gab Richie ein Zeichen, dass er sich auf Leitung vier zuschalten sollte, und sagte Frye, dass Conklin mithörte.

Frye hustete und keuchte, bis er endlich genügend Luft in der Lunge hatte, um zu sagen: »Jansing hat eine Nachricht des Erpressers erhalten. Er will sich heute noch telefonisch melden und seine Lösegeldforderung übermitteln. Ich nehme an, dass Sie gerne dabei sein möchten.«

Nachdem Cindy und Conklin sich getrennt hatten, hatte mein Partner ein paar Wochen lang in seinem Auto geschlafen und sich im Büro gewaschen und frisch gemacht. Jetzt zog er seine Schreibtischschublade auf und holte den Kulturbeutel heraus, der immer noch dort drin wohnte. Er wühlte darin herum und brachte einen Rasierer zum Vorschein. Anschließend verschwand er damit im Badezimmer.

»Wir sind unterwegs«, sagte ich zu Louis Frye.

39 Die Fahrt in die Chuck's-Zentrale in Emeryville hätte ich auch in Handschellen mit verbundenen Augen im Schlaf geschafft, aber trotzdem dauerte sie unendlich lange. Der morgendliche Berufsverkehr, der sich von Westen her über die Brücke wälzte, hielt uns auf, und als wir den Tunnel auf Yerba Buena Island passiert hatten, stieg ein übernervöser Autofahrer vor uns in die Eisen und schlingerte quer über die Fahrbahn, sodass ich nicht anders konnte, als eine Leitplanke zu streifen. Für einen kurzen Moment fuhren wir nur auf zwei Rädern weiter, bis wir wieder auf der Straße landeten.

Conklin, das muss ich zu seiner Ehrenrettung sagen, behielt die Kekse und den Kaffee bei sich. Auf dem letzten Stück schaltete ich die Sirene aus, nur für den Fall, dass der Bombenbastler das Emery Tech Building beobachtete.

Es war kurz vor halb elf, als ich den Wagen in einer Parklücke auf dem Vorstandsparkplatz von Chuck's abstellte. Therese Stanford, eine hübsche junge Frau mit Brille, die in der Elektronikabteilung unseres kriminaltechnischen Labors beschäftigt war, erwartete uns bereits. Ihr tiefergelegter roter Mustang war vermutlich erst kürzlich von der Drogenfahndung beschlagnahmt worden. Sie stieg aus und hängte sich eine Laptoptasche über die Schulter.

Lou Frye, der Justiziar von Chuck's Prime, stand vor der Hintertür und rauchte. Er drückte seine Zigarette an der Hauswand aus, während Conklin und ich zu ihm traten. Wir stellten ihm Therese Stanford vor, und er brachte uns ins Innere.

»Bis jetzt hat noch niemand angerufen«, sagte Frye und drückte auf die Fahrstuhltaste. »Jansing ist völlig am Boden. Ich habe ihn noch nie so niedergeschlagen und innerlich zerrissen erlebt. Er will das Richtige tun, aber gleichzeitig muss er seine Firma schützen. Er liebt Chuck's. Er *ist* Chuck's.«

Michael Jansing saß in seinem Büro, schaukelte auf dem Schreibtischstuhl hin und her und starrte zum Fenster hinaus. Als wir hereinkamen, stellte er den Stuhl senkrecht, stand auf, begrüßte uns der Reihe nach mit einem schweißnassen Händedruck und bot uns Kaffee an.

Als seine Sekretärin mit einem Tablett hereinkam, stellte Stanford ihren Laptop auf Jansings Schreibtisch.

»Und wenn der Drecksack sich gar nicht meldet?«, wandte Jansing sich an Stanford.

»Wenn er sein Geld haben will, ruft er auch an.«

»Und was soll ich dann machen?«

»Versuchen Sie, ihn hinzuhalten, ein bisschen Zeit zu gewinnen, damit wir ihn orten können. Fragen Sie ihn, wie er heißt. Ob er Sie aus einem bestimmten Grund zu Hackfleisch machen will … obwohl, nein.« Stanford lachte nervös. »Ist vermutlich keine gute Idee. Sie und Hackfleisch …«

Jetzt schaltete sich Conklin ein. »Drucksen Sie ein bisschen herum, Mr. Jansing, aber übertreiben Sie's nicht. Er soll Ihnen sagen, wann und wo die Übergabe stattfindet, und ab da nehmen Sergeant Boxer und ich die Sache in die Hand.«

Wir setzten uns und stellten uns auf eine längere Wartezeit ein. Die Stille wurde immer drückender. Ich weiß nicht, was in den Köpfen der anderen vor sich ging, aber ich wusste genau, was alles schiefgehen konnte.

Wenn der Kerl von seinem Handy aus anrief, dann gehörte

er uns. Aber würde er überhaupt anrufen? Würde er uns zum Übergabeort lotsen, oder war er einer dieser Sadisten und würde Jansing von Ort zu Ort jagen, bis er sich sicher war, dass das Vögelchen alleine geflogen war, um dann das Geld zu nehmen und zu verschwinden?

Und obwohl Stanfords Frage einigermaßen unsensibel gewesen war, in der Sache hatte sie durchaus recht. Hatte der Bombenbastler tatsächlich vor, Jansing zu Hackfleisch zu machen? Was hatte er gegen ihn? Oder gegen Chuck's Prime? Oder war es etwa reiner Zufall, dass er Sprengsätze in Hamburger-Frikadellen versteckt hatte? Einfach nur, weil sich die Gelegenheit geboten hatte?

In Jansings Büro herrschte eine Stille wie in einer Leichenhalle bei Stromausfall. Wir hatten Jansing schon bei unseren letzten beiden Besuchen alle nur denkbaren Fragen gestellt, und er selbst hatte offensichtlich auch nichts Neues auf dem Herzen. Wir tranken Kaffee und sahen zu, wie Jansing in seinem Stuhl hin und her schaukelte, und das siebenundvierzig unendlich zähe Minuten lang.

Dann klingelte ein Telefon. Jansing zog sein Handy aus der Brusttasche und zeigte Stanford die Anruferkennung.

Sie gab die Nummer in ein Handy ein, das mit ihrem Computer verbunden war, und nur einen Augenblick später hatte ihre Software die Basisstation ausfindig gemacht, von welcher der Bombenbastler anrief.

Stanford sagte: »Er ist in Emeryville.«

Sie unterbrach die Verbindung, wählte ein zweites Mal die Nummer des Anrufers und hatte seinen genauen Standort bestimmt. Zu diesem Zeitpunkt hatte Jansings Handy bereits viermal geklingelt.

»Er legt gleich auf«, sagte ich.

»Gehen Sie ran«, forderte Stanford Michael Jansing auf.

40

Jansing schaltete den Lautsprecher ein und meldete sich mit seinem Namen.

Die Stimme des Anrufers war elektronisch verzerrt und klang schrill und roboterhaft. Es hörte sich krank, Furcht einflößend und wahnsinnig an.

»Wie geht's, wie steht's, Jansing. Ich hatte gehofft, dass ich Sie im Haus antreffe.«

Therese Stanford gab die Nummer des Anrufertelefons in ihren Laptop ein. Auf ihrem Bildschirm waren alle Handymasten in Emeryville und Umgebung zu erkennen. Mit etwas Glück würde es ihr gelingen, das Handy des Bombenbastlers zu identifizieren.

»Ich verstehe gar nicht, was Sie von mir wollen«, sagte Jansing. »Ich habe Ihnen das Geld doch gegeben.«

»Die erste Zahlung zählt nicht, weil Sie die Bullen ins Spiel gebracht haben. Jetzt wird die doppelte Gebühr fällig.«

»Die Polizei hat sich ganz von alleine an mich gewandt«, protestierte Jansing.

»Ich habe Sie gewarnt«, sagte der Killer mit der unheimlichen, monotonen Stimme. »Keine Bullen. Sie hätten auf mich hören sollen. Das wird schwerwiegende Konsequenzen haben, verstehen Sie? *Ka-buuum*, könnte man sagen.«

Jansing blickte mich Hilfe suchend an.

Ich sagte ihm mit stummen Lippen die Worte vor, die er anschließend laut nachsprach.

»Ich verstehe.«

»Ich will hundert Riesen. Kleine Scheine. Keine Peilsender.«

»Da ... da ... da muss ich erst zur Bank. Geben Sie mir ein bisschen Zeit.«

»Ich melde mich in einer halben Stunde wieder«, sagte er.

»Warten Sie. Wo soll ich denn mit dem Geld hin?«

»Ich habe gesagt, ich melde mich.«

Dann wurde die Leitung gekappt.

»Wo ist Ihre Bank?«, fragte ich Jansing.

Dieser stand auf, machte sechs Schritte bis zum anderen Ende des Zimmers und nahm ein gerahmtes Poster mit dem schnaubenden Bullen, dem Markenzeichen von Chuck's Prime, von der Wand. Dahinter befand sich ein Safe. Er gab ein paar Zahlen in die Tastatur ein und drückte den Hebel nach unten. Die Tür schwang auf, und Jansing holte vier Bündel Hunderter-Scheine heraus. Jedes war mit einer Banderole umwickelt, auf der »$ 25 000« zu lesen war.

Nachdem Jansing das Poster wieder aufgehängt hatte, rief ich Jacobi an und bat ihn, auf den Hauptverkehrsstraßen von Emeryville – insbesondere auf der Hollis und der 65th Street – in regelmäßigen Abständen Wagen zu postieren. Ich selbst würde Jansing in einiger Entfernung folgen.

Stanford sagte: »Das Handy bewegt sich jetzt in südlicher Richtung und nähert sich Oakland.«

Diese Information gab ich an Jacobi weiter. Noch während wir den Weg des Bombenbastler-Handys weiterverfolgten, klingelte Jansings Telefon. Ich hörte zu, wie der Erpresser dem schweißgebadeten Vorstandsvorsitzenden von Chuck's Prime befahl, sich ins Auto zu setzen und auf die 65th Street zu fahren, dann nach rechts auf die San Pablo, und zwar, ohne die Leitung zu unterbrechen. Weitere Anweisungen würden folgen.

»Und bau ja keinen Scheiß«, war von der Roboterstimme zu vernehmen, »sonst stirbt der Nächste. Du kannst dir gar nicht vorstellen, wie viel Spaß mir das alles macht.«

Und dann lachte der Anrufer.

Ich beriet mich mit Conklin, und wir trafen eine spontane Entscheidung.

Er und Therese Stanford würden Jansings BMW folgen. Ich würde mit dem zivilen Ford nach Oakland fahren und dort warten, bis der Erpresser den genauen Ort der Übergabe nannte.

Während ich das Gebäude durch die Hintertür verließ, musste ich an meine kleine Tochter denken, so wie in jeder Stunde an jedem Tag.

Meine Arbeit fühlte sich irgendwie anders an seit ihrer Geburt. Die Liebe, die ich für Julie empfand, machte mich sehr vorsichtig, wobei ich mir gleichzeitig absolut darüber im Klaren war, dass diese Liebe mich in einer gefährlichen Situation womöglich kurz zögern ließ und dass dieses Zögern unter Umständen tödliche Konsequenzen haben konnte.

Ich legte mir die Schutzweste an, ließ die Dienstmarke nach draußen hängen und schlüpfte in den Anorak, auf dessen Rücken in großen weißen Lettern POLIZEI stand. Ich fasste mir an die Hüfte, um sicherzugehen, dass meine Glock auch tatsächlich da war, und steckte mein Handy ein.

Dann setzte ich mich ans Steuer des Zivilfahrzeugs und fuhr los.

41

Nun saß ich also in meinem Crown Victoria und war auf zwei Kanälen mit der Außenwelt verbunden. Über Handy hielt ich Kontakt mit Conklin und Stanford, die das Gespräch zwischen Jansing und dem Bombenbastler sowie dessen Mobiltelefon verfolgten.

Außerdem war ich mit einem Ohr immer bei dem Knistern und Rauschen in meinem Funkgerät. Der eingestellte Kanal war ausschließlich diesem einen Fall vorbehalten.

Auf der Fahrt durch Fruitvale – eine Einkaufsgegend in Oakland, in der es seit geraumer Zeit mal bergauf und mal bergab ging und in der einzig die Unbeständigkeit Bestand hatte – ließ ich das Fenster herunter. An der Ecke East 12th Street und 35th Avenue kam ich an einem Chuck's vorbei. Der Laden war voll, und im Freien standen die für die Kette charakteristischen, weiß-blauen Marktschirme, um den Gästen an den Tischen Schatten zu spenden.

Da ertönte Therese Stanfords Stimme in meinem Handy: »Der Verdächtige hat Jansing zu einem leer stehenden Schnapsladen in der San Leandro Street geschickt. Die Tür steht offen, und Jansing soll das Päckchen auf den Tresen legen. Der Verdächtige sagt, dass er Mr. Jansing nicht aus den Augen lässt und dass er keinen Blödsinn machen soll. Okay, okay. Jetzt sagt Mr. Jansing, dass die Leitung tot ist. Der Verdächtige hat das Handy ausgeschaltet und den Akku rausgenommen.«

Mein Puls schlug schneller. Ich sah den leer stehenden Schnapsladen direkt vor mir, genau zwischen einer Bäckerei und einem Fahrradgeschäft. Auf dem Schild über der Tür stand BARNEY'S WINE AND LIQUOR. Die Schaufensterscheibe war von innen voller Seifenschlieren und von außen voller Aufkleber, und die Stiefmütterchen in den Blumenkästen waren von Unkraut überwuchert.

Ich fuhr einmal um den Block, und als ich das nächste Mal an dem Schnapsladen vorbeikam, sah ich Jansing davor anhalten. Ich wurde langsamer und sah, wie er ausstieg. In der rechten Hand trug er einen Aktenkoffer aus grauem Aluminium.

Stanford und Conklin, die Jansing mit zwei Wagen Abstand gefolgt waren, fuhren an ihm vorbei und wendeten, um auf der gegenüberliegenden Straßenseite zu parken, mit freier Sicht auf Barney's.

Die Funkzentrale bestätigte, dass Zivilbeamte den Hinterausgang des Schnapsladens sowie die Parkplätze hinter der Ladenzeile auf der 45th Avenue observierten.

Es war alles vorbereitet.

Die Vorstellung, dass Jansing ein Gebäude betrat, das wir nicht vorher gesichert hatten, behagte mir nicht, aber immerhin hatten wir die Handyverbindung. Falls Jansing in Schwierigkeiten kam, dann brauchte er nur zu sagen: »Ich bin unbewaffnet«, und der verlassene Laden würde sich augenblicklich mit Männern und Gewehren füllen.

Trotzdem hatte ich kein gutes Gefühl.

Unser sogenannter Körperbomber war per Definition ein Psychopath. Er hatte unschuldige Menschen umgebracht, aus reinem Spaß und um des Geldes willen, und er drohte damit, es wieder zu tun. Falls er im Inneren des ehemaligen Schnapsladens auf der Lauer lag, dann brachte er Jansing womöglich um und versuchte, mit dem Geld zu entkommen.

Ich sah zu, wie Jansing seinen Aluminiumkoffer in den Laden mit den dunklen Fenstern trug. Wenige Augenblicke später kam er mit leeren Händen wieder heraus und setzte sich in sein Auto. Stanford meldete sich über Funk: »Jansing ist in Sicherheit. Das Geld hat er dringelassen.«

Überall in der San Leandro Street saßen Polizeibeamte in Lieferwagen und Zivilfahrzeugen und warteten darauf, dass der Körperbomber kam, um seine Beute aus dem Barney's zu holen.

42

Conklin faltete seinen schlaksigen Körper auseinander und schälte sich aus Therese Stanfords tiefergelegtem Wagen. Sie fuhr weiter, und er kam zu mir und ließ sich auf den Beifahrersitz meines Zivilfahrzeugs sinken. Von unserem Standort in der Mitte des Häuserblocks hatten wir freie Sicht auf den Schnapsladen, und so blieben wir stehen.

Wir warteten lange. Conklin legte den Kopf in den Nacken und holte ein bisschen was von dem Schlaf nach, den ihn der Streit mit Tina über die Wirtschaftspolitik des Präsidenten gekostet hatte, während ich den vorbeiziehenden Verkehr im Auge behielt – Autos, Fußgänger und Skateboardfahrer. Zu meiner Linken befand sich eine Gärtnerei, zu meiner Rechten ein kleines Café und gegenüber eine Hochbahnbrücke der BART. Das Zischen und Summen der Nahverkehrszüge fügte sich nahtlos in die träge Nachmittagsstimmung ein. Nach einer Stunde hatte ich das Gefühl, als kannte ich das Viertel genauso gut wie mein eigenes.

Nur vom eigentlichen Grund meines Hierseins war weit und breit nichts zu sehen. Wo war der Mann, der unter dem roten Schild hindurch den leer stehenden Schnapsladen betrat und anschließend mit einem Päckchen in der Hand wieder herauskam?

Nach dreieinhalb Stunden reichte es mir. Ich stupste Conklin an, dann umstellten wir zusammen mit einem halben Dutzend bewaffneter Polizeibeamter den Schnapsladen.

Ich teilte jedem Mann eine genaue Position zu, und als alle bereit waren, machte ich die Eingangstür auf.

Im Inneren war es düster. Die verschmierten Fenster ließen gerade so viel Licht herein, dass wir die leeren Wandregale, die Kartons und einen blitzenden Gegenstand erkennen konnten: Jansings Aluminiumkoffer auf dem Tresen.

Der Koffer war offen. Das Geld fehlte, aber dafür lag ein Zettel darin. Liniertes Papier, beschriftet mit Blockbuchstaben.

KEINE POLIZEI HABE ICH GESAGT. KA-BUUUM.

Zwei Beamte gingen in den Keller und kamen nach einer Minute wieder. Sie hatten festgestellt, dass die Kellertür, die auf den Parkplatz führte, nicht abgeschlossen war, und dass der Keller auch von der benachbarten Bäckerei genutzt wurde.

Conklin und ich verließen Barney's Wine & Liquor durch die Vordertür und betraten die Frosted Fool Bakery nebenan. Zahlreiche Kunden betrachteten die Auslagen und stellten sich dann mit Nummernzettelchen in der Hand an der Kasse an. Ich ging nach hinten und sprach mit dem Ladenbesitzer, dann bat ich die Kunden zu gehen. Anschließend drehte ich das Schild an der Tür auf GESCHLOSSEN, während Conklin das Verkaufspersonal zur Befragung zusammenholte.

Wir sprachen mit dem Besitzer und den drei Verkäuferinnen, die seit dem Morgen hinter dem Tresen standen.

Alle vier waren sich einig. Niemand hatte im Frosted Fool einen Verdächtigen bemerkt. Aber immerhin erfuhren wir, dass die Kellertür, die auch in das verlassene Barney's führte, tagsüber offen stand, für Lieferanten und um den Müll nach draußen zu bringen.

Unser unbekannter Verdächtiger, der mit vier Geldpäckchen im Wert von hunderttausend Dollar entkommen war, hatte ohne jeden Zweifel diese Kellertür genutzt.

Und es war noch nicht vorbei. Der Bombenbastler hatte Michael Jansing schließlich wortwörtlich gestanden, dass ihm die ganze Sache einen Heidenspaß machte.

In diesem Augenblick hörte ich im Geist ein leises *kabuuum*.

Aber war es wirklich schon zu spät?

Ich rannte zu unserem Wagen und brüllte ins Funkgerät: »Alle Einheiten zur Ecke 12th Street/35th Avenue. Sofort!«

Drei Minuten später versammelten wir uns alle vor dem Chuck's Prime zwei Querstraßen nordöstlich der San Leandro Street, wo fesche Burschen und Mädels in Cowboy-Kostümen, die viel zu unschuldig aussahen, um von dieser Welt zu sein, ihrer Kundschaft Chuckburger von freilaufenden Rindern servierten.

Für mich war jeder Angestellte verdächtig und jeder Kunde ein potenzielles Opfer. Vielleicht lag auf einem der Grillroste in diesem Augenblick eine Bombe. Oder ein tickender Hamburger war gerade eben über den Tresen gegangen.

Dies war nicht der richtige Zeitpunkt für Fingerspitzengefühl.

Ich baute mich mit Conklin und einem Trupp bewaffneter Polizeibeamter in dem Laden auf und brüllte: »San Francisco Police Department. Sofort aufhören zu essen! Alle Hamburger fallen lassen! Sofort!«

43

Cindy hatte die Tür ihres Büros beim *Chronicle* abgeschlossen und spürte bereits, wie der extra-süße Kaffee ihr diesen zusätz-lichen Kick verlieh, den sie so gerne hatte. Sie beschäftigte sich gerade mit einer neuen Idee hinsichtlich der Sache mit Mackie Morales, als ihr Telefon klingelte.

Claire sagte: »Cin? Bist du dabei heute Abend? Bei Susie stehen jede Menge Spaß und leckere Schweineschulter auf der Speisekarte.«

Cindy erwiderte: »Ja, na klar. Auf jeden Fall.«

Sie legte auf, doch dann zuckten ihr verschiedene Bilder aus Susie's Café durch den Kopf. Dort hatte sie Mackie Morales das erste Mal gesehen, und die Begegnung hatte sich un-auslöschlich in ihr Gedächtnis gebrannt. Manchmal überfiel die Erinnerung sie mit solcher Macht, dass sie sich nicht da-gegen wehren konnte.

Sie war mit den anderen Mädels im Susie's gewesen, an ihrem angestammten Tisch im hinteren Teil, dort, wo Claire, Lindsay, Yuki und sie sich fast jede Woche trafen. Mackie hatte ihre Rolle als Praktikantin bei der Mordkommission gespielt, und Lindsay hatte sie ins Susie's eingeladen. Das war eine nette Geste gewesen, und Cindy hatte Mackie als fröhliche, intelli-gente und sympathische Person kennengelernt. Sie konnte im-mer noch nicht begreifen, wie es möglich gewesen war, dass sie sich so in ihr getäuscht hatte, ebenso wie zahlreiche hervorra-gende Angehörige des San Francisco Police Departments auch.

Damals jedenfalls war Mackie gerade auf der Toilette gewesen, als Richie sich plötzlich und ohne Einladung an ihren Tisch gesetzt hatte. Er war sehr frustriert gewesen und hatte spontan beschlossen, den anderen Mädels ihre immer heftiger werdende Beziehungskrise vor die Füße zu werfen.

Mitten in einem erregten Vortrag darüber, was er von Cindy brauchte, aber nicht bekam, war Mackie an den Tisch zurückgekehrt. Sie hatte sich gesetzt, hatte sich aber angesichts des sehr persönlichen Gesprächsthemas schnell unwohl gefühlt und sich hastig unter dem Vorwand verabschiedet, sich um ihren Sohn kümmern zu müssen.

Cindy und Richie hatten ihren Streit erst am Tisch fortgesetzt und anschließend draußen. Geendet hatte das Ganze in der Jackson Street, im strömenden Regen, wo sie sich angebrüllt und ihre Verlobung aufgelöst hatten.

Wie lange hatte es danach gedauert, bis Richie und Mackie etwas miteinander angefangen hatten?

Cindy wusste es nicht, und es spielte auch keine Rolle mehr.

Das Einzige, was jetzt wichtig war, war, dass sie Morales aufspürte, mithalf, sie festzunehmen, und anschließend Henry Tyler eine Geschichte vorlegte, welche die Leserinnen und Leser des *Chronicle* niemals vergessen würden.

Deshalb rief sie jetzt bei Captain Lawrence in Wisconsin an. Sie wollte sich nach Randy Fishs Vater William erkundigen, dem das Häuschen am Lake Michigan gehört hatte.

Captain Lawrence nahm beim ersten Klingeln ab.

Sie spürte genau, dass er sie mittlerweile mochte, und solange er nicht gegen das Gesetz verstieß, war er gerne bereit, ihr zu helfen.

»Pat, wissen Sie, wie Bill Fishs Frau hieß und wo sie zuletzt gewohnt hat?«

»Vor ihrer Heirat hieß sie Erica Williams. Ich glaube, sie stammt aus Honolulu, aber da bin ich mir nicht sicher. Und wo sie jetzt ist? Ich weiß nicht mal, ob sie überhaupt noch in den Staaten lebt. Sie hat sich unglaublich geschämt wegen Randy. Sie hat sich nicht mehr nach draußen gewagt. Und nach Bills Tod ist sie weggezogen.«

Cindy bedankte sich bei Captain Lawrence und starrte etliche Minuten lang regungslos aus dem Fenster, um ihre vielen widersprüchlichen Gedanken zu ordnen.

Dann beschloss sie, den Laptop mit zum Mittagessen zu nehmen.

44

Das Chow's war ein Café in der 3rd Street, zwei lang gezogene Häuserblocks vom Redaktionsgebäude in der Mission Street entfernt. Es war eine beliebte Futterstelle mit thailändischen und chinesischen Speisen sowie dem klassischen amerikanischen Programm. Von zwölf bis drei war der Laden immer gerammelt voll, aber um kurz nach elf war das Chow's höchstwahrscheinlich der perfekte Ort für den Szenenwechsel, den Cindy jetzt so dringend nötig hatte. Sie stieß die schweren Glastüren auf, winkte George an der Kasse zu, ging an der Schlange für den Außer-Haus-Verkauf vorbei und setzte sich an einen Zweiertisch am Mittelgang. Dort bestellte sie beim Kellner eine Portion Pommes frites und einen Milchshake.

»Das ist alles?«

»Erst mal, ja«, erwiderte Cindy.

Sie klappte ihren Laptop auf und begann mit der Suche nach Erica Fish. Noch bevor sie ihre Pommes und den Milchshake bekommen hatte, hatte sie im ganzen Land über hundertfünfzig Frauen mit diesem Namen gefunden. Zwischen ein paar Bissen gab sie Erica Williams in die Suchmaschine ein und bekam noch einmal vierhundert Einträge dazu, schön gleichmäßig verteilt zwischen Atlantik- und Pazifikküste.

Sie ging zunächst einmal davon aus, dass Erica Williams-Fish eine Spielart ihres tatsächlichen Namens verwendete und dass das sorgfältig gehütete Sorgerecht für den kleinen Ben Morales-Fish an seine Großmutter väterlicherseits gefallen war.

Natürlich gab es auch andere Möglichkeiten, darum musste sie sich genauso mit Mackies Eltern befassen. Deanna Mackenzie-Morales und Joseph Morales hatten mit ihrer Tochter zusammen in Chicago gewohnt, doch als Tausende Einträge auf den Namen »J. Morales« den Bildschirm überfluteten, war klar, dass eine einigermaßen erfolgversprechende Suche nur mit unbegrenzten finanziellen und zeitlichen Mitteln möglich gewesen wäre.

Sehr viel weniger zeit- und geldaufwendig war es, den Namen von Mackies Mutter in unterschiedlichen Schreibweisen einzugeben, und da – wie von Zauberhand – bekam sie einen Treffer. Im ganzen Land gab es nur eine Person namens D. M. Morales. Sie wohnte in San Francisco, wie Cindy dem Eintrag in einem Online-Telefonbuch entnehmen konnte.

Nur die Namensangabe.

Keine Telefonnummer, keine Adresse, was Cindy absolut logisch erschien.

Wenn Mackies Mutter schon in San Francisco gelebt hatte, bevor ihre Tochter festgenommen worden war, dann hatte sie vielleicht das Sorgerecht für den Jungen erhalten. Und dann wollte sie mit Sicherheit so unauffällig wie nur irgend möglich bleiben. Darum hatte sie Adresse und Telefonnummer blockieren lassen, damit Leute wie Cindy sie nicht aufspüren konnten.

Cindy schlürfte ihren Milchshake bis auf den letzten Rest leer, bezahlte an der Kasse und ging zurück in die Redaktion. Beim Überqueren der 3rd Street musste sie daran denken, dass Mackie Morales' Weg von Wisconsin in eine Bank in Chicago und dann möglicherweise auf einen Highway in Wyoming geführt hatte. Sie war Richtung Westen unterwegs.

Durchaus denkbar, dass sie nach San Francisco wollte, um Ben und ihre Mutter zu besuchen.

In diesem Moment reckte auch der düstere Verdacht, den sie schon lange in ihrem Innersten mit sich herumschleppte, sein grimmiges Haupt: Vielleicht hatte Morales in San Francisco ja noch etwas anderes zu erledigen.

45

Um ehrlich zu sein, heute Abend musste ich mich richtig zwingen, um noch ins Susie's zu gehen. Normalerweise empfand ich die Club-Treffen wie ein Bad in der Karibik – salzig und warm, aufregend und beruhigend zugleich.

Aber an diesem Abend stand ich barfuß im Schlafzimmer und hätte mich am liebsten ausgezogen, ins Bett verkrochen und mir die Decke über den Kopf gezogen.

Aber mir war klar, dass selbst das nichts nützen würde, um das Gefühl der unendlichen Enttäuschung und der abgrundtiefen Erschöpfung nach unserem fruchtlosen Tag in Fruitvale irgendwie abzumildern. Was dem ganzen jämmerlichen Unterfangen dann die Krone aufgesetzt hatte, war die Tatsache, dass der Körperbomber das Geld hatte und weiter morden wollte.

Joe sagte: »Triff dich doch noch mit den Mädels. Das hebt die Stimmung. Ich bleibe wach und warte auf dich.«

Also stellte ich mich unter die Dusche, zog frische Sachen an und fuhr ins Susie's. Hoffentlich machte es Claire und Cindy nichts aus, wenn ich nach dem Essen sofort wieder abdüste, aber zu mehr war ich beim besten Willen nicht in der Lage.

Ich drückte die schwere Holztür auf und wurde sofort von Calypso-Klängen umfangen. Hot Tea bearbeitete die Steeldrums, Rumpunsch und Margaritas flossen in Strömen, und das ganze Lokal duftete nach würzigem Grillfleisch.

Die Mädels erwarteten mich schon. Ich setzte mich in die Nische neben Claire, die mich nur anzuschauen brauchte, um mich sofort in den Arm zu nehmen.

Ich ließ mich mit dem Gesicht an ihre Schulter sinken und tat so, als müsste ich weinen, und sie drückte mich an sich und sagte: »Na, na, na. Ganz egal, was es ist, mit Bier wird es bestimmt besser.«

Ich beugte mich über den Tisch, um mit Cindy ein paar Wangenküsschen auszutauschen. Sie sagte: »Hui, da hat jemand aber einen schlechten Tag gehabt. Ist alles in Ordnung?«

Cindy schien irgendwie innerlich zu strahlen, genau wie Claire, also musste ich wohl die Rolle der schlecht gelaunten Miesepetra übernehmen.

»Du bist doch nicht immer noch sauer auf mich, oder?«, fragte Cindy.

»Was?«, meldete sich Claire zu Wort. »Davon weiß ich ja gar nichts.«

Cindy grinste verschmitzt und sagte: »Streng vertraulich.« Dann rief sie die Kellnerin an den Tisch.

Lorraine hatte frisch gefärbte rote Haare, und ihr Lippenstift war heller und roter als je zuvor. Sie sagte: »Na so was, schönen guten Abend, Sergeant Boxer. Sieht aus, als hättest du Durst. Was darf ich dir bringen?«

Und noch bevor ich sagen konnte: »Ich bin heute bloß Zuschauerin«, war Lorraine bereits verschwunden und tauchte mit einem frisch gezapften Krug Bier wieder auf. »Ich bringe euch gleich Gläser und nehme eure Bestellungen auf. Fisch und Reis kann ich empfehlen. Sehr lecker.«

Claire sagte: »Habt ihr Yukis Facebook-Seite gesehen? Mit den Fotos von der Aurora borealis? Sieht aus wie im Fernsehen.«

»Ich nicht«, sagte ich. »Ich wollte eigentlich den Körperbomber schnappen, aber dabei ist alles schiefgegangen, was schiefgehen kann. Was für ein beschissener Tag.«

Die Biergläser wurden gebracht. Dann bestellten wir das Fisch-und-Reis-Special mit Kochbananen und extrascharfer Soße. Cindy fuhr ihr Tablet hoch, und wir blätterten uns durch Yukis Flitterwochenfotos ... und, ja, ohne dass ich es merkte, wurde meine Stimmung zusehends besser.

Wir rissen ein paar zweideutige Witze über Hochzeitsreisensex und schwankende Boote und tranken auf meinen Chef und auf Yuki, mit denen wir befreundet waren und die sich ineinander verliebt hatten. Nachdem wir einen zweiten Krug Bier bestellt hatten, um der scharfen Soße etwas entgegenzusetzen, erzählte ich den anderen von dem Körperbomber und überlegte laut, was dieser unheimliche Mörder und Erpresser wohl in Wirklichkeit vorhaben mochte.

»Das Lösegeld, das er gefordert hat, ist im Vergleich zu den Umsätzen, die Chuck's macht, ein Witz. Und die Logik klingt doch irgendwie verdreht: ›Bitte haltet mich auf, bevor ich die nächste Bombe hochgehen lasse.‹ Tja, das Lösegeld hat er jedenfalls bekommen.«

Claire ließ den Zeigefinger vor ihrer Schläfe kreisen ... das Zeichen, das überall auf der Welt das Gleiche bedeutet, nämlich »plemplem«. Sie sagte: »Dieser Bombenbastler will gar nicht aufgehalten werden. Das gibt er euch doch ständig zu verstehen. Dem macht es Spaß, Menschen in die Luft zu jagen.«

Claire heißt in ihrem angesehenen Institut jedes Jahr Tausende Tote willkommen, und nachdem wir meinen Bericht von der Verfolgungsjagd, die uns ganz genau gar nichts eingebracht hatte, ausführlich durchgekaut hatten, unterhielt uns die gute Dr. Washburn mit ein paar Geschichten aus der Gruft.

Sie lachte, als ich mir die Ohren zuhielt und laut »La-la-la« sang.

»Auf einen friedlichen Tod im Schlaf«, sagte Claire und erhob das Glas. »Und zwar nach einem schönen, großen Eisbecher.«

»Auf einen netten Hirninfarkt – mit neunzig«, fiel ich ein.

Cindy stieß mit uns beiden an: »Und auf Mackie Morales. Mögen wir ihr so viele Steine auf die Brust legen, dass sie keine Luft mehr bekommt.«

»Was?«, ging Claire dazwischen. »Mackie Morales? Was hast du gerade gesagt?«

»Hat Lindsay dir das nicht erzählt?« Cindy wirkte ehrlich überrascht.

»Raus mit der Sprache, aber schnell, und zwar alle beide. Ich will sofort wissen, was da hinter meinem Rücken gespielt wird«, sagte Claire.

»Dein Stichwort«, sagte ich zu Cindy.

46

Cindy sagte: »Äh, Lindsay, du willst doch nicht etwa, dass ich darüber rede.«

»Oh doch, auf jeden Fall«, erwiderte ich und lehnte mich zurück, während sie überlegte, was sie zu Claire sagen konnte, damit sie nicht wie eine durchgeknallte Irre dastand.

»Habe ich richtig gehört? Mackie Morales?«, hakte Claire nach. »Ernsthaft jetzt, was soll das? Wieso sagst du denn nichts, Cindy?«

»Weil Lindsay sich über mich lustig macht.«

Claire lachte. »Ehrlich? Na, dann los. Ich möchte auch was zu lachen haben.«

»Also gut, Claire«, sagte Cindy. »Das ist die ganze Wahrheit: Lindsay hat mir erzählt, dass Morales gesehen worden ist, wie sie ein Postamt in Two Rivers – das ist ein kleiner Ort in Wisconsin – verlassen hat.«

»*Was?* Mackie ist wiederaufgetaucht, Lindsay?«

»Soweit ich gehört habe, jedenfalls.«

»Lindsay hat mir keine Einzelheiten verraten«, sagte Cindy, die bereits an ihrer Verteidigungsstrategie arbeitete. »Nur den Ort. Das war alles. Und ich habe den Faden aufgenommen.«

»Und hast *was* getan?«, wollte Claire wissen.

»Ich bin nach Wisconsin geflogen und habe mich auf die Suche nach ihr gemacht.«

»Niemals!«

Cindy hielt den Blick gesenkt und trommelte mit den Fingerspitzen auf die Tischplatte.

Bei diesem Anblick musste Claire lachen und schenkte sich ein frisches Bier ein.

Ich legte eine Hand auf ihr Glas und sagte: »Wer bringt dich nach Hause?«

Claire drehte sich um und rief: »Lorraine? Kaffee, bitte. Für alle.«

Lorraine brachte uns drei große Becher Kaffee und sagte: »Frau Dr. Washburn, wir haben ein paar Beschwerden bekommen. Hier am Tisch wird zu laut gelacht. Weiter so! Mir gefällt das.«

Wir mussten schon wieder lachen, und ich merkte, wie meine schlechte Stimmung sich langsam verflüchtigte. Cindy brannte genauso leidenschaftlich für ihre Arbeit wie ich für meine, und sie kam voran.

»Ich möchte Kuchen haben«, rief Cindy Lorraine hinterher. »Noch jemand?«

Lorraine kam zurück. »Ich kann euch Kokosnuss-Sahne oder Limette anbieten.«

»Von beiden ein Stück«, sagte Cindy.

Claire rührte ihren Kaffee um. »Und jetzt weiter. Hast du Morales gefunden?«

»Nein. Genauso wenig wie die Polizei oder das FBI. Aber ich bin dran.«

Dann erzählte sie Claire das, was sie mir auch schon berichtet hatte: wie sie herausgefunden hatte, dass Randy Fishs Vater in Wisconsin gelebt hatte, wie sie das Haus ausfindig gemacht und sich mit der Polizei vor Ort angefreundet hatte, wie sie festgestellt hatten, dass das Haus mit einer dreifachen Sprengfalle versehen war und dass Mackie Morales sich in der Tat vor nicht allzu langer Zeit dort aufgehalten hatte.

»Willst du mich verscheißern?«, fragte Claire. »Meine Güte, Cindy. Harter Tobak.«

Cindy war mittlerweile auf Touren. Sie erzählte nun von den beiden Toten in der Citibank-Filiale in Chicago, ermordet von einer schlanken, dunkelhaarigen Täterin. Und dann war da noch die frische Leiche, die in einem Wassergraben neben der Route 80, ein Stück außerhalb von Laramie, Wyoming, entdeckt worden war.

»Eine dunkelhaarige Studentin«, sagte Cindy bedeutungsschwanger.

»Randy stand auf dunkelhaarige Studentinnen«, fügte ich hinzu.

»Das weiß ich noch …« Claire nickte nachdenklich. »Wie ist sie ums Leben gekommen?«

»Durch einen Schuss in die Schläfe«, erwiderte Cindy. »Und anschließend wurden ihr die Finger amputiert.«

»Ich verstehe. Du glaubst, das war eine Art Tribut an den Fish.«

»Ganz genau«, meinte Cindy. »Auch wenn ich es nicht beweisen kann.«

Anmutig hob sie die Kuchengabel, schob sich einen Bissen in den Mund und schaffte es weiterzureden, ohne dabei auch nur annähernd abstoßend zu wirken.

»Die Studentin war genau Randys Typ. Verdammt noch mal, Mackie ist *auch* Randys Typ. Es gibt zwar weder Fingerabdrücke noch Patronenhülsen oder Zeugen, aber ich habe das dumpfe Gefühl, dass sie Amok läuft und auf direktem Weg hierher unterwegs ist.«

»Und was genau hast du vor?« Jetzt war Claire genauso aufgeregt wie ich.

»Ich will einfach nur eine durch und durch großartige Reportage schreiben«, erwiderte Cindy. »Niemand kann das besser als ich. Ihr müsst endlich aufhören, mich als kleines Mädchen zu betrachten, echt jetzt.«

»Niemand hält dich für ein kleines Mädchen«, sagte Claire.

»Niemand«, bestätigte ich.

»Genau«, meinte Cindy. »Hier…« Sie stellte ihre pinkfarbene, perlenbesetzte, gesteppte Handtasche auf den Tisch und klappte sie auf, sodass wir hineinsehen konnten. Zwischen ihrem Schminkzeug und einem Kaugummipäckchen lag eine kurzläufige Achtunddreißiger.

»Hör *auf*«, stieß Claire hervor.

»Soll das ein Witz sein?«, sagte ich.

»Kein Witz, Mädels. Ich kann reiten, ich kann mit dem Lasso umgehen und schießen kann ich auch. Hat Richie mir beigebracht. Und einen Waffenschein habe ich natürlich auch.«

Mit flatternden Augenlidern sahen Claire und ich zu, wie Cindy ihren Kuchen aufaß und anschließend mit der Gabel den Teller sauber kratzte.

Ich hatte gewusst, dass ich besser zu Hause geblieben wäre. Meine gute Laune war schlagartig verflogen. Und noch etwas hatte sich verändert.

Ich hatte tödliche Angst um Cindy.

47

Mackie Morales saß jetzt seit siebzehn Stunden am Steuer. Sie war nie schneller als hundert Stundenkilometer gefahren, hatte an irgendwelchen abgelegenen Tankstellen getankt, bar bezahlt, Mautstraßen gemieden und ganz allgemein alles getan, um möglichst wenig aufzufallen, damit der gestohlene Wagen weder ins Blickfeld von Überwachungskameras noch von patrouillierenden Verkehrspolizisten geriet.

So weit, so gut.

Randy summte in ihrem Kopf gerade eine fröhliche Melodie. Es ging ihm gut. Er war stolz auf sie und freute sich auf Ben. Den kleinen Racker.

Ihr ging es ganz genauso. Sie konnte es kaum erwarten, ihren Jungen im Arm zu halten und sein süßes, kleines Kindergesicht zu küssen. Aber danach brauchte sie eine Toilette, auf die man sich auch wirklich setzen konnte, eine heiße Dusche und ein paar frische Handtücher. Anschließend sollte ihre Mutter ihr ein großes, fettes Essen kochen. Ganz egal, was, es würde das beste Essen ihres Lebens werden, das stand fest. Und dann ein langer, tiefer Schlaf, und zwar in einem richtigen, sauberen Bett. Oh Mann. Allein der Gedanke …

Länger als einen Tag durfte sie nicht bleiben, das wäre zu riskant gewesen, aber wenn sie nur schlief und nicht nach draußen ging, dann müssten vierundzwanzig Stunden eigentlich drin sein.

Anschließend hatte sie dann diverse Dinge zu erledigen und Pläne in die Tat umzusetzen.

»Du passt doch auf mich auf, solange ich schlafe, oder, Liebster?«, sagte sie zu Randy.

Na klar, Prinzessin. Du Allerbeste. Göttin meines Herzens.

Mackie lachte. Dann kam sie dem Haus ihrer Mutter näher und blendete alles andere aus.

Es war schon nach 23.00 Uhr, als Morales nordöstlich des Golden Gate Parks durch Anza Vista rollte. Es war eine klare Nacht, und der Mond hatte sämtliche Lichter angeknipst, so-dass es fast aussah wie ein bläulicher Tag.

Dort, wo ihre Mutter wohnte, gab es keinen einzigen Baum, nur dicht beieinanderstehende… nun ja, modernistische Reihenhäuser war vielleicht der passende Begriff. Die Häuser sahen zwar alle unterschiedlich aus, waren sich aber dennoch so ähnlich, dass die ganze Siedlung ziemlich langweilig und eintönig wirkte.

Jetzt fuhr sie durch die menschenleere, von blassen Hausfassaden mit ebenerdigen Garagen, Eingangstreppen und erhöhten Haustüren gesäumte Anza Vista Avenue.

Das Haus ihrer Mutter lag direkt vor ihr. Es war, wie alle anderen, braun gestrichen, besaß zwei giebelartig überdachte, quadratische Vorbauten, eine Doppelgarage und ein verschnörkeltes, schmiedeeisernes Gitter vor der Eingangstreppe.

Mackie schossen die Tränen in die Augen. Nur noch wenige Minuten, dann würde sie sich in den liebevollen Armen ihrer Mutter wiegen. Aber Randy war unruhig.

Da stimmt was nicht, sagte er.

»Was denn? *Was denn?*«

Ein paar Häuser entfernt entdeckte sie einen blauen Mittelklassewagen, einen Japaner, am Straßenrand, mit freier Sicht auf den Hauseingang ihrer Mutter. Das Auffällige daran war, dass der Wagen zwischen zwei Häusern stand, obwohl beide Auffahrten leer waren.

Wer stellt sich denn auf die Straße, wenn er eine Auffahrt und eine Garage hat?

Vielleicht Besuch? Vielleicht, vielleicht … vielleicht war es ja auch die Polizei in Zivil, die das Haus ihrer Mutter beschattete.

Mackie rollte langsam auf das Auto zu. Kurz bevor sie daran vorbeifuhr, huschten die Scheinwerfer über die Windschutzscheibe. Am Steuer saß eine Frau. Sie war weiß und blond, und Mackie hatte sie schon einmal gesehen. Sie musste sich unglaublich zusammenreißen, um nicht sofort Vollgas zu geben. Aber Mackie Morales behielt ihr langsames Tempo bei, bog bei der übernächsten Querstraße ab und verschwand in Richtung Brücke.

Sie kannte dieses Gesicht. Es gehörte Cindy Thomas, Richies Ex und Lindsay Boxers Freundin.

Mackie schoss das Blut ins Gesicht. Sie spürte ihren Herzschlag bis in die Fingerspitzen. Randy war tot, und das war Lindsay Boxers Schuld. Alles, was schiefgegangen war, war nur wegen ihr schiefgegangen.

Alles begann und endete bei Lindsay Boxer.

Dritter Teil

Morgenrot

48

Am Montagmorgen bat Bezirksstaatsanwalt Len Parisi Conklin und mich zu sich ins Büro im zweiten Stock der Hall of Justice. Parisi wollte uns den neuen stellvertretenden Bezirksstaatsanwalt vorstellen, der in der Sache *Das Volk gegen Holly Restrepo* das Volk repräsentieren sollte. Die Verlesung der Anklageschrift war auf 10.00 Uhr angesetzt.

Der Neue hieß Travis Cummings. Er kam frisch von der Uni und stand kurz davor, seinen ersten Fall zu übernehmen. Seine umgeschlagene Hose war zu kurz, die Brille verbogen, aber wir mussten ihm zugestehen, dass er klug war und sich in der Kürze der Zeit gut vorbereitet hatte.

Conklin und ich informierten den jungen Staatsanwalt abwechselnd. Wir sagten ihm, dass wir die ersten Beamten am Tatort gewesen waren und dass wir Holly mit einer rauchenden doppelläufigen Schrotflinte in der Hand vorgefunden hatten, während ihr Ehemann blutend auf dem Fußboden gelegen hatte.

Wir sagten ihm, dass Mrs. Restrepo uns erzählt hatte, dass sie sich an die Schüsse und die Umstände, die dazu geführt hatten, nicht erinnern konnte, dass wir jedoch Schmauchspuren an ihren Händen festgestellt hatten. Und wir verschwiegen auch nicht, was wir von ihrem Sohn erfahren hatten: dass sie ihren Ehemann, seinen Vater, schon öfter bedroht hatte und dass er davon überzeugt war, dass seine Mutter ihn ermordet hatte.

Alles das besprachen wir sehr ausführlich mit Cummings, so lange, bis er sich sicher fühlte. Eine halbe Stunde später begleiteten wir ihn in den kleinen, mit hellem Holz getäfelten Gerichtssaal im zweiten Stock. Mein Partner und ich setzten uns in die letzte Reihe.

Hollys Fall wurde als Erster aufgerufen, und natürlich plädierte sie auf »nicht schuldig«.

Ihr Pflichtverteidiger argumentierte, dass Holly zwei kleine Kinder habe, dass der Vater schwer verletzt sei und vielleicht nie wieder ganz hergestellt werden könne und dass die Kinder ihre Mutter daher noch dringender benötigten als zuvor. Darüber hinaus, sagte Hollys Anwalt, bestehe keine Fluchtgefahr, zum einen aufgrund der bereits erwähnten Kinder, zum zweiten aufgrund der Tatsache, dass sie über keine nennenswerten finanziellen Mittel verfügte.

Cummings erhob sich und argumentierte, dass Restrepos Kinder gegenüber dem Jugendamt ausgesagt hatten, ihre Mutter habe ihren Vater ermordet. Dann beantragte er die sofortige Untersuchungshaft. Der Richter gab seinem Antrag statt.

Eine Kaution wurde abgelehnt und ein Datum für die Hauptverhandlung festgesetzt.

Der Richter teilte Holly mit, dass ihre Kinder Leon und Christine Restrepo, acht beziehungsweise vier Jahre alt, in der Obhut des Jugendamts verbleiben sollten, vorbehaltlich einer Unterbringung in einer Pflegefamilie. Das sei das Beste, was ihnen in der gegebenen Situation passieren konnte.

Aus meiner Sicht hatte er absolut recht.

Holly brüllte und tobte und behauptete, dass sie das eigentliche Opfer sei. Conklin und ich schlüpften nach draußen. Obwohl die Untersuchungshaft eine ernst zu nehmende Angelegenheit ist, dauern die notwendigen Verhandlungen dazu auch bei Mordfällen nur selten länger als fünf Minuten.

Wir stiegen ein Stockwerk höher und steuerten den Bereitschaftsraum an. Unterwegs sagte Conklin, dass er noch nicht einmal gefrühstückt hatte und sich deshalb schnell eine Kleinigkeit zu essen besorgen wolle.

»Nur zu«, sagte ich. »Ich muss mich sowieso noch um meine E-Mails kümmern.«

Ich wartete auf eine Rückmeldung von Donna Timko, der Leiterin der Produktentwicklungsabteilung bei Chuck's Prime, die gerne bereit, ja, fast schon begierig zu sein schien, mit uns zusammen die Namen der Angestellten durchzugehen, um diejenigen herauszufiltern, die womöglich der Körperbomben-Erpresser sein könnten.

Dann bat ich Conklin, noch kurz zu warten, weil nämlich tatsächlich eine E-Mail von Timko bei mir im Posteingang war. Es war nur eine kurze Nachricht, die sie von ihrem iPhone aus gesendet hatte.

»Ich war auf Geschäftsreise. Bin wieder zurück. Könnten wir uns heute früh um halb elf bei mir im Büro treffen? Da hätte ich eine halbe Stunde Zeit.«

Ich schrieb zurück, dass Conklin und ich das Angebot gerne annehmen wollten. Noch während ich Conklin Bescheid sagte, registrierte ich die E-Mail am unteren Ende meines Posteingangs. Yuki hatte sie an diesem Morgen um zwei Uhr abgeschickt.

In der Betreffzeile stand: »Hilfe«.

Das war doch ein Witz. Was ist los, Yuki? Zu viel Liebe und Sex? Ein Überangebot an Sterne-Küche und Fünf-Sterne-Ausblicken auf viel zu viele Naturwunder?

Conklin nuschelte: »Soll ich dir was mitbringen, Boxer?«

»Gern. Ich lass mich überraschen«, sagte ich. Dann klickte ich Yukis E-Mail an.

Kein Text, nur ein zehnsekündiges Video im Anhang. Und

ich konnte nicht glauben, was sich da vor meinen Augen ab-
spielte.

Rich war schon bei der Tür, als ich brüllte. »Rich. Sieh dir
das an! Komm sofort her und sieh dir das an!«

49 Conklin war mir nicht schnell genug, darum brüllte ich ihn erneut und diesmal noch lauter an.

»Nun mach schon, Beeilung! Sieh dir dieses Video an.«

Obwohl ich das zehnsekündige Filmchen, das Yuki an die leere E-Mail angehängt hatte, schon gesehen hatte, war ich mir nur in einem Punkt wirklich sicher: dass auf der *FinStar* etwas absolut Unvorstellbares vor sich ging.

»Lass mal sehen«, sagte Richie ruhig und vernünftig. »Und mach den Ton an.«

Ich ließ das viel zu kurze Video noch einmal ablaufen. Es war ziemlich verwackelt und begann mit einer unscharfen Aufnahme eines leuchtend orangefarbenen Aufenthaltsraums im Inneren des Schiffs. Ich sah verwischte Tische, ein Sofa und etwas, was vermutlich ein Flügel war. Und mehrere Grüppchen von Menschen in eingeschüchterter Körperhaltung.

Yukis Stimme war eindeutig zu erkennen, auch wenn sie flüsterte und es sich anhörte wie knisterndes Zellophan.

»Lindsay. Unser Schiff ist überfallen worden. Sie haben mit Raketen auf uns geschossen. Die Maschinen stehen still. Männer mit Sturmgewehren sind an Bord gekommen. Piraten oder Terroristen. Ich kann nicht lange sprechen ... sie haben mehrere Passagiere erschossen ...«

Scheiße, scheiße ... *Scheiße*.

Der Kamerawinkel wurde etwas weiter, und ich sah verschwommene Bilder von weinenden Menschen, die sich die Hände vors Gesicht geschlagen hatten. Ein älteres Paar in Yukis Nähe hielt einander fest umschlungen, die Mienen verzerrt vor unsäglichem Schrecken. Ein Durcheinander aus Schreien und ersticktem Weinen überlagerte Yukis Worte.

Sie sagte: »Wir sind in einem Aufenthaltsraum. Nur Frauen und ältere Passagiere. Die Männer sind irgendwo anders. Ich weiß nicht, wo Brady steckt...«

Ihre Stimme brach. Ich musste ganz genau hinhören, um die folgenden Worte zu verstehen: »Wir wissen nicht, was sie wollen oder was sie vorha...«

Jetzt trat ein Mann im gefleckten Kampfanzug und mit einer schwarzen Skimaske ins Blickfeld der Kamera. Er hatte ein Sturmgewehr in der Hand und kam näher. Es dauerte zwei Sekunden, dann wurde die eine Hälfte des Bildschirms schwarz. Noch einmal blitzte ein orangefarbener Teppich auf, dann war das Video zu Ende.

Ich hätte am liebsten laut losgekreischt.

Dann spielte ich das Video noch einmal ab, in der Hoffnung, dass es dieses Mal länger wäre, dass wir mehr zu sehen bekommen würden als nur diesen einen herzzerreißenden, kleinen Ausschnitt. Aber natürlich waren auch dieses Mal nur dieselben grausam verwackelten Bilder und dieselbe furchterregende Szene wie zuvor zu sehen.

Rich fixierte das Display und sagte immer wieder: »Heiliger Strohsack.«

Ich sagte: »Eine Entführung. Sie sind entführt worden. Aber in Alaska? Da können doch unmöglich Terroristen sein, oder, Rich? Das ist doch nicht der Golf von Aden, um Himmels willen. Wo bleibt die Navy?«

Rich ging zu seinem Computer und fing an zu tippen. »Oh Mann«, sagte er dann.

»Was hast du gefunden?«

»Das da: ›Kreuzfahrtschiff *HM FinStar* von Piraten gekapert.‹ Und das: ›Die *HM FinStar*, das Flaggschiff der Finlandia Line mit rund sechshundertfünfzig Passagieren an Bord, wurde kurz vor der Einfahrt in die Inside Passage von Alaska am sogenannten Dixon Entrance nahe der Stadt Prince Rupert von einer unbekannten Kampfeinheit überfallen.‹«

»Schick mir den Link«, blaffte ich.

Er tat es.

Ich schnappte mir meine Tastatur und wischte dabei den Kaffee vom Tisch, den Rich dort hatte stehen lassen. Die Spritzer verteilten sich in der ganzen Umgebung, aber ich unternahm nicht einmal den Versuch, sie aufzuwischen.

Richie kam mit ein paar zusammengeknüllten Papiertüchern zu mir, während ich die neuesten Meldungen las.

Hier eine Zusammenfassung: Vor acht Stunden waren mehrere panzerbrechende Granaten oberhalb der Wasserlinie in den Rumpf der *FinStar* eingeschlagen und hatten wahrscheinlich den Maschinenraum getroffen. Im Anschluss daran war in den frühen Morgenstunden eine unbekannte Anzahl bewaffneter Männer an Bord gekommen. Es gab keine Hinweise auf die Identität der Gruppe. Das Schiff war beschädigt, aber schwimmfähig. Es gab keine Informationen über Tote oder Verletzte. Und die mutmaßlichen Piraten hatten sich noch mit keiner Silbe zu Wort gemeldet oder Forderungen gestellt.

Als Yuki das Video abgeschickt hatte, war sie wohlauf gewesen. Galt das immer noch? Und was war mit Brady?

Ich startete das Video erneut, auf der Suche nach Einzelheiten, die mir bisher entgangen waren.

Ich hatte das Gefühl, als würde ich mit Yukis Augen sehen.

Wo ist Brady?

50

Als ich gerade auf die letzten Bilder starrte, klingelte das Telefon auf meinem Schreibtisch. Das war Joe.

Ich sagte: »Liebling, schalt den Fernseher ein...«

»Ich hab's gerade gesehen«, unterbrach er mich. »Das ist doch Yukis Schiff, oder?«

»Kannst du rauskriegen, was da los ist?«

»Ich versuch's«, erwiderte Joe.

Im Hintergrund hörte ich Julie jammern und dann die Stimme ihrer witzigen Babysitterin Maria Teresa.

»Ich ruf dich zurück«, sagte Joe.

Während seiner Zeit beim Heimatschutz war einer seiner Schwerpunkte die Sicherheit der Häfen gewesen. Falls also jemand die richtigen Kontakte hatte, dann mein Ehemann.

Im Pausenraum entdeckte ich einen alten Marmeladen-Donut, biss einmal ab und überließ den Rest Conklin. Dann graste ich wie verrückt alle möglichen Nachrichtenseiten ab, während Conklin pausenlos die Anrufe erschreckter Kollegen entgegennahm, die wissen wollten, ob wir schon etwas von Brady gehört hatten.

Joe rief mich auf dem Handy zurück, aber es rutschte mir aus der Hand, und ich erwischte es gerade noch, bevor es auf dem Boden aufschlug.

»Schieß los«, sagte ich kurz angebunden.

»Der erste Offizier konnte noch einen Notruf an die Küstenwache absetzen, bevor die Angreifer den Funkraum gestürmt haben. Ein Mann, der sich *Jackhammer* nennt, hat mit Erschießungen gedroht, falls irgendjemand versuchen sollte, sich dem Schiff zu nähern. Die Besatzung wird im Laderaum gefangen gehalten. Die Passagiere hat man aus den Kabinen geholt und in verschiedene Aufenthaltsräume gesperrt. Ein Boot der Küstenwache hält den Kontakt zu diesem Jackhammer. Ich nehme an, dass schon Verhandlungen im Gang sind.«

»Das ist *alles*?«

»Nein. Aber das waren die guten Nachrichten. Einem der Passagiere ist es gelungen zu telefonieren. Er hat gesagt, dass zwei Passagiere tot sind. Namen kennen wir keine. Ich bleibe am Ball.«

Ich rief Jacobi an und sagte ihm, was ich wusste.

»Brady wird dafür sorgen, dass Yuki nichts passiert«, sagte er. »Wenn du eine Geisel wärst, Boxer, wen würdest du dir als Beschützer aussuchen? Brady, stimmt's?«

Das stimmte. Aber wo *war* Brady?

Ich leitete Yukis Video an Jacobi weiter und dann an Cindy und Claire, die mir beide eine E-Mail geschickt hatten, nachdem sie den Überfall auf die *FinStar* mitbekommen hatten.

Cindy hatte außerdem unbearbeitetes Videomaterial erhalten, ganz frisch. Es stammte von Hubschraubern, die über dem gekaperten Schiff schwebten. Unheimliche fünfzehn Sekunden lang sahen wir, wie die Lichter auf dem Schiff Abschnitt für Abschnitt erloschen, bis das gesamte Schiff in völliger Dunkelheit dalag. Dann wurden Schüsse in die Luft abgefeuert. Viele Schüsse. Lang anhaltende Salven. Diese Geiselnehmer, wer immer sie waren, hatten jedenfalls keinen Mangel an Munition.

Ich leierte eine Telefonkonferenz an, und dann plapperten Cindy, Claire und ich nervös und hilflos durcheinander. Wir waren vollkommen außer uns vor Panik, und genau so hörten wir uns auch an. Wir alle waren es gewohnt zu handeln, Dinge in Bewegung zu setzen. Aber dieses Mal gab es nichts, was wir tun konnten, keinen Plan, absolut nichts.

Mein Schädel kam mir hohl und leer vor, abgesehen von den schlimmen Gedanken, die darin ihre Kreise zogen. Wie war so etwas vor der Küste von Alaska überhaupt möglich? Wo war Brady? Ging es Yuki so weit gut? War sie überhaupt noch am Leben? Und Brady?

Als ich den Kopf hob, sah ich, dass Conklin mich mit ruhigem Blick aus seinen braunen Augen ansah.

»Können wir ihnen irgendwie helfen?«, fragte er mich.

»Gar nichts können wir machen, das weißt du doch genau.«

»Dann haben wir jetzt einen Termin mit Donna Timko.«

Der Name kam mir irgendwie bekannt vor.

»Mit wem?«

»Timko. Donna. Leiterin der Produktentwicklungsabteilung bei Chuck's«, sagte mein Partner sehr betont, fast so, als hätte er es mit einem kleinen Kind zu tun.

»Genau. Wann sollen wir noch mal da sein?«

»Halb elf, hast du mit ihr abgemacht.«

Jetzt war es Viertel nach zehn.

»Ich habe sie angerufen und ihr gesagt, dass wir hier einen Notfall haben«, sagte Conklin. »Und sie hat gesagt: ›*Sie* wollten den Termin ja haben.‹«

»Okay, okay«, erwiderte ich. »Fahren wir.«

51

Conklin fuhr auf der Bryant Street nach Nordosten, Richtung Bay Bridge und West Berkeley, ein gemischtes Wohn- und Geschäftsviertel, das nur durch den Eastshore Freeway von der Bay getrennt wurde.

Unterwegs verfolgten wir den lebhaften Funkverkehr im Zusammenhang mit einer groß angelegten Verfolgungsjagd auf einen flüchtigen Unfallfahrer im Financial District.

Conklin hörte aufmerksam zu und lenkte uns gleichzeitig durch den dichten Verkehr, während ich ununterbrochen auf mein Smartphone starrte. Ich klickte mich von einer Meldung zur nächsten, suchte nach Informationen über die *FinStar*, einen bis auf die letzte Kabine ausgebuchten Kreuzfahrtdampfer im Belagerungszustand.

Auf YouTube wurde ich fündig – Videoclips wie das, was Yuki mir geschickt hatte, abgehackt und in schlechter Qualität, außerdem Telefonmitschnitte, auf denen verängstigte, ratlose Passagiere zu hören waren, kurz bevor ihnen die Handys abgenommen wurden.

Diese Berichte kamen mir vor wie Teile eines riesigen Puzzles, sie lieferten nur einen vagen Eindruck des Gesamtbilds.

Doch dann tauchte plötzlich ein aktueller Bericht aus erster Hand auf. Ein Buchhalter aus Tucson, ein gewisser Charles Stone, hatte sich in einem Wandschrank auf dem Sportdeck versteckt und seinen Bruder in Wilmington angerufen. Dieser hatte das Gespräch mitgeschnitten.

Stone: »Die Typen sprechen amerikanisches Englisch. Vielleicht auch kanadisches, ich weiß nicht. Sie haben auf dem Pool-Deck eine Menge Geiseln genommen. Ich habe Schüsse gehört, Automatiksalven. Sag Mollie, dass ich sie liebe. Dich auch, Bruderherz.«

Ich hob den Blick und sah, wie Conklin unseren Crown Victoria in eine Parklücke vor einem modernen, zweistöckigen Bürogebäude mit klaren Linien und einer verputzten Fassade manövrierte. Ich war so sehr mit meinen Gedanken an die Passagiere der *FinStar* beschäftigt, dass ich beinahe verblüfft registrierte, dass wir uns immer noch in Kalifornien befanden.

Wir betraten das Gebäude – hohe Decken, frei gelegte Holzbalken und viele Fenster, welche die Morgensonne hereinließen. Im Empfangsbereich gab es kein einziges Werbeplakat oder anderes Beiwerk zu sehen. Ich schloss daraus, dass es hier ausschließlich um die praktische Arbeit ging und Kundenbesuche nicht an der Tagesordnung waren. Wir zeigten dem Wachmann am Empfangstresen unsere Dienstmarken und fuhren mit dem Fahrstuhl in den ersten Stock.

Ein junger Mann mit einem schwarzen Fake-Iro und reservierter Miene erwartete uns bereits. Er sagte: »Ich bin Davo. Donna ist gerade aus der Sitzung gekommen. Folgen Sie mir.«

Davo schloss eine Tür auf und führte uns einen mit gelbem Teppichboden ausgelegten Korridor entlang, bis wir in Donna Timkos Allerheiligstem standen. Es war genauso groß und genauso weitläufig wie das Eingangsfoyer.

Timko erhob sich und kam uns entgegen. Sie war sehr dick, also, um ehrlich zu sein: Sie war adipös. Sie trug ein fließendes blaues Kleid, das ihr knapp bis über die Knie reichte, dazu eine beneidenswert schöne Diamantkette und ein strahlendes Lächeln im Gesicht. Sie sah genauso freundlich aus wie bei dem Treffen mit den Vorstandsmitgliedern, als sie per Videokonferenz zugeschaltet gewesen war.

»Wie schön, dass wir uns endlich persönlich kennenlernen«, begrüßte sie uns. »Ich bin sehr froh, dass Sie es möglich machen konnten.«

Ich weiß nicht, was Donna Timko meiner Miene entnehmen konnte, aber was ich dachte, war Folgendes: Am liebsten wäre ich ganz woanders.

52

Ich tat mein Möglichstes, um alle Gedanken an meine Freunde auf der *FinStar* beiseitezuschieben.

Timko schüttelte mir die Hand und sagte: »Möchten Sie vielleicht einen Blick auf die Anlage werfen? Ich bin richtig verliebt in das, was wir hier geschaffen haben, und ich habe viel zu wenig Gelegenheit, damit anzugeben. Man könnte sogar sagen, gar keine.«

Oh nein. Keine Führung.

Timko sagte ihrer Sekretärin, dass wir in einer Viertelstunde wieder da seien, und dann ging es los. Den Anfang machten wir bei den Büros, wo sie uns ihren Mitarbeitern vorstellte und uns die Pläne für die Einführung sogenannter »Baby Cakes« zeigte. Dieses neue Produkt sollte im Lauf der kommenden sechs Wochen in den Filialen vorgestellt werden.

Nächster Punkt waren die blitzblank geputzten Versuchsküchen, wo es nach Zucker und Gewürzen duftete.

»Im Moment sind wir fast ausschließlich mit den Baby Cakes beschäftigt«, sagte Timko. »Wir wollen die Einführung mit einer großen Kampagne begleiten. Keiner unserer Mitbewerber hat etwas Vergleichbares im Angebot.«

Die Baby Cakes hatten ungefähr die Form großer Champignons ohne Stiel, eine köstliche Kombination aus Kuchenteig und Zuckerguss, angeboten im Sechserpack für 1,99 Dollar.

Conklin führte sich auf wie ein Kind im Bonbonladen. Er probierte Mokkakuchen mit Marshmallow-Guss, Tutti-Frutti-Dinger mit Kokosraspeln und etliches mehr.

Er gab sich leutselig und aufgeschlossen, und er verfolgte damit einen bestimmten Zweck.

Er wollte sich einschmeicheln.

Fast unbemerkt suchte ich mir eine Position zwischen einem großen Industriemixer und einem riesigen Kühlschrank und beobachtete die fröhlichen Märchenköche, die mit Puderzucker an den Schutzhandschuhen und den Nasenspitzen hier vor sich hin werkelten. Ob einer von ihnen womöglich den Kuchenteig mit winzig kleinen Körperbomben-Kapseln gewürzt hatte?

Wir kehrten in Timkos Büro zurück und setzten uns unter ein Oberlicht in ihre sonnenbeschienene, von Grünpflanzen gesäumte Besucherecke.

»So, nachdem ich nun meinen Spaß gehabt habe – wie kann ich Ihnen behilflich sein?«, fragte uns die Leiterin der Produktentwicklungsabteilung.

»Wir wüssten gerne, wie Sie als Expertin diese Sache mit den Körperbomben beurteilen, Donna«, sagte Conklin. »Was glauben Sie, warum ist Chuck's zur Zielscheibe eines Erpressers geworden?«

»Seit ich davon gehört habe, denke ich über nichts anderes mehr nach«, erwiderte Timko. Sie holte eine E-Zigarette aus ihrer Handtasche und paffte, bis das Ende des Verdampfers blau leuchtete. Offensichtlich überlegte sie, wie sie ihre Gedanken in Worte fassen sollte. Schließlich sagte sie: »Ich weiß wirklich nicht, ob das etwas damit zu tun hat, aber im letzten Monat gab es ein Übernahmeangebot für Chuck's. Von Space Dogs. Kennen Sie die?«

Natürlich kannte ich die. Space Dogs war eine Hotdog-Kette mit Sitz irgendwo im Nordosten, Philadelphia vielleicht, oder Scranton.

»Space Dogs will jetzt auch Hamburger machen?«

»Ich glaube, es geht ihnen eher um unsere Immobilien – die Filialen und die Produktionsstätten. Und dann noch um eine Auswahl unserer besten Mitarbeiter. Mit einer Übernahme hätten sie jedenfalls mit einem Schlag ein festes Standbein im Westen erobert«, erwiderte Timko.

»Hat der Vorstand von Chuck's sich denn für einen Verkauf ausgesprochen?«

»Stan Weaver, der Vorsitzende, war voll dafür. Er hatte für jedes Vorstandsmitglied, das den Verkauf befürwortet, einen goldenen Fallschirm vorbereitet.«

»Wie hat Michael Jansing sich dazu verhalten?«, wollte Conklin wissen.

»Er ist emotional genauso stark mit Chuck's verbunden wie ich, aber es geht eben auch um sehr viel Geld. Letztendlich hat auch Jansing für den Verkauf gestimmt. Aber vollkommen gleichgültig, ob die Firma verkauft wird oder nicht, ich möchte Ihnen sehr gerne behilflich sein, den Wahnsinnigen zu finden, der unsere Kunden umbringt. So etwas darf man doch einfach nicht zulassen.«

Ich sagte: »Wir haben nicht viel Zeit. Wenn wir den Bombenbastler nicht an einem der nächsten Tage erwischen, dann hat der Gouverneur keine andere Wahl, als Chuck's Prime dichtzumachen, möglicherweise sogar für immer.«

Timkos Augen wurden feucht, und es dauerte einen Moment, bis sie sich wieder gefangen hatte. »Ich kenne niemanden, der dieser Firma irgendwie schaden will. Die meisten von uns sind einfach nur unendlich dankbar dafür, dass wir hier arbeiten dürfen.«

Conklin und ich ließen Timko wieder ihre Arbeit machen und unterhielten uns auf dem Weg zum Wagen über dieses Übernahmeangebot und die möglichen Konsequenzen.

Wenn öffentlich wurde, dass es einen Zusammenhang zwischen Chuck's und diesen Körperbomben gab, dann würde der Wert der Firma dramatisch sinken. Space Dogs könnte sie für einen Bruchteil des bisherigen Preises bekommen. Andererseits gab es mit Sicherheit zahlreiche Chuck's-Angestellte, die bei einem Verkauf Nachteile zu erwarten hatten.

»Bei jeder Firmenübernahme werden Leute entlassen, stimmt's?«, sagte Conklin. »Vielleicht gibt es ja jemanden bei Chuck's, der den Deal verhindern will.«

»Zu viele Unwägbarkeiten. Zu wenig Zeit. Ich weiß ja nicht, wie's dir geht, Richie, aber ich höre schon den nächsten Zünder ticken.«

53

Cindy saß über ihren Laptop gebeugt in der Redaktion des *Chronicle*. Um 16.00 Uhr war Abgabeschluss, das heißt, ihr blieben noch zehn Minuten für den Artikel über eine Fahrerflucht, die auf der Fillmore Street ein schreckliches Ende gefunden hatte.

Sie überprüfte ein letztes Mal, ob die Namen der Opfer richtig geschrieben waren, ging den ganzen Text noch einmal durch und leitete das Dokument dann an den Chefredakteur weiter.

Jetzt noch ein schneller Blick in die E-Mails werfen und den Spamordner leeren, dann würde sie sich wieder ihrer besessenen Suche nach Morales widmen. Da bescherte eine Betreffzeile ihr beinahe einen spontanen Herzstillstand.

HAB DICH AUSGEMACHT, CINDY.

Cindy konnte den Blick nicht von diesen Worten abwenden. Die Aussage war vieldeutig, klar, aber irgendwie verströmte dieser Satz eine gewisse Bösartigkeit. Den Absender kannte sie nicht, aber da ihre E-Mail-Adresse tagtäglich am Schluss ihrer Kolumne abgedruckt wurde, konnte jeder Mensch auf der Welt sie auf diesem Weg erreichen. Sie war kurz davor gewesen, die Nachricht ungelesen zu löschen, doch diese vier Worte hatten sie davon abgehalten.

HAB DICH AUSGEMACHT, CINDY.

Wo hast du mich ausgemacht?

Cindy holte tief Luft und klickte auf den kleinen Briefumschlag neben dem Betreff. Beim Blick auf die Großbuchstaben des Textes kam sie sich vor, als würde sie in die Mündung einer Schrotflinte schauen.

ICH HAB GESEHEN, DASS DU MICH BESCHATTEST, CINDY.

VIELLEICHT BIST DU IMMER NOCH ANGEPISST, WEIL RICH SICH IN MICH VERKNALLT HAT. ER IST EIN SCHARFES TEIL, STIMMT'S? ICH KÖNNTE DIR BEIBRINGEN, WIE MAN MÄNNER KLARMACHT, ABER – UND BITTE VERSTEH MICH NICHT FALSCH – DAS WÄRE REINE ZEITVERSCHWENDUNG. DU HAST ES NICHT DRAUF. DARUM RATE ICH DIR DRINGEND: LECK MICH AM ARSCH. UND KOMM MIR NICHT IN DIE QUERE. MM

Cindy saß wie erstarrt da, konnte keinen Finger rühren, aber in ihrem Kopf brannte ein wahres Feuerwerk ab.

MM war Mackie Morales.

Mackie hatte sie ausgemacht, was im Polizeijargon »gesehen und identifiziert« bedeutete. Cindy musste an den vergangenen Abend zurückdenken, als sie vor dem Haus von Mackies Mutter gewartet hatte. Einmal war ein dunkler Mittelklassewagen die Straße entlanggekommen, hatte gebremst, gezögert und dann wieder Gas gegeben.

Das war Mackie gewesen.

Und nicht genug damit, dass Mackie gemerkt hatte, dass sie beschattet wurde, sie hatte Cindy auch als diejenige ausgemacht, die sie ausgestochen, über die sie triumphiert hatte.

Cindys Nase fing an zu kribbeln, und die Tränen schossen ihr in die Augen. Sie drückte sich ein Papiertaschentuch auf die Augen, wollte unter gar keinen Umständen anfangen zu weinen.

Aber es nützte nichts.

Als sie sich wieder einigermaßen im Griff hatte, verließ sie das Büro und schaffte es ungesehen auf die Damentoilette. Sie wusch sich das Gesicht und schminkte sich wieder. Dann kehrte sie an den Schreibtisch zurück. In ihrem Kopf hatte mittlerweile eine vielversprechende Idee Gestalt angenommen.

Sie klickte auf »Antworten«.

Betreff: »Mackie ist wieder da.«

Hi Mackie,
ich wusste nicht genau, wo Du steckst, darum danke, dass Du mir Bescheid gesagt hast. Wollen wir uns treffen? Ohne Tricks. Ich habe eine tolle Idee, die ich gerne mit Dir besprechen würde.
Cindy

Und bevor sie es sich anders überlegen konnte, drückte sie auf SENDEN.

So. Erledigt. Hoffentlich ließ die Antwort nicht so lange auf sich warten. Falls Mackie bereit war, sich mit ihr zu treffen, dann bekam sie vielleicht ihr Interview. Und Mackie bekam die öffentliche Aufmerksamkeit, nach der sie sich vielleicht sehnte.

Ihr Computer machte *pling.*

Im Postfach lag eine Fehlermeldung. Die Nachricht, die sie an Morales abgeschickt hatte, war nicht zustellbar. Sie musste von einem öffentlichen Terminal aus geschrieben worden sein. Das bedeutete, dass Cindy nicht mit ihr in Verbindung treten konnte.

Sie stieß den Atem aus, den sie, ohne sich darüber bewusst zu sein, angehalten hatte.

Morales hatte sie ausgemacht, verletzt und fallen lassen, und all das schmerzte wie ein heißes Eisen, das ihr mitten ins Herz gestoßen wurde.

Was willst du jetzt machen, Cindy?

Was willst du machen?

54

Yuki klammerte sich jetzt schon seit Ewigkeiten an ein Schott auf dem Pool-Deck. Sie hatte schreckliche Angst um Brady und keine Ahnung, wie die Forderungen dieser Terroristen aussahen, was sie verlangten, um die Passagiere der *FinStar* freizulassen.

Und wenn sie nicht das bekamen, was sie wollten? Was dann?

Würden sie anfangen, um sich zu schießen?

Das Schiff in die Luft jagen?

Sie war sich sehr bewusst darüber, dass sie unter dem kurzen Frottee-Bademantel, der vom Schiff gestellt wurde, nur ein durchsichtiges Nachthemd trug. Sie stopfte den Saum des Nachthemds unter den Bademantel und faltete anschließend die Hände über ihrer Rettungsweste, als könnte die ihr tatsächlich das Leben retten.

Folgende Fragen schossen ihr immer wieder durch den Kopf: *Wo ist Brady? Haben sie ihm etwas angetan?*

Vor ungefähr sechs Stunden war Yuki von einem unvorstellbar lauten Knall geweckt worden. Danach hatte sie einen Stoß gespürt, so heftig, dass sie aus dem Bett gefallen war.

Dann hatte das Schiff stark geschwankt. Sie hatte auf dem Boden nach Halt gesucht und war mit dem Kopf an das Bettgestell gestoßen. »Brady! Was ist da los?«, hatte sie geschrien.

Fenster barsten, und Türen schwangen auf, nur um im nächsten Augenblick wieder krachend ins Schloss zu fallen.

Das Zittern der Erschütterung wirkte noch lange nach, und dann hatte sich das Schiff erneut auf die Seite geneigt. Lichter zuckten auf, wo eigentlich keine sein durften – vor ihren Fenstern, unterhalb des Balkons.

Yuki stemmte sich auf die Knie, hielt sich an der Bettkante fest und zog sich auf die Füße. Trotz des Durcheinanders war Bradys Seite immer noch fein säuberlich gemacht.

Sie wandte sich zum Badezimmer und kreischte »Brady!«, rechnete fest damit, dass er jeden Augenblick herauskommen und »Was zur Hölle ...?« oder »Runter!« sagen würde.

Aber er war nicht im Badezimmer.

In diesem Augenblick ertönte der nächste dröhnende Knall. Das musste eine Bombe sein, ganz sicher. Dieser Knall klang gedämpfter als der erste und kam von der anderen Seite des Flurs oder vielleicht auch von der anderen Seite des Schiffs.

Sirenen schrillten durch den Gang, dann meldete sich eine männliche Stimme im Bordlautsprecher: »Besatzung Notfallpositionen einnehmen.« Dieser Befehl war mehrere Male wiederholt worden.

Yukis Mutter hätte jetzt gesagt: »Such deina Mann, Yukieh. Geh zu deina *Mann*.«

Als wäre sie da nicht von selbst drauf gekommen. *Aber wo war er?*

Yuki hatte einen Bademantel übergestreift und aus dem Fenster gesehen. Im hellen Nachtlicht Alaskas waren mehrere Schlauchboote zu sehen gewesen, die mit hohem Tempo auf das Kreuzfahrtschiff zugerast waren.

Yuki konnte sich noch gut an das Gefühl tiefer Erleichterung erinnern.

Gott sei Dank. Hilfe war im Anmarsch.

Hilfe war unterwegs.

55 Während Yuki mit Hunderten anderer Passagiere zusammen auf dem Pool-Deck saß und zitterte – was keineswegs nur ihrer dünnen Kleidung und der kalten Nachtluft geschuldet war –, musste sie daran denken, wie unmittelbar, nachdem sie die heranbrausenden Boote bemerkt hatte, die Bordlautsprecher erneut zum Leben erwacht waren, dieses Mal allerdings unter lautem, schmerzhaftem Kreischen.

Dann hatte sie die tonlose Stimme des Kapitäns gehört.

»Verehrte Fahrgäste, hier spricht Kapitän Berlinghoff. Wie Sie sicherlich gemerkt haben, ist es zu einer unvorhergesehenen Störung gekommen. Aber ich kann Ihnen versichern, dass Sie unbesorgt sein können. Wir bekommen das alles wieder in den Griff. Wir bringen Sie jetzt in die verschiedenen öffentlichen Räume. Bitte leisten Sie den Anordnungen des Kabinenpersonals Folge und bewahren Sie Ruhe. Wir sind nicht in Gefahr, in keiner Weise. Ich wiederhole…«

Was denn für eine Störung?

Die Schlauchboote hatten sich von der Seite her dem Schiff genähert. Aus ihrem Fenster, rund fünfzehn Meter über der Wasseroberfläche, hatte sie keine Gesichter erkennen können. Aber Gewehre.

War die US-Marine gekommen, um den Explosionen auf den Grund zu gehen? In diesem Augenblick hatte ein schmerzhafter Gedanke ihr Gehirn durchzuckt wie ein Schuss. *Piraten!* Vielleicht waren das Piraten!

Aber das war unmöglich. In diesem Teil der Welt gab es keine Piraten. Nicht in den Vereinigten Staaten.

Etwa zur gleichen Zeit waren die ersten Rauchwölkchen in die Lüftungsschlitze der Klimaanlage eingedrungen.

War ein Feuer an Bord ausgebrochen? Konnte sie überhaupt die Kabine verlassen?

Oh Gott, was war denn bloß los? Und wo war Brady?

Sie hatte nach ihrem Smartphone gesucht und es schließlich eingeklemmt unter dem Nachttisch gefunden. Aber noch bevor sie es einschalten konnte, hatte ein lautes Klopfen an der Tür sie aufgeschreckt.

»Mr. und Mrs. Brady, hier ist Lyle.«

Yuki hatte durch den Spion geschaut und den Kabinensteward erkannt. Seine Augen waren extrem weit aufgerissen gewesen, sodass rund um seine Pupillen das Weiße zu sehen war. Sie hatte die Tür aufgemacht.

»Mrs. Brady. Sie müssen sich in die Veranda-Lounge begeben.«

»Wissen Sie, wo mein Mann ist?«, hatte sie sich bei ihm erkundigt.

»Nein, Madam. Wann haben Sie ihn das letzte Mal gesehen?«

Sie hatte gestern Abend ziemlich viel getrunken, und Brady hatte sie relativ früh zu Bett gebracht.

In Lyles Rücken strömten Menschen in Rettungswesten den Gang entlang zur Treppe, die Gesichter vor Müdigkeit und Furcht verzerrt.

»Was ist denn los?«, hatte sie Lyle gefragt. »Brennt es? Werden wir angegriffen?«

»Ich weiß es auch nicht, Mrs. Brady. Ziehen Sie die Rettungsweste an und gehen Sie zum Veranda-Deck. Beeilen Sie sich. Nehmen Sie die Treppe.«

»Einen Moment noch.«

Lyle hatte sie angeblafft: »Weste anziehen und nach oben, Mrs. Brady. *Sofort!*«

Yuki hatte Bradys Nummer gewählt, und als seine Mailbox angesprungen war, hatte sie ihm eine Nachricht hinterlassen: »Ich bin auf dem Veranda-Deck. Komm zu mir.«

Schwer atmend und mit unkontrolliert zitternden Händen hatte Yuki ihre Bootsschuhe aus dem Schrank geholt. Die Rettungsweste lag unter dem Bett, neben Bradys.

Sie hatte die Weste angezogen und sich ein letztes Mal in der Kabine umgesehen. Dann hatte sie die Nachttischschublade aufgezogen und ihre Korallenkette, Bradys Hochzeitsgeschenk, herausgeholt und mit den Fingern umschlossen. Erst dann war sie zur Treppe gegangen.

56

Am oberen Ende der Treppe hatten vier Bewaffnete gestanden. Sie trugen Tarnkleidung und schwarze Skimasken mit schmalen Schlitzen für Augen und Mund. Jeder von ihnen hielt ein schweres Sturmgewehr in der Hand. In diesem Augenblick war Yuki klar geworden, dass der Kapitän gar nichts mehr im Griff hatte. Dass er gelogen hatte, um eine Panik zu vermeiden.

Sämtliches Blut war ihr aus dem Kopf gewichen.

Schwindelig und einer Ohnmacht nahe hatte sie sich am Geländer festgehalten und angefangen, die Treppe hinaufzugehen. Der unsägliche Schrecken hatte jede Hoffnung, dass es sich vielleicht doch nur um einen Maschinenschaden handeln könnte, im Keim erstickt.

Das war ein Überfall.

Wo war Brady? War er überhaupt noch am Leben?

Die Männer am oberen Ende der Treppe – aus ihrer Sicht waren es Piraten – teilten die Passagiere auf. Die Älteren und Frauen wurden nach links geschickt, die Männer nach rechts. Jeder, der auch nur ein wenig zögerte, wurde sofort geschubst oder mit einem Gewehrlauf angestoßen.

Yuki wurde zusammen mit den anderen in die Veranda-Lounge getrieben. Die Piraten hatten den Passagieren, die so verwundbar und hilflos waren wie Vogelbabys auf einem Fenstersims, mit voller Absicht Angst eingejagt. Dann waren sämtliche Lichter an Bord erloschen, und Yuki hatte gedämpfte Schüsse gehört.

Was war da los?

Eine Frau in einem roten kimonoartigen Bademantel, die Haare auf dem Kopf zu einem Dutt geknotet, sprang auf und brüllte den nächststehenden Bewaffneten an: »Ich brauche meine Medikamente. Ich brauche Wasser. Ich muss zur Toilette. Ich bin siebenundsechzig Jahre alt. Lassen Sie mich zurück in meine Kabine. Ich bin doch für Sie kein Risiko.«

Der Kerl mit dem Gewehr raunzte sie an, sie solle die Klappe halten und sich hinsetzen. Dann versetzte er ihr einen Stoß.

Viele schrien auf und zuckten zusammen, aber da meldete sich eine andere Frau zu Wort: »Sie können uns doch nicht einfach wie Tiere zusammenpferchen. Wir sind immerhin menschliche Wesen.«

Einer der Bewaffneten hob sein Gewehr und schoss an die Decke, sodass ein Glas- und Gipsregen auf die Köpfe der Gefangenen niederging.

Die nun folgenden Schreie waren hörbarer Ausdruck des reinen kalten Entsetzens, der Panik, die immer weiter um sich griff, ohne dass ein Ende in Sicht war.

Yuki hatte ihr Handy aus der Bademanteltasche geholt und die Aufnahmetaste gedrückt. Obwohl sie ihre Erklärungen nur im Flüsterton gesprochen hatte, hatte einer der Bewaffneten sie bemerkt, aber sie hatte, noch während er auf sie zugekommen war, das Video an Lindsay abgeschickt.

Der Kerl mit dem Gewehr hatte ihr das Smartphone aus der Hand gerissen und es unter seinem Absatz zermalmt.

»Du bist wohl verrückt geworden, einfach irgendwelche Bilder zu verschicken«, hatte er sie angebrüllt. »Und wer verrückt ist, muss büßen.«

Dann hatte er ihr mit dem Handrücken ins Gesicht geschlagen. Yuki taumelte, aber da die Menschen so dicht gedrängt zusammenstanden, war sie nicht umgefallen. Noch nie im Leben war sie ins Gesicht geschlagen worden. Der Schmerz war absolut unbeschreiblich, und sie hörte sich stöhnen.

Hätte sie doch dieses Stöhnen zurücknehmen können.

Hätte sie ihm doch niemals gezeigt, dass sie Angst hatte.

Jetzt tauchte ein großer, breitschultriger Mann in der Türöffnung auf. Er war deutlich über eins achtzig groß und an die neunzig Kilogramm schwer. Auch er trug Tarnkleidung und eine Sturmhaube.

Er rief: »Schnauze halten, aber alle! Tut mir leid, dass ich so grob sein muss, aber ab sofort herrscht hier Ruhe, verdammt noch mal! Ist das klar?«

Eine trotzige Stille senkte sich über den Raum. Die Passagiere unterdrückten ihre Angst und harrten der Dinge, die da kommen sollten.

57

Yuki konnte sich nicht mehr an jedes einzelne Wort erinnern, aber immerhin an das meiste.

Sie hatte ein sehr gutes Gedächtnis für das gesprochene Wort. Bei der Staatsanwaltschaft stand sie in dem Ruf, Zeugenaussagen und Aktennotizen wortwörtlich aus dem Kopf zitieren zu können.

Der große Mann mit der Sturmhaube und der Tarnuniform, der den Passagieren in der Veranda-Lounge befohlen hatte, verdammt noch mal die Schnauze zu halten, hatte sich auf einen Stuhl gestellt.

»Mein Name ist... na ja, ihr könnt mich Jackhammer nennen. Was jetzt kommt, dient eurer Orientierung. In wenigen Minuten werdet ihr alles wissen, was ihr zum Überleben braucht. Wir haben das Schiff in unserer Gewalt. *Wir*, das sind meine Männer und ich, und wir haben das Schiff *vollkommen* in unserer Hand. Die Besatzung kann euch nicht helfen. Die haben wir gefesselt und eingesperrt, unter Bewachung. Ihr Leben hängt ganz und gar von... euch ab. Aber davon später mehr. – Den Maschinenraum und die Funkzentrale haben wir ebenfalls lahmgelegt, aber sollte jemand das Bedürfnis haben, schwimmen zu gehen, dann tut euch keinen Zwang an. Wir halten niemanden auf, der springen will. Die Entfernung zum Festland beträgt vierzig Kilometer. Beim Eintauchen in das eiskalte Wasser reagiert der Körper mit einem Schock. Nach zehn bis zwanzig Minuten setzt die Unterkühlung ein, und selbst wenn es jemand bis zum Ufer schaffen sollte, was absolut unmöglich ist... dort ist ja nichts. – Damit kommen wir zum eigentlichen Sinn des Ganzen. Wir haben eine Forderung an die Finlandia Line übermittelt, verbunden mit der Zusage, dass wir stündlich einen Passagier erschießen werden, so lange, bis das Geld auf unserem Züricher Bankkonto eingegangen ist. Im Augenblick haben wir einen Vorsprung von drei Stunden. Ein paar Passagiere haben eine falsche Entscheidung getroffen. Also... Falls Finlandia sich bewegt und ihr euch alle anständig benehmt, dann könnt ihr demnächst euren wohlverdienten Urlaub fortsetzen und seht uns nie wieder. Darüber hinaus könnt ihr durch eure Bereitschaft zur Zusammenarbeit dafür sorgen, dass auch die Besatzung am Leben bleibt. – Jetzt geht ihr bitte nach oben, auf das Pool-Deck. An der Tür legt ihr eure Handys in die bereitstehende Kiste. Verhaltet euch ruhig, das rate ich euch. Ach ja, wir suchen noch einen Freiwilligen. Wo ist die Dame, die vorhin fotografiert hat?«

»Die da«, sagte der Bewaffnete, der so dicht neben Yuki stand, dass sie seinen Schweiß riechen konnte. Er packte sie grob am Arm und stieß sie vorwärts. Dabei verlor sie das Gleichgewicht und landete vor Jackhammers Füßen, wobei ihr Bademantel sich öffnete und das aufgekrempelte Nachthemd entblößte.

Es war nicht das erste Mal, dass Yuki Angst hatte. Aber das tödliche Entsetzen, das sie in diesem Augenblick empfand, übertraf auch ihre schlimmsten Albträume. Gleich würde ihr eine Waffe vors Gesicht gehalten, würde ihr eine Kugel in den Kopf gejagt werden.

Jackhammer starrte sie durch die Schlitze seiner Sturmhaube wütend an. »Danke, dass du dich freiwillig gemeldet hast. Du bist als Nächste an der Reihe«, sagte er.

Mühsam rappelte Yuki sich auf und wich zurück in die

Menge. Dann wandte sie Jackhammer den Rücken zu und schloss die Augen, während ihr Tränen über die Wangen rannen.

Zumindest würde sie sich treu bleiben und keine Schwäche zeigen.

Wo war Brady?

War er einer der Passagiere, die eine »falsche Entscheidung« getroffen hatten?

Yuki bekam fast keine Luft mehr.

58

Kalte salzige Luft wehte Schweiß-geruch über die vielen Passagiere hinweg, die sich dicht gedrängt auf dem Pool-Deck versammelt hatten. Zitternd ließ Yuki sich gegen ein Schott sinken. Sie saß mit dem Rücken zur Wand und konnte sich so gut wie nicht rühren.

Sie ließ den Blick über die vollkommen verängstigten Gesichter der anderen Passagiere schweifen. Auch sie waren, genau wie sie selbst, aus dem Schlaf gerissen worden, um zu erfahren, dass sie jederzeit ermordet werden konnten, ganz nach Gutdünken der Piraten.

Und obwohl der Mann gesagt hatte, dass sie als Nächste erschossen werden sollte, waren bereits zwei weitere Fahrgäste an die Reling geschleift und trotz ihrer Hilfeschreie und ihres lautstarken Protests in den Hinterkopf geschossen und über Bord geworfen worden.

Soweit Yuki es beurteilen konnte, hatten die Erschossenen weder einen Fluchtversuch unternommen noch um sich geschlagen oder sonst wie Streit angefangen. Sie hatten einfach nur an Deck gesessen. Sie dagegen hatte fotografiert. Darauf stand die *Todesstrafe*.

Vielleicht hatte man sie vergessen? Vielleicht war der Platz, an dem sie saß, für Jackhammers Handlanger nicht bequem genug zu erreichen. Aber wenn sie sie holen wollten, hätte sie dann überhaupt eine Chance?

Sie blickte sich gründlich um, versuchte, sich den Grundriss, die Türen und Treppenhäuser des Pool-Decks genau einzuprägen.

Am Bug befand sich das Luna Grill Restaurant und davor, in der Nähe des Pools, eine etwas erhöhte, überdachte Bühne für Livebands und andere Unterhaltungskünstler.

Im Zentrum des Decks lag der Swimmingpool. Der Boden zwischen dem Schwimmbecken und der Reling war mit Holzplanken ausgelegt. Am hinteren Ende des Pool-Decks, nahe dem Schiffsheck, befand sich der Wellnessbereich inklusive Bar, die von den Terroristen verwüstet worden war.

Sowohl beim Restaurant als auch bei der Bar führte eine eiserne Wendeltreppe hinauf auf das Sonnendeck und die Laufbahn, die oberhalb des Pools verlief. Sie diente den Terroristen als Ausguck und Schießstand.

Im Augenblick stand einer dieser Kerle über ihr auf der Eisentreppe beim Restaurant, keine drei Meter entfernt. Er war zwar nicht besonders groß, aber muskulös, und machte einen wachsamen Eindruck. An seinem Gürtel hing die Ersatzmunition für das riesige Sturmgewehr, das er in der Hand hielt. Jegliches Mienenspiel wurde von seiner Sturmhaube verdeckt. Wie sollte sie da an seine Menschlichkeit appellieren?

Die männlichen Passagiere waren auf dem gegenüberliegenden Teil des Decks, am hinteren Ende des unbeleuchteten Swimmingpools, zusammengetrieben worden. Sie hatten den geschlossenen Türen des Wellnessbereichs den Rücken zugekehrt.

Aufmerksam musterte Yuki die Silhouetten der Männer. Manche hatten sich hingestellt, aber die meisten lagen oder saßen auf dem Boden. Vor ihnen hatte sich eine unregelmäßige Reihe von Bewaffneten aufgebaut. Yuki zählte sechs Mann.

Da sah sie einen hellen Fleck in der undurchdringlichen

Dunkelheit aufblitzen. Das waren Bradys Haare. Ganz bestimmt.

Er stand im hinteren Teil der Menge. Am liebsten hätte sie alles andere außer Acht gelassen und wäre zu ihm gelaufen. Aber ihr war klar, dass das ein durch und durch irrationales Bedürfnis war. Sie wagte nicht einmal einen Versuch, um ihn irgendwie auf sich aufmerksam zu machen. Sie wollte ihn nicht gefährden. Tränen schossen ihr in die Augen, als ihr bewusst wurde, wie dicht er bei ihr und wie weit er gleichzeitig von ihr entfernt war.

In diesem Augenblick – fast so, als hätte sie ihn mit ihrer Angst angelockt – betrat Jackhammer die über dem Pool-Deck verlaufende Laufbahn, dieses lang gestreckte, hohle Rechteck mit dem perfekten Blick auf die Passagiere.

59 Jackhammer kam die Eisentreppe herunter, und als er auf dem Pool-Deck angelangt war, schlich er durch die Schatten und bahnte sich einen Weg mitten durch die Menschenmenge.

Er ging bis zur Längsseite des Pools und musterte dabei die Kreuzfahrtpassagiere zu seiner Rechten und zu seiner Linken sorgfältig. Sein ekelhafter Blick schien für einen Moment an ihr hängen zu bleiben, dann wanderte er weiter.

Nach einem leisen Räuspern sagte Jackhammer: »Ich bedauere die Unannehmlichkeiten wirklich außerordentlich, meine Damen und Herren. Ich weiß, dass das sehr unerfreulich ist, aber Sie können mir glauben: Wenn es nach mir ginge, könnten Sie Ihren Urlaub sofort fortsetzen. Gut essen und trinken, das Leben genießen. Allerdings stößt Ihr Kapitän bei Ihrem Kreuzfahrtveranstalter bislang auf taube Ohren. Anscheinend gibt es irgendwelche Hindernisse, und aus diesem Grund werden noch mehr Menschen aus Ihrer Mitte sterben müssen. Wenn doch der Veranstalter endlich das Geld überweisen würde, um das wir ihn gebeten haben. Nun ja, für den Augenblick können Sie sich jedenfalls freuen, dass Sie, im Gegensatz zum Kapitän und seiner Mannschaft, die frische Luft genießen können. Und vielleicht bekommt der eine oder andere morgen früh sogar ein kleines Frühstück. Nicht schlecht, diese Aussicht, oder?«

Jetzt kam einer seiner Männer auf Jackhammer zu, und er drehte sich zu ihm um. Die beiden steckten die Köpfe zusammen und berieten sich. Ob sie über sie sprachen? Da bemerkte Yuki eine Bewegung am Heck: ein grauhaariger Mann in einer grellgrünen Pyjamahose rannte barfuß über das Deck. Er hielt sich schützend einen Liegestuhl über den Kopf.

Oh mein Gott, der dreht durch.

Jetzt holte der Mann aus und schleuderte den Stuhl in Jackhammers Richtung. Dieser sah den Stuhl kommen und wich aus.

Eine Frau rief: »Nein, Larry, nein!«

Noch bevor der Stuhl auf das Deck prallte, hatte Jackhammer seine Waffe im Anschlag und drückte ab. Die Frau durchbrach die Barriere der Arme, die sie festhalten wollten, und lief zu ihrem gestürzten, sterbenden Mann.

Jackhammer schoss erneut, und ein Zucken ging durch den Körper der Frau, bevor sie auf der Brust ihres Mannes zusammenbrach.

Die tödlichen Schüsse versetzten das gesamte Deck in Bewegung. Die Leute in der Nähe der blutenden Toten wichen zurück, und in der einsetzenden Panik drängten sich alle Frauen auf der abgelegenen Seite des Pools zusammen. Manche rutschten auf den blutverschmierten Holzdielen aus und stürzten. Die Stärksten trampelten über die Schwächsten hinweg. Piraten schlugen mit Gewehrkolben auf die Passagiere ein, die zu den Türen oder Treppen flüchten wollten. Automatiksalven zischten über die Köpfe der Passagiere hinweg, und sie kreischten wie Tiere, die zur Schlachtbank geführt wurden.

In diesem ganzen Chaos sah Yuki mit einem Mal ihre Chance. Inmitten der hin und her wogenden Menschenmasse schob sie sich über das Deck. Und als die Schüsse verstummt waren, tauchte sie neben dem Mann, den sie liebte, wieder auf.

Brady zog sie in die Arme und hüllte sie ganz ein.

»Ich hab dich, Süße«, sagte er. »Ich hab dich.«

Sie schluchzte an seiner Brust.

Sie liebte ihn so sehr.

Sie mussten das alles überleben. Sie mussten einfach.

60

Ich stand in der Schlange am Tresen des MacBain's und wartete auf meine Sandwiches. Erdnussschalen knirschten unter meinen Schuhsohlen, während ich ein paar beschwipsten Stammkunden der Hall of Justice zunickte, aber mein Blick hing wie gefesselt an dem stumm geschalteten Fernseher über dem Tresen.

Dort lief gerade ein Bericht eines Lokalsenders aus Alaska. Valerie Ricco, die Korrespondentin, stand in einem weiten grünen Daunenmantel an einem einsamen Küstenstreifen und versuchte, sich nicht wegwehen zu lassen, während der Wind ihr die Haare zerzauste und das Mikrofon schwanken ließ.

Am unteren Bildrand lief ein Schriftband: »Seit gestern haben bewaffnete Entführer die *FinStar* in ihrer Gewalt, ein luxuriös ausgestattetes Kreuzfahrtschiff …«

Hinter mir standen ein paar Streifenpolizisten beim flüssigen Mittagessen und sprachen über Brady und dass angeblich Schüsse gefallen sein sollten.

Ich nahm den Blick vom Fernseher und wandte mich ab. Ich wollte nicht erkannt werden, wollte jetzt keine Fragen beantworten müssen.

Ich dachte an Brady, einen harten Hund in des Wortes allerbester Bedeutung. Mutig. Unerschrocken. Entschlossen. Ich hatte mit eigenen Augen gesehen, wie er sein Leben aufs Spiel gesetzt hatte, um einem kleinen Kind das Leben zu retten.

Ich konnte mir gut vorstellen, dass er versuchte, etwas gegen die Entführer zu unternehmen, auch wenn er ihnen deutlich unterlegen und unbewaffnet und weit und breit kein Land in Sicht war – sowohl im wörtlichen als auch im übertragenen Sinn. Genau deshalb machte ich mir Sorgen um ihn, und um Yuki noch viel mehr. Sie war eine Kämpferin. Sie hatte schon mehr als einen aussichtslosen Fall übernommen oder Geschworene, die zunächst eindeutig aufseiten der Verteidigung gestanden hatten, dazu gebracht, nach ihrer Pfeife zu tanzen. Sie hatte es mit ausgebufften Strafverteidigern aufgenommen, den größten der Branche, und auch wenn sie nicht immer gewonnen hatte, hatte sie ihre Gegner doch zumindest gehörig ins Schwitzen gebracht.

Doch was konnten diese Fähigkeiten ihr jetzt nützen? Würde sie sich mit Worten vor einer Erschießung durch die Geiselgangster retten können?

Ich bin keine, die jeden Tag betet, aber jetzt tat ich es praktisch ununterbrochen. *Bitte, lieber Gott, mach, dass sie dieses Schiff unversehrt wieder verlassen können.*

Da hörte ich meinen Namen, drehte mich um und nahm meine Sandwichtüte entgegen, bezahlte, ging nach draußen und rief Joe an.

»Gibt es irgendwas Neues?«, wollte ich wissen.

»Die Informationen der Küstenwache sind ziemlich spärlich, Linds. Aber ich habe immerhin rausgekriegt, dass die Entführer so eine Art Zwischending sind: Einerseits handeln sie wie Piraten, weil sie Lösegeld gefordert haben, aber im Gegensatz zu den üblichen Piraten wollen sie sich nicht mit Kleckerkram zufriedengeben. Die wollen den Jackpot knacken, und außerdem sind es ausgebildete Terroristen. – Bis jetzt sind keine Namen von irgendwelchen Organisationen gefallen, die dahinterstecken könnten, aber alles, was ich gesehen habe, deutet auf ehemalige Militärs hin. Und zwar aus *unserem* Stall. Sie wissen genau, dass auf dem Schiff niemand bewaffnet ist, weder die Passagiere noch die Besatzung.«

»Wieso denn das?«

»Waffen sind auf Kreuzfahrtschiffen generell verboten. Für alle – Passagiere, Besatzung, auch für FBI-Agenten und Polizisten auf Urlaub. Keine Waffen, weil die Versicherungen im Fall eines Piratenüberfalls lieber das Lösegeld bezahlen wollen, als in irgendwelche Strafprozesse verwickelt zu werden, falls die Waffen in falsche Hände geraten sollten.«

Ich überquerte die Bryant Street bei Rot, hatte meine Sandwichtüte unter die linke Achsel geklemmt, das Handy am Ohr und wich wütenden Autofahrern aus.

»Das heißt also, dass die Versicherung bezahlt, oder?«, fragte ich. »Warum dauert das dann so lange?«

»Was? Linds? Ich kann dich kaum verstehen!«

Ich war auf dem Bürgersteig angelangt und sagte: »Besser jetzt?«

»Ja, besser. Also, folgendes Problem, und das macht das Ganze so schwierig: Die *FinStar* ist nicht gegen Piratenüberfälle versichert. Da sie nicht in traditionell gefährdeten Gebieten unterwegs ist, hat der Veranstalter beschlossen, ein bisschen Geld zu sparen.«

Ich hetzte die Treppe zur Hall of Justice hinauf und brüllte den Überbringer der schlechten Botschaft an, meinen armen Ehemann. »Was soll das denn heißen? Dass die Versicherung kein Lösegeld bezahlen muss? Und was dann? Wer bezahlt? Wo ist eigentlich das Militär? Könnte unser Staat vielleicht auch endlich mal was unternehmen?«

»Die Küstenwache liegt mit einem Schiff ungefähr eine Seemeile entfernt. Sie haben Kontakt zu dem Anführer und versuchen, ihn zur Aufgabe zu bewegen. Die Küstenwache verfügt auch über Sondereinheiten, aber im Moment will niemand das Schiff stürmen. Dabei würden zu viele Menschen ums Leben kommen und ...«

Ich unterbrach ihn, würgte ein mühsames Dankeschön hervor und sagte: »Entschuldige, dass ich dich angeschrien habe. Ich liebe dich.« Und dann wandte ich mich wieder meiner Arbeit zu, während ich im Stillen eine Million Verwünschungen auf geizige Kreuzfahrtveranstalter herabregnen ließ.

61

Als ich wieder bei unseren Schreibtischen war, hatte Conklin bereits die DVDs mit den Aufnahmen aus den Überwachungskameras der sechs Chuck's-Prime-Restaurants in San Francisco bereitgelegt. Er hatte sie in sechs Stapel unterteilt, einen Stapel für jedes Restaurant. Und jeder Stapel war fünfzehn Zentimeter hoch.

»Die haben sowohl innen wie außen Kameras installiert. Die letzten zwei Wochen waren zwar nirgends mehr vollständig erhalten, aber das hier ist das, was noch zu retten war, einschließlich der Aufnahmen aus Hayes Valley, und zwar ab dem Tag, bevor der Jeep explodiert ist.«

»Hat das FBI sich das schon alles angesehen?«, erkundigte ich mich.

»Ja.«

»Und hat nichts gefunden?«

»Das sind ungefähr hundert Millionen Stunden. Beim FBI arbeiten ja auch nur Menschen. Vielleicht haben sie was übersehen«, erwiderte Conklin. »Wer weiß, vielleicht sind wir die Rettung.«

»Ich bewundere deinen Optimismus.«

»Echt?«

Er grinste mich an, und was soll ich sagen? Im Vergleich zu Conklin ist Ashton Kutcher ein Niemand.

Ich schnappte mir mein Handy und rief Special Agent Jay Beskin in seinem Büro in der Golden Gate Avenue an.

Er nahm sofort ab.

»Jay, sehe ich das richtig, dass Ihre Leute mit der Fleischfabrik von Chuck's durch sind?«

»Wir haben ungefähr zwei Tonnen Hackfleisch durchwühlt und Proben genommen« erwiderte er. »So viel zum Thema Nadel im Heuhaufen. Die Kapseln, die wir suchen, sind nicht größer als eine Halsschmerztablette. Na ja, jedenfalls haben wir eine Menge erstklassiges Rindfleisch analysiert. Wir haben die Küchen durchsucht und die Angestellten befragt. Nichts Auffälliges. Gar nichts.«

»Also auch keine Verdächtigen?«

»Anscheinend arbeiten bei Chuck's nur Engel. Haben Sie noch eine Idee, Sergeant? Ich bin für alles offen.«

Ich gab Beskin eine kurze Zusammenfassung *unserer* sinnlosen Bemühungen – die Geldübergabe bei Barney's Wine and Liquor mitsamt der missglückten Überwachung und der handgeschriebenen Drohung im Koffer. Ich berichtete ihm von dem Besuch im Produktentwicklungslabor und von dem Übernahmeangebot von Space Dogs. Und ich sagte, dass ich mir zusammen mit meinem Partner noch einmal die Bilder aus den Überwachungskameras vornehmen wollte.

Beskin wünschte mir viel Glück, und wir versprachen einander, uns auf dem Laufenden zu halten, auch wenn alles, was wir bis jetzt unternommen hatten, vergebliche Liebesmüh gewesen war.

Ich legte auf und blickte Rich an.

Er sagte: »Wir nehmen uns am besten jeweils eine Scheibe, drücken auf *Play* und warten ab, ob uns irgendwas auffällt.«

Ich starrte die sechs DVD-Stapel an und wünschte mir nichts sehnlicher als einen einzigen, sauberen Fingerabdruck, einen Augenzeugen oder einen Blutstropfen des Bombenbastlers. Ich wünschte mir Indizien, wie die Polizei sie braucht, um in die richtige Richtung zu ermitteln, die Schlinge zuzuziehen und einen Fall abschließen zu können.

Andererseits... eine Million Stunden lang Überwachungsvideos zu verfolgen war vermutlich das perfekte Gegenmittel, damit ich bei all den Sorgen um Yuki und Brady, die vor der eiskalten Küste Alaskas paramilitärischen Geiselgangstern in die Hände gefallen waren, keinen Nervenzusammenbruch erleiden musste.

»Lindsay?«

»Ich hab's gehört«, erwiderte ich. »Wir suchen nach allem, was auffällig ist. Am besten nach einem Kerl mit einem Schild in der Hand, auf dem steht: ›Ich bin's‹.«

Conklin lachte. »Ja genau, das wär's.«

Er holte uns aus dem Pausenraum zwei Becher Kaffee, und ich packte die Sandwiches aus. Nachdem wir den Müll in der runden Ablage entsorgt hatten, nahmen wir uns jeweils eine DVD vom Stapel unserer Wahl.

Meine erste war am Tag vor der ersten Körperbombenexplosion aufgenommen worden.

Wir waren uns hundertprozentig sicher, dass die beiden Studenten, die vor einer Woche in dem Jeep ums Leben gekommen waren, sich bei Chuck's in Hayes Valley mit Hamburgerbomben zum Mitnehmen versorgt hatten.

Irgendwo in diesem DVD-Stapel musste ein Killer zu finden sein.

62

Überwachungskameras in Fast-Food-Restaurants und Parkhäusern liefern nur selten scharfe Bilder in HD-Qualität für das von Hollywood verwöhnte Auge. Das Chuck's Prime in Hayes Valley machte da keine Ausnahme.

Die erste DVD stammte aus dem Inneren des Lokals, und zwar vom Vortag der zweifachen Körperbombe. Die Kamera war im hinteren Teil gegenüber der Kasse montiert und auf den Cowboy hinter der Theke gerichtet. Außerdem konnte man einen Teil der Küche, einen Sechzig-Grad-Ausschnitt mit Tischen sowie die Eingangstür erkennen.

Ich sah mir Schwarz-Weiß-Aufnahmen von Leuten an, die sich ihren morgendlichen Becher Kaffee abholten, dann drückte ich auf die Schnelllauftaste, bis ich die Drei-Stunden-Marke erreicht hatte und das Chuck's sich langsam mit Mittagsgästen füllte.

Ich musterte die Kunden genau, beim Bestellen, beim Mitnehmen ihrer Tüten oder beim Essen. Nichts Außergewöhnliches. Es schien ein guter Tag für das Chuck's in Hayes Valley zu sein.

Dann nahm ich, soweit dies der briefkastenschlitzgroße Bildausschnitt zuließ, die Köche und die Küchenhilfen ins Visier. War es denkbar, dass einer von ihnen in Hamburger-Frikadellen Minibomben versteckt hatte?

Es machte jedenfalls nicht den Eindruck, als wäre es besonders schwierig gewesen, so etwas durchzuführen.

In der Zwischenzeit hatte sich die Stimmung in unserem Bereitschaftsraum gewandelt. Jetzt waren wir keine perfekt funktionierende Mordkommission mehr, sondern eher eine Art hilfloser Kontrollturm, in dem die Sorgen um ein abgehalftertes Raumschiff immer größer wurden. Im Lauf des Nachmittags traten immer wieder Kollegen zu uns an die Schreibtische und erkundigten sich, ob wir etwas Neues von Brady gehört hätten. Nach Feierabend zogen Cappy McNeil und sein Partner, Paul Chi, sich zwei Stühle heran und setzten sich zu uns. Sie hatten beide schon mit Brady zusammengearbeitet, waren mit Yuki befreundet und außerdem unendlich frustriert, wütend und hilflos. Genau wie ich.

In Ermangelung guter Neuigkeiten verstiegen wir uns zu allen möglichen Theorien darüber, wie man die Entführung so beenden konnte, dass die Piraten am Schluss tot und die Passagiere in Sicherheit waren. Wir waren zwar nicht gerade hoffnungslos, aber um ehrlich zu sein – es gab auch niemanden, der mit Konfetti um sich warf.

Bevor Chi und McNeil sich verabschiedeten, beugte Chi sich über meinen Schreibtisch und tippte mit dem Finger auf eine Taste, die den Bildschirm heller machte. Dann drückte Cappy mir einen Kuchen in die Hand, den er eigentlich zum Nachtisch mit nach Hause nehmen wollte, und gab mir einen Kuss auf die Wange. Das war das erste Mal.

Anschließend wünschten meine beiden alten Kumpel uns endgültig eine gute Nacht, und wir widmeten uns wieder unserer Hamburger-Parade.

Ich starrte auf den niemals endenden Strom von Menschen auf dem Bildschirm. Nachdem ich mir die gesamten zwölf Stunden von Tag minus eins im Schnelldurchlauf zu Gemüte geführt hatte, schob ich die nächste Scheibe ins Fach und sah mir Parkplatzvideos an.

Auch sie waren im Grunde genommen nichts anderes als grau-weiße Dokumentarfilme: Ankunft und Abfahrt eines Brötchenlieferanten, gefolgt von einem Kühllaster aus der Zentralküche von Chuck's, die ihre Kartons zum Hinter-eingang des Restaurants brachten. Und dazu Hunderte von Pkws, die auf dem Parkplatz Pause machten und irgendwann wieder auf die Hayes Street fuhren.

Hatte ich, ohne es zu ahnen, einen Killer gesehen?

Wie konnte ich mir sicher werden?

Ich wandte mich dem folgenden Tag zu, sah, wie das todge-weihte Pärchen sein Essen mitnahm, und erkannte den einen oder anderen Kunden vom Vortag wieder.

Ich notierte mir die Zeiten, zu denen die Stammkunden auftauchten, und machte Screenshots, um sie später mit anderen vergleichen zu können. Wieder kamen Lieferanten angefahren, wieder wurden Kartons in die Küche geschleppt.

Dann stopften Küchenhelfer jede Menge Müll in den Con-tainer vor der Hintertür, schlossen die Türen ab und machten Feierabend.

Ich ging zur Toilette, und als ich wiederkam, fragte Conk-lin: »Wie wär's mit italienisch?«

»Sehr gut.«

63

Conklin und ich traten hinaus auf die dunkle Bryant Street und steuerten das Enzo's an, einen ziemlich heruntergekommenen Imbiss in der 7th Street. Dort verschlangen wir eine Pizza und kehrten wieder zurück in unsere Überwachungsvideohölle.

Ich war dran, Kaffee zu kochen, und Conklin teilte den Kuchen, den Cappy uns gespendet hatte, mit einem Brieföffner in dicke Stücke.

Vier Stunden später hatte ich drei Bilder markiert und ausgeschnitten. Darauf waren drei Kunden zu sehen, die verdächtig nach ein und derselben Person aussahen. Es war ein hagerer Mann mit a) Bart, b) Strickmütze und c) Kapuzenpullover.

Das war alles, was ich an Verdächtigen herausfiltern konnte. Aber immerhin …

Ich zeigte Conklin das Ergebnis meiner Bemühungen, und er meinte liebevoll: »Ich fürchte, du greifst nach den Sternen, Linds.«

Ich schnappte mir eine Handvoll Kugelschreiber aus dem Porzellanbecher auf meinem Schreibtisch und zielte im Speerwerferinnenstil auf den Papierkorb neben Brendas verlassenem Schreibtisch am anderen Ende des Raums.

Meine Trefferquote lag bei sechs von zehn. Das war miserabel. Es war ein sehr großer Papierkorb. »Kann ja sein, dass ich zu optimistisch bin«, sagte ich zu Conklin. »Aber vielleicht auch nicht. Vielleicht habe ich den Nagel auf den Kopf getroffen. Du hast doch bestimmt nichts dagegen, wenn ich die Fotos ans Labor schicke, oder? Um eine zweite Meinung zu bekommen?«

»In meinem Bett liegt eine nackte Frau und wartet auf mich«, erwiderte Conklin und griff nach der Windjacke über seiner Stuhllehne. »Ich glaube, ich gehe jetzt, solange sie noch in Stimmung ist.«

»Verschwinde«, sagte ich. »Das hier läuft uns nicht weg.«

Conklin winkte mir zum Abschied zu, dann klingelte mein Telefon.

Es war Joe, und er vergeudete keine Zeit mit Vorreden.

»Das Neueste von der *FinStar*«, sagte er. »Man hat Schüsse gehört und einen weiteren Toten geborgen. Überall in Alaska sammeln sich Leute und demonstrieren für ein Ende der Geiselnahme. Die finnische Regierung springt buchstäblich im Dreieck, ist aber vollkommen machtlos. Die Funkverbindung zu dem Schiff der Küstenwache ist abgebrochen. Das ist alles. Tut mir leid.«

»Scheiße.«

»Ich weiß«, sagte mein Ehemann. »Komm nach Hause, Blondie. Du fehlst uns.«

64

Totale Finsternis hatte sich über den Südosten Alaskas gesenkt. Yuki saß hinter Brady an Deck, drückte sich mit der Wange fest an sein Polohemd und versuchte, gleichmäßig zu atmen.

Brady sagte leise: »Es wird nicht mehr lange dauern, Süße. Jedenfalls können sie sechshundert Menschen nicht ewig unter diesen Bedingungen festhalten.«

Sie nickte. »Ich weiß.«

Man hatte sie gefüttert und getränkt wie Tiere. Man hatte ihnen ein paar stinkende Eimer zur Verfügung gestellt, aber keinerlei Privatsphäre. Sie hatten im Stehen oder im Sitzen geschlafen, die Rücken aneinandergelehnt.

Die Stimmung auf dem Schiff kippte langsam in Richtung Verzweiflung.

Die Passagiere, ja sogar die gottverdammten Piraten machten den Anschein, als würden sie bald die Geduld verlieren. Sie zogen auf der Laufbahn ihre Kreise, warfen brennende Streichhölzer nach unten, jagten Gewehrsalven in die Luft und sorgten dafür, dass die Todesangst auf dem Schiff allgegenwärtig blieb.

Yuki hatte schon genügend Kriminelle mit jeder Menge aufgestauter Wut im Bauch kennengelernt, um zu wissen, dass jeder einzelne dieser Männer jederzeit durchdrehen und anfangen konnte, mitten in die Menschenmassen zu feuern. Sie rutschte neben ihren Mann, schlang ihm einen Arm ums Schienbein und hielt sich daran fest. Er legte ihr einen Arm um die Schulter und gab ihr Halt. Sie fühlte sich sicher und geborgen, obwohl sie ganz genau wusste, dass sie womöglich noch vor Sonnenaufgang beide tot sein würden.

Links neben Yuki saß eine Frau, die sich als Susannah vorgestellt hatte. Susannah war Mitte fünfzig und trug den gleichen Bademantel wie Yuki, aber darunter einen roten Flanell-Schlafanzug und flauschige Socken. Sie betete für das Leben aller Menschen auf dem Schiff und bat Gott um Verzeihung für die Piraten und das, was sie getan hatten.

Yuki konnte nicht verstehen, wie diese Frau für diese Männer beten konnte, die unschuldige Menschen ermordet hatten.

Es war still an Deck, und Yuki konnte die Wellen, die gegen den Schiffsrumpf schlugen, ebenso deutlich hören wie Bradys Atem und Susannahs leise Gebete.

Einer der Piraten stand an der Reling, vielleicht fünf Meter von ihnen entfernt. Yuki nannte ihn im Stillen Bigfoot, weil seine Schritte lang und sehr schwerfällig waren. Er senkte den Kopf und legte die Handflächen schützend zusammen, um sich eine Zigarette anzuzünden.

Brady beobachtete Bigfoot ebenfalls. Er registrierte, wie er rauchte, ein Funkgerät aus der Brusttasche des Hemds nahm und etwas in das Mikrofon sprach. Yuki sah, wie ihr Ehemann auf seine Armbanduhr blickte und den Kopf dann nach rechts drehte.

Sie folgte dem Blick und sah, dass er mit einem anderen Passagier Blickkontakt aufgenommen hatte. Dieser schien sich ebenfalls für die Bewegungen der Piraten zu interessieren.

Sie wusste auch, wie der Mann hieß. Brett Lazaroff. Sie und Brady hatten ihn am ersten Morgen beim Frühstücksbüfett kennengelernt. Es kam ihr vor, als läge das schon eine Ewigkeit zurück.

Lazaroffs dunkle Haare waren bereits von ein paar weißen Strähnen durchzogen. Er war sechzig und in hervorragender körperlicher Verfassung. Er und Brady hatten sich vor der Rührei-Schüssel getroffen und waren ins Gespräch gekommen.

Sie hatte ihn ebenfalls gegrüßt und sich dann mit ihrem Teller an den Tisch gesetzt, um zu erfahren, dass Lazaroff verwitwet war, erwachsene Kinder hatte und einen Autoersatzteilhandel in Anacortes betrieb. Vielleicht hatte er auch etwas von einer militärischen Vergangenheit gesagt.

Jetzt jedenfalls sah sie, wie Lazaroff mit dem Kinn auf Bigfoot wies und Brady nickte. Yuki hatte das Gefühl, dass sie gerade Zeugin einer beinahe telepathischen Kommunikation zwischen zwei Männern wurde, die gelernt hatten, als Erste zu schießen.

In ihrem Inneren flackerte ein kleiner Hoffnungsfunke auf.

Brady und Lazaroff haben einen Plan.

65

Der Anruf kam schon vor 7.00 Uhr. Ich schlief tief und fest, den Kopf in mein neues Kissen gedrückt, das mit dem Slogan »Besser als Gänsedaune« angepriesen worden war, und zwar vollkommen zu Recht.

Ich warf einen Blick auf mein piepsendes Handy und sagte: »Kann doch nicht wahr sein.«

Aber einen Anruf von Michael Jansing konnte ich nicht einfach ignorieren.

»Boxer«, knurrte ich grimmig in den Hörer.

»Sergeant Boxer, es tut mir leid, dass ich Sie um diese Zeit anrufe, aber ich habe gerade eine Nachricht von dem Attentäter erhalten. Ich habe ihm gesagt, dass meine Familie in der Nähe ist und ich erst im Büro offen sprechen kann.«

»Haben Sie ihm auch gesagt, wann Sie im Büro sein werden?«

»So gegen acht.«

»Kommen Sie ins Präsidium«, sagte ich zu Jansing. »Dort treffen wir uns.«

Dann suchte und fand ich die Visitenkarte von Special Agent Jay Beskin in meiner Jacke. Ich wählte seine Nummer, und Gott sei Dank meldete er sich sofort.

»Jay, der Körperbomber hat sich bei Jansing gemeldet und ruft ihn gegen acht Uhr noch mal an. Können Sie in die Hall of Justice kommen, und zwar gleich?«

Meine nun folgenden zwanzig Minuten waren ein einziges

hektisches Durcheinander aus Anziehen und Autoschlüssel suchen, nur kurz unterbrochen von einigen Schlucken Kaffee und meiner protestierenden kleinen Tochter.

»Ich komme ja wieder, mein Schätzchen, ganz bestimmt. Bis heute Abend.«

Vom Auto aus rief ich Conklin an und teilte ihm auf der Mailbox mit, dass der Bomber sich gemeldet hatte und dass ich demnächst im Bereitschaftsraum aufkreuzen würde. Bei Jacobi hinterließ ich genau die gleiche Nachricht.

Um zehn Minuten vor acht war ich vor der Hall of Justice und traf auf der Treppe vor dem Haupteingang auf Beskin. Im Prinzip entsprach er voll und ganz dem Bild, das Filmregisseure auf der ganzen Welt von FBI-Agenten im Kopf haben: eins sechsundachtzig groß, breitschultrig, energisches Kinn, staatlich genehmigte Frisur und ein guter grauer Anzug. Aber dann waren da noch seine leuchtenden rot-silbernen Laufschuhe.

Er bemerkte meinen Blick.

»Was denn?«, fragte er. »Ich bin gerannt. Das war die schnellste Möglichkeit.«

Danach wechselten wir nervös ein paar belanglose Worte, während wir auf Jansing warteten. Wenige Minuten später stellte er seinen Wagen im Parkverbot ab, aber wenigstens war er rechtzeitig da.

Ich fragte den rotblonden Vorstandsvorsitzenden: »Und, hat er sich schon gemeldet?«

»Noch nicht.«

Wir schritten durch die mächtige Eingangstür aus Glas und Stahl, und ich brachte Jansing und Beskin mithilfe meiner Dienstmarke durch die Kontrolle. Wir waren noch vor acht im Bereitschaftsraum.

Kelli Pearson aus unserer Technikabteilung erwartete uns

bereits in Bradys verlassenem Büroabteil. Sie hatte ihren Zauberkasten aufgeklappt und war startklar. Ich kannte sie als kluge, sorgfältige Technikerin, und genau mit diesen Worten stellte ich sie auch Jansing und Beskin vor. Dann setzten wir uns in den neun Quadratmeter großen Glaswürfel, der ohne Bradys massige Gestalt hinter dem Schreibtisch fast schon geräumig wirkte.

Jansing sagte: »Der Erpresser betont immer wieder, dass ich auf keinen Fall die Polizei einschalten soll. Und trotzdem sitzen wir jetzt hier.«

»Bei so kurzem Vorlauf hatten wir entweder die Möglichkeit, uns hier zu treffen, wo wir den Anruf zurückverfolgen können, oder aber Ihr Büro zu nehmen und die Chance zu verpassen, diesen Kerl zu schnappen.«

Um zehn nach acht klingelte Jansings Handy. Pearson las die Nummer des Anrufers vom Display ab und gab sie in das Handy ein, das mit ihrem Laptop verbunden war. Die Software verfolgte die Nummer bis zu dem Sendemast, der den Anruf des Bombenlegers weiterleitete, aber ohne das Handy des Anrufers anzurufen.

Auf mein Zeichen meldete sich Jansing.

»Hier Jansing.«

Ich beugte mich dicht zu ihm, sodass wir das Handy zwischen unseren Ohren hatten. Ich hörte die eiskalte, elektronisch verzerrte Stimme sagen: »Hören Sie gut zu. Der Preis beträgt fünf Millionen. Morgen früh, pünktlich um acht. Wenn nicht, dann werden Bomben explodieren. Viele Bomben.«

»Warten Sie«, sagte Jansing.

Pearson drehte den Laptop so, dass wir den blinkenden Punkt sehen konnten, der das Auto des Bombenbastlers symbolisierte. Er fuhr in östlicher Richtung die Carroll Avenue entlang, mitten durch ein Industriegebiet voller Lagerhallen, Speditionen, Baumaschinenfirmen und Lastwagenverkehr.

»Nein«, sagte der Erpresser. Seine Stimme klang so kalt und mechanisch, dass ich mich fragte, ob da am anderen Ende der Leitung tatsächlich ein Mensch saß.

»Geld oder Leben, Jansing«, sagte die blecherne Stimme. »Mir macht es nichts aus, Leute in die Luft zu jagen. Wieso auch?«

»Aber beim letzten Mal haben Sie noch hunderttausend verlangt, und jetzt fünf Millionen? So viel Geld kann ich unmögl...«

»Sobald ich das Geld habe, höre ich auf. Aber wenn nicht...«

Das Gespräch war zu Ende.

Pearson tippte auf ihrer Tastatur herum, aber der blinkende Punkt war verschwunden.

»Der Scheißkerl hat den Akku rausgenommen«, sagte Agent Beskin. »Meine Fresse! Irgendwann muss er doch auch mal einen Fehler machen!«

Ich rief von Bradys Diensttelefon aus die Funkzentrale an.

»Alle Wagen, die gerade in der Nähe von Carroll Avenue und Third Street sind, sollen eventuell auffällige Fahrzeuge melden.«

»Um was für ein Fahrzeug geht es, Sergeant?«

»Woher soll ich das denn wissen?«, fauchte ich die Kollegin an. »Entschuldigung. Jede Auffälligkeit, bitte. Das ist alles.«

Wieder einmal trieb der Körperbomber uns vor sich her. Wir hatten keine Gelegenheit, eine Falle aufzubauen, weil wir gar nicht wussten, wo die Übergabe stattfinden sollte. Das würde er Jansing erst beim nächsten Anruf mitteilen.

Beskin sagte zu Jansing: »Wir bleiben bei Ihnen, Mr. Jansing. Wir stellen Ihnen so viele Agenten an die Seite, dass Ihnen nichts geschehen kann und dass wir diesen Kerl schnappen, wenn er das nächste Mal anruft. Wir werden vorbereitet sein. Das nächste Mal entkommt er uns nicht.«

Mir fiel kein einziger Grund ein, weshalb Jansing ihm das abkaufen sollte.

66 Kurz vor 12.00 Uhr fuhr ein Kühltransporter mit der charakteristischen türkis-karierten Lackierung und dem Chuck's-Prime-Logo – ein schnaubender Stier auf einem Hügel – auf den Lieferantenparkplatz hinter dem Chuck's Prime in Larkspur.

Die Chuck's-Filiale befand sich im Marin Country Mart, einem großen, gut besuchten Einkaufszentrum, das im Stil eines friedlichen, ländlichen Dorfs gestaltet war. Hier gab es eine französische Bäckerei, ein Sushi-Lokal, eine Brauerei und darüber hinaus freie Sicht auf den Mount Tamalpais und den Anlieger für die Fähren, die zwischen Marin und San Francisco verkehrten.

Der Fahrer, ein drahtiger, gut gebauter Mann mit dunklen Haaren und Dreitagebart, stieg aus und klappte die Fahrertür zu.

Er blinzelte in die Sonne, kurvte um ein paar Palettenstapel und einen Müllcontainer herum und bog dann um die Hausecke. Unter einem Olivenbaum vor dem Haupteingang bauten gut aussehende Studenten und süße Cowgirls gerade ein paar Tische auf. Sie waren mit Eifer bei der Sache, spannten große Marktschirme auf, sprühten Putzmittel auf die Schaufensterscheibe und polierten die verchromten Zierleisten.

Er rief: »Hallo zusammen.«

»Oh, hallo Walt«, sagte einer der Studenten. »Ich mach dir die Tür auf.«

»Danke, Tony. Dauert nur eine Minute.«

239

Walt öffnete den Reißverschluss seiner Lederjacke, setzte die Kapuze auf und ging ins Innere, um sich einen Coco-Primo-Shake zum Mitnehmen zu bestellen.

Der Typ an der Kasse, Arturo, wollte kein Geld annehmen. »Lass gut sein, der geht aufs Haus.«

Die beiden Männer wechselten ein paar bedauernde Worte über den tragischen Ballverlust unmittelbar vor der Endzone gestern Abend, dann nahm Walt seinen Becher mit vor die Tür. Er saugte eine Minute lang an dem süßen, dicklichen Milchshake, genoss die Sonne, die sich auf dem Wasser spiegelte, und spazierte dann auf die Rückseite des Restaurants.

Er machte die Fahrertür auf, stellte sein Getränk im Becherhalter ab und ging zur Heckklappe. Dann fing er an, zehn Kilogramm schwere Kartons mit tiefgefrorenen Rindfleischfrikadellen auf die bereitgestellte Sackkarre zu packen.

»Komm, ich helf dir«, rief Tony ihm zu. Er war groß und kräftig gebaut. Hat in der Highschool bestimmt Football gespielt, dachte Walt.

»Gern«, erwiderte Walt. »Ich bin ein bisschen spät dran. Muss noch ein paar Filialen abklappern, bevor der Berufsverkehr losgeht.«

Der kräftige Bursche legte einen Backstein vor die Hintertür, damit sie nicht zuklappte, und kam Walt zu Hilfe.

»Du kommst genau richtig«, sagte Tony. »Ich glaube, mit unserem Vorrat wären wir nicht mehr über die Mittagszeit gekommen.«

»Ich kann ja in der Disposition Bescheid geben, dass sie eure Wochenration erhöhen sollen.«

»Prima. Danke«, erwiderte Tony. »Hey, ich hab dir doch kürzlich von diesem Mädchen erzählt, das ich so gut finde. Gita?«

»Ja, genau. Aus deinem Schauspielkurs.«

»Genau«, bestätigte Tony. »Also, wir machen jetzt gelegentlich was zusammen.«

»Super«, erwiderte Walt. »Viel Glück weiterhin.«

Tony grinste. »Bis nächste Woche.«

Walt furzte, stieg in den Lieferwagen, machte es sich gemütlich, griff nach seinem Becher und nahm einen großen Schluck von dem kalten Coco-Primo zu sich, bevor er den ersten Gang einlegte.

Er pfiff durch die Zähne, während er den Lieferwagen auf den Sir Francis Drake Boulevard hinauslenkte und nach Westen fuhr, seiner nächsten Lieferadresse entgegen.

Mann, das fühlte sich an wie ein Ritt auf dem Mond.

Da hinten im Kühlraum lag ein Frikadellen-Karton mit einer ganz speziellen, explosiven Beigabe.

Ganz egal, wie er die Sache betrachtete, es war und blieb eine Win-win-Situation.

Geld oder *ka-buuum*.

Oder beides.

Warum nicht? Das Leben war schön. Und er war niemandem etwas schuldig, auch nicht das kleinste bisschen.

67

Conklin und ich saßen in Jacobis Eckbüro oben im vierten Stock. Draußen floss der Verkehr zügig dahin, und die Sonne schien.

Ich sah mich um. Mein alter Freund und langjähriger Partner hatte es mit breiten, bequemen Sofas und Sesseln, einem weitläufigen Schreibtisch und einem ziemlich schönen Teppich ausstatten lassen – und das alles hatte er sich redlich verdient. Hinter ihm lagen harte Jahre in der Mordkommission, ganz abgesehen von seiner kaputt geschossenen Hüfte und anderen chronischen Verletzungen, die er sich im Dienst zugezogen hatte.

Wir waren tief besorgt über die Situation auf der *FinStar*, wo es allem Anschein nach keinerlei Fortschritte zu verzeichnen gab. Während wir auf den neuen Bürgermeister warteten, sagte Jacobi, dass Yuki, die keine fünfzig Kilogramm wog, jederzeit brechen konnte wie ein dünnes Zweiglein.

»Aber sie ist schnell im Kopf«, sagte ich. »Und das hat ihr schon mehr als einmal geholfen, um einen Killer auszutricksen.«

In diesem Augenblick trat der Bürgermeister ein.

Robert Worley war ein ernsthafter, sechsunddreißig Jahre alter Mann, Rechtsanwalt und ehemaliger Besitzer eines Autohauses, verheiratet und vierfacher Vater, eine Säule der Gesellschaft. Er war charismatisch und gut aussehend, und es schien, als wären seinem Ehrgeiz und seiner Karriere keine Grenzen gesetzt.

Ich wusste, dass er auf gar keinen Fall einen Fehler machen wollte.

Er drückte uns der Reihe nach die Hand, legte seine Jacke über die Sofalehne, nahm Platz und sagte: »Tut mir leid. Der Verkehr hat mich aufgehalten, oder besser: wollte unbedingt verhindern, dass ich es rechtzeitig schaffe.«

Jacobi stand auf, machte die Tür zu und holte dem Bürgermeister eine Flasche Wasser aus dem Kühlschrank. Dann setzten wir uns auf die weichen Ledermöbel. Jacobi sagte in seinen einleitenden Worten, dass er sowohl mit mir als auch mit Conklin als Partner gearbeitet hatte, und fügte hinzu: »Die beiden sind die Besten der Besten, Herr Bürgermeister. Absolut. Boxer, sag dem Bürgermeister, was wir über den Körperbomber wissen.«

Der Bürgermeister beugte sich vor, legte die Hände zwischen seine braun-grauen Nadelstreifenknie und sagte: »Die Bilder von den Toten in dem Jeep lassen mich nicht mehr los. Ich glaube, ich habe selten etwas Schrecklicheres zu sehen bekommen.«

Ich berichtete ihm von der fehlgeschlagenen Observierung in der San Leandro Street und dem Zettel, den der Bombenbastler hinterlassen hatte, nachdem er sich das Geld aus dem Koffer geschnappt hatte.

Als ich die Fragen des Bürgermeisters beantwortet hatte, kam ich zu den Ereignissen des heutigen Tages. Ich erzählte ihm, dass ich das FBI verständigt hatte und dass der Bombenbastler unmittelbar, nachdem er seine Forderung durchgegeben hatte, von unserem Radar verschwunden war.

»Herr Bürgermeister, der Kerl hat mit vielen weiteren Bomben gedroht«, sagte ich. »Möglicherweise ist Chuck's gar nicht bereit, das geforderte Lösegeld zu bezahlen, aber selbst wenn... dieser Irre hat viel zu viel Spaß an alledem. Ich wette, dass es ihm letztendlich lieber ist, wildfremde Menschen umzubringen, als das Geld zu kassieren. Es ist genau dieses Spiel, das einen unglaublichen Reiz auf ihn ausübt.«

Der Bürgermeister fragte mich: »Was schlagen Sie also vor?«

»Wir sollten alle Chuck's-Prime-Filialen in San Francisco schließen. So verhindern wir wenigstens, dass die Leute noch mehr Chuck-Burger essen. Und ich glaube, wir sollten die zuständigen Stellen bitten, sämtliche Filialen in ganz Kalifornien dichtzumachen, solange wir mit dem FBI zusammen den Fall bearbeiten.«

Der Bürgermeister – ganz der Rechtsanwalt – hatte da eine andere Sicht der Dinge.

»Wenn ich Sie richtig verstanden habe, dann ist die einzige Verbindung zwischen Chuck's und dem Bombenmaterial im ersten Fall ein Laborbericht, aus dem die Zutaten der Bombe hervorgehen. Aber Sie können die Burger-Bomben nicht eindeutig diesem speziellen Unternehmen zuordnen, richtig?«

Ich konnte kaum glauben, was der Bürgermeister da sagte.

Da waren die beiden Toten mit den Chuck's-Hamburgerverpackungen auf dem Rücksitz. Da war das Bombenmaterial, das wir in Hackfleisch bester Qualität, so wie es bei Chuck's Prime verwendet wurde, gefunden hatten. Und da war der Erpresser, der dem Vorstandsvorsitzenden von Chuck's mit noch mehr Bomben drohte, sollten seine Lösegeldforderungen nicht erfüllt werden. Das musste doch reichen, um eine Verbindung zu erkennen. *Komm schon.*

Der Bürgermeister war noch nicht fertig.

»Dieser anonyme Erpresser muss nicht unbedingt ein Mitarbeiter sein. Er könnte die Bomben auch auf einem anderen Weg in das Fleisch geschmuggelt haben, oder nicht?«

Ich wusste nicht, wie.

Der Bürgermeister fuhr fort: »Oder vielleicht waren die Bomben gar nicht in dem Hamburger. Vielleicht haben diese jungen Leute nicht nur die Hamburger, sondern auch noch etwas anderes gegessen und die Bomben damit zu sich genommen.«

Er hielt inne, aber ich wusste nicht, was ich sagen sollte. Der Kerl wollte das Chuck's auf gar keinen Fall schließen, und er duldete keinen Widerspruch.

»Hören Sie, Sergeant, ich kann Sie ja verstehen. Ich will ja auch nicht, dass noch mehr Menschen sterben müssen«, sagte Worley jetzt. »Aber ich kann nicht einfach ohne eindeutige Beweise ein ganzes Unternehmen schließen.«

Der Bürgermeister gab uns noch einmal die Hand, forderte uns auf weiterzumachen – uns noch mehr anzustrengen als bisher –, und bat darum, unverzüglich Bescheid zu bekommen, sobald wir einen Durchbruch erzielt hatten.

Er ließ uns in Jacobis Büro zurück, wo uns nichts anderes übrig blieb, als an die Bombendrohungen zu denken, die über unseren Köpfen hingen.

68 Morales hatte sich ein neues Auto geklaut, dieses Mal einen Subaru Outback, Baujahr 2004, und er war perfekt. Die meerschaumgrüne Lackierung war langweilig, der Wagen schmutzig, und im Kofferraum lagen offene Kartons mit uralten Bilderrahmen herum. Im ganzen Bundesstaat Kalifornien gab es niemanden, der diesem Auto einen zweiten Blick gegönnt hätte. Oder einen ersten.

Nicht einmal die Bullen würden sich für einen Wagen interessieren, der auch an einem guten Tag nicht mehr als fünf Riesen wert war.

Randy summte leise, während sie gemächlich die 7th Street entlangglitt und an der Ampel vor der Bryant stehen blieb. Sie nahm die Hall of Justice in den Blick, jenen grauen Granitbau, in dem sie letzten Sommer tagtäglich zur Arbeit gegangen war.

Beim Gedanken an die Monate, als sie Morgen für Morgen durch das Foyer geschlendert war und die Sicherheitsschleuse passiert hatte, durchströmte sie ein unglaubliches Glücksgefühl. Sie hatte tatsächlich in der Mordkommission gearbeitet. Und sie hatte eine schauspielerische Leistung hingelegt, die oscarverdächtig gewesen war, auch wenn die Academy sie niemals würdigen würde.

Sie dachte gerne daran zurück, wie sie die Morde begangen hatte. Sie war so raffiniert vorgegangen, dass niemand den geringsten Verdacht geschöpft hatte. Und dann hatte sie es auch noch geschafft, dass Rich Conklin sich in sie verknallt hatte. Oh Mann, sie hatte ihn an der Angel. Aber so was von.

Du warst der Hammer, Baby, sagte Randy.

»Ich hab's für uns getan, Liebster«, sagte sie. »Nur für uns.«

Und eben deshalb war das Endergebnis so ungerecht. Sie hatte gepunktet ohne Ende, sodass Randy eigentlich immer noch am Leben sein müsste. Aber so war es nicht, und ihr war nichts anderes geblieben als die Erinnerung an all die Dinge, die bei Lindsay Boxer ihren Ursprung hatten. Sie hasste diese Frau, hasste sie so sehr, dass allein ihre Gedanken ausgereicht hätten, um ihr den Garaus zu machen.

Die Ampel sprang auf Grün, und Morales bog auf die Bryant Street ab und rollte langsam an der Hall of Justice vorbei. Da standen ein paar Bullen um einen Streifenwagen am Bordstein herum. Sie kannte sie, konnte sich an jeden einzelnen Namen erinnern. Am liebsten hätte sie ihnen kurz zugewinkt.

Randy sagte: *Weiterfahren, Liebling.*

»Ich weiß. Nicht auffallen«, murmelte Morales.

Sie trat aufs Gas und bog hinter der Hall nach links ab auf die Harriet Street. Linker Hand befand sich ein Parkplatz, gleich neben dem Gebäude der Gerichtsmedizin. Hier, im Schatten der Hochbrücke mit dem Interstate-Highway, hatte Boxer immer ihr Auto abgestellt.

Morales suchte den blauen Explorer, konnte ihn aber unter den vielen parkenden Autos nicht entdecken. Verdammt, hat wahrscheinlich schon Feierabend gemacht. Kein Problem. Sie wusste, wo Boxer wohnte, hatte sich die Adresse schon vor Monaten eingeprägt. Als ihr Geliebter noch am Leben gewesen war. Als sie noch an ein Leben im immerwährenden Glück geglaubt hatte.

An ein Leben, wie Boxer es hatte.

Morales bog nach links ab auf die Harrison Street und fuhr dann nach Norden, Richtung Lake Street. Hoffentlich hatten die Boxer-Molinaris die Vorhänge nicht zugezogen. Sie wollte den Sergeant zu Hause beobachten, mit Mann und Kind. Sie wollte ein Gefühl für die Gegend entwickeln.

Und dann, nachdem sie ihre Mutter und den Kleinen besucht hatte, würde sie wieder hierher zurückkehren und alles zerstören, was Lindsay Boxer lieb und teuer war.

69 Vergangenen Abend hatte Cindy lange wach gelegen und an die Fick-dich-E-Mail gedacht, die Morales ihr vor einigen Tagen geschickt hatte. Sie hatte überlegt, ob es nicht doch irgendeine Möglichkeit gab, wie sie diese grässliche Frau ausfindig machen konnte.

Sie konnte sich nicht erinnern, eingeschlafen zu sein, doch dann schien ihr mit einem Mal die Sonne ins Gesicht. Sofort nahm sie den gedanklichen Faden von gestern Abend wieder auf, als hätte es keinerlei Unterbrechung gegeben.

Mit dem Unterschied, dass sie jetzt eine Idee hatte.

Sie machte sich frisch, kochte Kaffee und rief ihren neuen Kumpel in Wisconsin an, Captain Patrick Lawrence vom Polizeiposten in Cleveland, Wisconsin.

Der Captain meldete sich beim ersten Klingeln und sagte, dass er gerade erst angekommen sei und ob sie ihm einen Moment Zeit lassen könne, um die Jacke auszuziehen. Sie hörte, wie er das Telefon auf den Schreibtisch legte, dann war er wieder dran.

»Ich bin ganz Ohr, Cindy.«

»Ich brauche Hilfe, Pat, und zwar von der Sorte, wie sie für Journalisten normalerweise tabu ist.«

Der Captain sagte, dass er ihr sehr gerne helfen wollte, wenn sie seinen Namen aus dem Spiel ließ. Er konnte Morales ohnehin nicht verfolgen, solange sie sich nicht in seinem Zuständigkeitsbereich aufhielt, aber da sie mit Randy Fish verbandelt war, hatte er ein gewisses persönliches Interesse an der weiteren Entwicklung des Falls.

Cindy marschierte unruhig in ihrem kleinen Apartment hin und her, während sie dem Captain von Morales' E-Mail berichtete.

»Sie hat mich gesehen, als ich sie vor dem Haus ihrer Mutter abpassen wollte. Ich wusste ja nicht, was für ein Auto sie fährt. Sie ist mit aufgeblendeten Scheinwerfern auf mich zugekommen und hat mich erkannt. Ich schätze mal, dass das Auto gestohlen war.«

Lawrence erwiderte: »Das leuchtet ein. Ich könnte mir vorstellen, dass sie in regelmäßigen Abständen einen anderen Wagen klaut, sobald sich die Gelegenheit ergibt. Wahrscheinlich hofft sie, dass die Behörden vor Ort eine Weile brauchen, bis sie ihr auf die Spur kommen.«

»Pat, es geht um Folgendes: Könnten Sie sich vielleicht in eine Datenbank für gestohlene Fahrzeuge einloggen und mir eine Liste mit den Autos zukommen lassen, die in letzter Zeit in San Francisco und Umgebung als gestohlen gemeldet worden sind?«

»Werfen Sie nach dem Mittagessen mal einen Blick in Ihre Mailbox«, lautete seine Antwort.

Gegen Abend hatte Cindy einen Termin mit Henry Tyler in dessen Büro. Der Herausgeber machte einen abwesenden und zugleich hoch konzentrierten Eindruck. Er bot ihr keinen Platz an, sondern sagte nur: »Wo stehen Sie in der Morales-Sache?«

Cindy sagte: »Sie ist hier in der Stadt, Henry. Sie hat mir eine E-Mail geschickt, in der steht, dass sie mich gesehen hat.«

»Sie hat Ihnen eine E-Mail geschrieben?«, stieß Tyler hervor. Er stand hinter seinem Schreibtisch und hatte bis eben noch diverse Papierstapel hin und her gerückt. Offensichtlich suchte er etwas. Einen Kugelschreiber. Und jetzt hatte er ihn gefunden. Ab sofort widmete er Cindy die volle Aufmerksamkeit und wiederholte seine Frage: »Sie hat Ihnen eine E-Mail geschrieben? Was steht denn drin?«

»Sie schreibt, dass Sie weiß, dass ich nach ihr suche und dass ich das gefälligst bleiben lassen soll.«

»Cindy. Was zum Teufel…? Sie wollten doch die Polizei verständigen und dafür sorgen, dass sie verhaftet wird, oder etwa nicht?«

»Doch, stimmt. Das habe ich auch immer noch vor. Dafür sorgen, dass sie verhaftet wird. Den Artikel schreiben. Ich bekomme meine Informationen von einem hochrangigen Polizeibeamten, und ich glaube, ich weiß genau, weshalb sie nach San Francisco gekommen ist.«

»Mein Instinkt sagt mir, dass ich Sie sofort von der Sache abziehen müsste, Cindy. Ich habe das Gefühl, als könnte das Ganze ein schlimmes Ende nehmen.«

»Henry, diese E-Mail ist doch ein Riesending. Ich passe gut auf…«

»Hören Sie gut zu. Ich will, dass eins ganz klar ist: Sie gehen nicht einmal in die Nähe dieser Morales, es sei denn, Sie sitzen in einem Polizeiauto, und zwar *in Begleitung von Polizeibeamten*. Haben Sie mich verstanden?«

»Ja, Sir. Ich habe verstanden.«

Cindy verließ Tylers Büro, ging den Flur entlang zu ihrem Arbeitszimmer und versuchte erneut, Lindsay anzurufen. Zum dritten Mal hinterließ sie eine Nachricht auf der Mailbox. So langsam fing sie an, sich Sorgen zu machen.

Es war zwar nur ein Gefühl, aber sie konnte es nicht abschütteln. Vielleicht war Morales ja nicht nur hier, um ihren Sohn zu besuchen, sondern auch, um Lindsay etwas anzutun.

Es war kein Geheimnis, dass Randy Fish von Lindsay fasziniert gewesen war. Er hatte sie ausgesucht, hatte mit niemand anderem geredet, und Mackie wusste das. Machte ihr das zu schaffen? War sie eifersüchtig auf Lindsay? Es musste sie jedenfalls tief verletzt haben, dass Fish allein in Lindsays Gegenwart gestorben war.

Das musste ihr Höllenqualen bereitet haben.

Vielleicht stimmte das alles ja gar nicht, aber psychologisch ergab es durchaus Sinn. Sie musste Lindsay Bescheid sagen.

Sie schrieb ihr eine SMS: *Ruf mich an.*

Dann öffnete sie die E-Mail, die Captain Lawrence ihr geschickt hatte.

Darin waren sechs Autos aufgeführt, die im Lauf dieser Woche in San Francisco als gestohlen gemeldet worden waren, überwiegend solche, die sich gewinnbringend in Einzelteilen oder im Stück nach Mexiko weiterverkaufen ließen. Sie druckte die Liste aus, auf der unter anderem auch ein BMW und ein Jaguar zu finden waren. Den Schluss bildete ein Subaru Outback, Baujahr 2004. Er war zwei, drei Querstraßen vom Candlestick Park entfernt gestohlen worden. Sie wusste nicht, ob von Morales, aber es war ein unauffälliger Wagen, und sie konnte sich gut vorstellen, dass Morales sich in einem alten Kombi ausgesprochen wohl und sicher fühlen würde.

Cindy verließ die Redaktion und ging auf den Parkplatz zu ihrem eigenen Wagen. Sie steuerte Lindsays Viertel an und war mit den Gedanken ununterbrochen bei dem Subaru.

Bei Anbruch der Dunkelheit wählte sie erneut Lindsays Nummer.

70

Cindy parkte rückwärts in eine Lücke unter den Akazien und Weißdornhecken vor der Table Asia Gallery ein. Zu ihrer Linken, einen halben Häuserblock in nördlicher Richtung entfernt, endete die 12th Avenue als Sackgasse vor dem Mountain Lake Park. In östlicher Richtung, jenseits der Kreuzung von Lake und 12th Avenue, bildete das fünfstöckige Apartmenthaus, in dem Lindsay und Joe wohnten, einen dominanten Blickfang.

Der Feierabendverkehr verströmte eine Hast, die deutlich erkennen ließ, wie sehr die Leute den Arbeitsplatz endlich hinter sich lassen und nach Hause kommen wollten.

Cindy hatte den Blick konzentriert auf die Straße gerichtet und hielt bewusst nach den Fahrzeugen aus Captain Lawrences kurzer Liste Ausschau. Nachdem sie sich auf ihre Aufgabe eingestellt hatte, konnte sie auch der stinkwütenden Stimme in ihrem Inneren freien Lauf lassen, die sich über die zutiefst frustrierende und demütigende Begegnung mit Henry Tyler auslassen wollte.

Seine Anweisung, sich Morales nur »in einem Polizeiauto, und zwar *in Begleitung von Polizeibeamten*« zu nähern, war im Prinzip eine Beleidigung und darüber hinaus wenig überzeugend. Wie war es möglich, dass Henry Tyler, der Herausgeber des *San Francisco Chronicle*, nicht wusste, dass das Ausspionieren einer Zielperson, das Sammeln von Erkenntnissen, die man dann mit der Polizei gegen andere Informa-

tionen oder Kontakte tauschen konnte, zum Standardreper-
toire des investigativen Journalismus gehörten?

Sie hatte schon viel und oft mit der Polizei zusammengearbeitet und dabei so manche aufsehenerregende Geschichte
mitgebracht. Henry wusste das sehr wohl, und seine verbale Ohrfeige stachelte sie nur noch mehr an, diese gottverdammte Geschichte zu einem guten Ende zu bringen. Wozu
hatte sie schließlich aus einem langweiligen Bericht über die
Sichtung einer gesuchten Mörderin eine vielschichtige Erzäh-
lung gemacht? Jetzt fehlte nur noch der Schluss. Das Tüpfel-
chen auf dem i.

Cindy analysierte Morales' Situation Punkt für Punkt. Sie
wusste, dass Mackie in San Francisco war, und damit wusste
sie mehr als jeder andere Journalist im ganzen Land, ja, sogar mehr als das FBI. Sie war Morales persönlich begegnet
und kannte sie gut genug, um sie provozieren zu können. Zugegeben, das mit dem Provozieren funktionierte auch in die
andere Richtung. Die drohende E-Mail, die Morales ihr geschickt hatte, hatte sie jedenfalls aufgewühlt und machte ihr
auch Angst.

Aber der wichtigste Punkt war: Diese E-Mail war ein direk-
ter Kontakt gewesen. HAB DICH AUSGEMACHT CINDY.

Wenn das nicht der erste Satz des einleitenden Kapitels
zur Geschichte ihrer zukünftigen, bewegten Karriere wurde,
dann konnte sie ihren Beruf auch gleich an den Nagel hängen.

Ihr Handy piepste. Lindsay hatte geschrieben.

Habe Besprechung. Melde mich.

Sie wollte gerade antworten, da rollte ein alter grünlicher
Subaru-Kombi in östlicher Richtung die Lake Street entlang.
Eines der Autos, nach denen sie Ausschau hielt. Es kam ihr

fast so vor, als hätte sie den Wagen gewissermaßen heraufbeschworen – ganz in echt, hier, direkt vor ihrer Nase.

Der schmutzig grüne Subaru Outback überquerte die 12th Avenue und schien kurz langsamer zu werden, als er an Lindsays Haus vorbeirollte. Doch dann fuhr er weiter, und die Heckleuchten verschwanden aus Cindys Blickfeld, bevor sie das Kennzeichen erkennen konnte.

Sie warf ihr Handy auf den Beifahrersitz, schnallte sich an, legte den Gang ein, reihte sich in den fließenden Verkehr ein und stieg aufs Gas. Dreißig Sekunden später raste sie an bunten, viktorianischen Häuserblocks vorbei Richtung Osten und verfolgte den grünen allradgetriebenen Kombi auf seinem Weg Richtung Presidio.

Drei andere Autos befanden sich zwischen ihnen. Trotzdem konnte sie die Silhouette auf dem Fahrersitz durch die Heckscheibe deutlich erkennen. Aber war es eine männliche oder eine weibliche Gestalt?

War das Mackie Morales?

Ehrlich gesagt, Cindy hatte nicht den Hauch einer Ahnung.

71

Conklin und ich drängten uns im Bereitschaftsraum der Techniker in Clappers kriminaltechnischem Labor und linsten Bo Kellner, einem intelligenten, jungen Kriminaltechniker, der sich auf digitale Verfahren spezialisiert hatte, über die knochigen Schultern und die rotblonden Haare.

Die drei Standbilder, die ich den Überwachungsvideos des Chuck's Prime in Hayes Valley entnommen hatte, hatten den jungen Mann in helle Aufregung versetzt. Zugegeben, die Bilder waren vielversprechend, aber Kellner konnte sich ohnehin kaum halten vor Begeisterung über sein neues Gesichtserkennungsprogramm, das den Namen »Hunting Wolf« trug.

Er hatte es erst gestern installiert, und dass er schon heute die Gelegenheit bekam, es ausführlich an einem echten Fall zu erproben, war für ihn nicht weniger aufregend als der Hauptgewinn in einer Rubbellos-Lotterie.

Ich hörte nur mit halbem Ohr zu, als er uns irgendwelche Dinge über das Programm erzählte, weil ich in zweifacher Hinsicht sehr angespannt war. Zum einen war da die stetig näher rückende Frist, die uns der freundliche Körperbombenbastler gesetzt hatte, und zum zweiten die ständige Sorge um das Leben von Yuki und Brady. Jedenfalls stand ich permanent unter Strom.

Conklin hingegen schien ganz im Hier und Jetzt verankert zu sein, jedenfalls wollte er alles über Kellners Baby erfahren.

»Was genau wissen Sie über Gesichtserkennung?«, wandte Kellner sich an Conklin.

»Na ja, im Prinzip das, was sich hier im Labor abspielt, und das, was ich im Fernsehen gesehen habe.«

Kellner lachte. »Also gut. Dann fangen wir mal damit an.« Er lud eines der Gesichter, die ich als grobkörniges, unscharfes Schwarz-Weiß-Foto vor vierundzwanzig Stunden ans Labor geschickt hatte, in das Programm. Es war eine Dreiviertelansicht eines schmalen Weißen mit Vollbart, der die Speisekarte über dem Tresen las und sich dann etwas bestellte.

Kellner sagte: »Wenn wir das Video hätten, dann könnte Hunting Wolf an seinen Lippenbewegungen erkennen, was er bestellt hat.« In diesem Augenblick zirpte mein Handy. Ich fischte es aus meiner Jackentasche und warf einen Blick auf die Anruferkennung.

Cindy.

Ich schrieb ihr schnell, dass ich jetzt nicht reden konnte und sie später anrufen würde.

Nämlich sobald ich den Körperbomber zumindest theoretisch im Fadenkreuz hatte. Im Augenblick hatte der Körperbomber erste Priorität.

Kellner sagte: »Hunting Wolf scannt das Schwarz-Weiß-Foto jetzt mithilfe verschiedener Algorithmen, die alle möglichen Parameter wie Licht und Schatten oder besondere Kennzeichen berücksichtigen und sämtliche Informationen in einen individuellen, einzigartigen Zahlencode umwandeln.«

»Ich kann Ihnen folgen – mehr oder weniger«, sagte Conklin.

»Da«, fuhr Kellner fort. »Sehen Sie das Flackern da am oberen Bildrand? Das Programm arbeitet ziemlich schnell, aber wenn es in der Mitte des Gesichts angekommen ist, wird das Flackern deutlich langsamer werden. Dann erfasst es die Gesichtszüge.«

Kellner ließ das Gesicht des Mannes rotieren, sodass er jetzt frontal von vorn zu sehen war. »Und jetzt verändere ich das Bild ein bisschen. Ich nehme den Bart weg und fülle die untere Gesichtshälfte mit sogenannten Normdaten der männlichen Physiognomie.«

Kellner ließ den Cursor über den Bildschirm huschen, löschte und ergänzte, und Sekunden später hatte der Kerl auf dem Foto ein ebenmäßiges Gesicht und war glatt rasiert.

Kellner sagte: »Jetzt speichere ich das rasierte Gesicht in der Datenbank ab, unter Kellner1SFPD. Das Stadium der Gesichtsdefinition ist abgeschlossen, sodass wir uns der Gesichtserkennung zuwenden können.«

Die Software klinkte sich in die Datenbank ein und begann, Abermillionen von Gesichtern abzugleichen, und zwar nicht nur die aus den allgemein bekannten Straftäterkarteien, sondern auch alle, die jemals ins Internet hochgeladen worden waren, und das mit der unvorstellbaren Geschwindigkeit von sechsunddreißig Millionen Gesichtern pro Sekunde.

Allerdings landete das Programm trotz des ganzen High-Tech-Gedröhns keinen einzigen Treffer.

Ich sagte: »Das heißt also, er ist kein bereits bekannter Straftäter. Er ist überhaupt nicht bekannt.«

»Stimmt«, erwiderte Kellner. »Wenn er auf Facebook oder in irgendeiner anderen Datenbank zu finden wäre, würde Hunting Wolf sich melden. Der Kerl hält sich sehr bedeckt, fast so, als würde es ihn gar nicht geben.«

Ich beugte mich vor und sagte. »Aber vielleicht bekommen wir ja einen Treffer, wenn Sie das zweite Foto auch einlesen. Dann hätten wir zumindest ein genaueres Bild von dem Kerl, oder?«

»Stimmt genau«, sagte Kellner.

Das zweite Bild meiner kleinen Serie zeigte einen hageren Mann mit dunkler Lederjacke, Wollmütze, üppigem Schnurrbart und einem kleinen Unterlippenbärtchen.

Kellner importierte es, und das Programm entfaltete erneut seine Zauberkraft. Bilder zuckten über den Bildschirm, dann erschien der erste hagere Kerl, mittlerweile bekannt als Kellner1SFPD, auf dem Monitor. Darunter stand in großen Buchstaben: »ÜBEREINSTIMMUNG: 100 %«.

Kellner sagte: »Und jetzt noch mal.«

Der Hagere Nummer drei trug einen Kapuzenpullover, sodass seine Augen im Schatten lagen.

Sein Mund sah anders aus als der der ersten beiden, und seine Backe war ausgebeult, als würde er gerade etwas essen. Kellner erläuterte: »Könnte sein, dass er Kaugummi kaut. Bewährt und gut, um gängige Identifizierungsprogramme zu überlisten. Manchmal reicht schon ein Grinsen. Deswegen darf man auf Passbildern nicht lächeln. Aber keine Sorge. Hunting Wolf ist schlauer als der Kerl mit dem Kaugummi und der Kapuze. – Passen Sie gut auf und beobachten Sie Hunting Wolf bei der Jagd.«

72

Ich hielt den Blick auf den Computermonitor gerichtet und wurde Zeugin, wie die Software die neuen Daten in unvorstellbarem Tempo verarbeitete. Als sie fertig war, hatte ich eine Kombination unserer drei hageren Männer ohne Gesichtsbehaarung vor mir.

Anschließend begann Kellners Programm mit einer globalen Suche, doch als weder Lichter blinkten noch Glocken erklangen, schob Kellner den Stuhl zurück und blickte uns an.

»Ich weiß zwar nicht, wer das ist, aber wir haben jetzt ein ziemlich realistisches Bild von ihm. So dürfte er tatsächlich aussehen.«

Ich bat Kellner, aufzustehen und mich an seinen Platz zu lassen. Dann starrte ich dem Ergebnis seiner Bemühungen in die Augen. Ich war mir ganz sicher, dass ich dieses Gesicht schon mal irgendwo gesehen hatte.

Lag es daran, dass ich den Gesichtserkennungsprozess beobachtet hatte? Oder erkannte ich diesen Mann tatsächlich wieder?

Mir war klar, dass mein Gehirn vollkommen überhitzt war und viel zu viele Megabytes an Überwachungsvideos zu verarbeiten hatte, aber trotzdem… da war so vieles, was mir bekannt vorkam, auch wenn ich nicht wusste, wo oder wann ich diesen Mann schon einmal gesehen hatte. Dann stellte ich ihn mir in Bewegung vor… und stieß in den tiefsten Tiefen meiner Erinnerung auf das Bild eines Mannes, der aus einem

Chuck's-Kühltransporter kletterte. In dunkler Lederjacke und mit einem dunklen Schal. Nein, kein Schal. Ein grauer Kapuzenpullover. Er hatte mit dem Rücken zur Kamera die Heckklappe geöffnet und anschließend mit gesenktem Kopf einen Stapel weißer Kartons zur Hintertür der Chuck's-Filiale in Hayes Valley gebracht. – Ich hatte die Szene klar und deutlich vor Augen, viel plastischer als beim Betrachten der Überwachungsvideos.

Der hagere Kerl hat Essen geliefert.

Und anschließend, nachdem er ein halbes Dutzend weißer Kartons in die Küche gebracht hatte, hatte er sich die Kapuze über den Kopf gezogen und das Restaurant betreten. Ich starrte in diesem Augenblick auf das entsprechende Bild.

Aber wozu verhüllte er sein Gesicht?

War er mit seinen Alimenten im Rückstand? War ein Haftbefehl auf ihn ausgesetzt? Obwohl, wenn er nicht gerade der dämlichste Mensch auf Gottes Erdboden war, dann hätte er sich einfach einen Bart stehen lassen können, um den Überwachungskameras ein Schnippchen zu schlagen.

Oder aber dieser Kerl, der die Mittel und die Gelegenheit hatte, vorgeformte, tiefgefrorene Hamburger-Frikadellen an verschiedene Chuck's-Restaurants zu liefern, war gar kein säumiger Alimentezahler.

Sondern Mr. Ka-buuum.

»Er arbeitet bei Chuck's«, sagte ich zu Conklin. »Ich bin mir sicher. Richie? Ich glaube, wir haben einen Tatverdächtigen.«

73

Bo Kellner schickte mir das Bild unseres mutmaßlichen Körperbombers aufs Handy. Ich bedankte mich: »Tolle Arbeit, Bo«, und drückte Conklin Autoschlüssel in die Hand.

Sobald Conklin und ich im Fahrstuhl standen, warf ich einen Blick auf die Uhr, und mir wurde erneut klar – als hätte ich das nicht ohnehin schon gewusst –, dass uns die Zeit davonlief. Uns blieben noch etwa zwölf Stunden, um den Namen des Mannes, den ich vorläufig als Mr. Ka-buuum identifiziert hatte, herauszufinden, ihn zu lokalisieren und festzunehmen. Die Sonne war bereits untergegangen, und die meisten Büroangestellten waren schon zu Hause. Unter diesen Voraussetzungen war es ziemlich aussichtslos, diesen namenlosen Kerl zu fassen.

Wir setzten uns in meinen Wagen und hinterließen eine Gummispur auf dem Parkplatz des kriminaltechnischen Labors, bevor wir uns mit Höchstgeschwindigkeit auf den Weg nach Emeryville machten.

Ich schrieb Michael Jansing eine SMS, dann wählte ich seine Nummer.

Es klingelte dreimal, dann sprang die Mailbox an. Darum rief ich ihn unter der Festnetznummer zu Hause an.

Eine Frau meldete sich und stellte sich als Emily Jansing vor. Als ich sie bat, mich mit ihrem Mann zu verbinden, sagte sie, dass er gerade beim Abendessen sei und mich später zurückrufen würde.

»Mrs. Jansing. Wenn Sie mir nicht sofort Ihren Mann geben, dann trete ich Ihre Haustür ein, so wahr mir Gott helfe.«

Ich schätze, sie wusste, dass ich es ernst meinte.

Das Telefon wurde klackernd auf eine harte Unterlage gelegt, dann ertönten laute Stimmen im Hintergrund, Schritte auf Holzfußboden und dann endlich Jansings Stimme.

»Wir haben einen Tatverdächtigen«, sagte ich. »Ich schicke Ihnen ein Foto zu.«

»Sie glauben, dass ich ihn kenne?«

»Hoffen und beten wir zu Gott, dass dem so ist«, erwiderte ich.

Ich schickte ihm das Foto des mutmaßlichen Fahrers eines Chuck's-Lieferwagens zu, während Conklin scharf rechts auf die US 101 Richtung Norden auffuhr. Ich konnte die Brücke schon sehen, aber wir waren immer noch zwanzig Minuten von der Chuck's-Prime-Unternehmenszentrale entfernt.

Jansing sagte: »Ich kenne den Mann nicht. Er kommt mir auch nicht bekannt vor.«

»Es könnte sich um einen Ihrer Fahrer handeln. Hilft Ihnen das weiter?«

»Ich kenne unsere Fahrer nicht persönlich«, entgegnete Jansing. »Keinen einzigen.«

Der Verkehr stockte, je näher wir der Ausfahrt Powell Street kamen. Nachdem wir endlose sechzig Sekunden lang die Hollis Street entlanggekrochen waren, sagte Richie: »Moment mal.«

Er schaltete Blinklicht und Sirene ein, was zwar nicht gerade dafür sorgte, dass die anderen uns bereitwillig Platz gemacht hätten, aber aufgrund des Lärms musste ich jetzt schreien, um mich weiter mit Jansing verständigen zu können. »Wir müssen uns Ihre Personalakten ansehen.«

Nach etlichem Hin und Her bot Jansing mir an, seine Sekretärin, Caroline Henley, zu verständigen. Sie sollte uns aufschließen und uns Zugang zu den Personalakten verschaffen. »Caroline wohnt zwei Querstraßen von der Firma entfernt«, sagte Jansing.

Und das war gut so.

Abends um halb sieben noch einen Durchsuchungsbeschluss zu erwirken war eine ziemlich langwierige Prozedur.

Als Conklin meinen jaulenden, blinkenden Explorer auf den Parkplatz der cremefarbenen Unternehmenszentrale von Chuck's Prime lenkte, hämmerte mein Herz mit aller Macht gegen meinen Brustkorb. Es kam mir fast vor, als wollte es ausbrechen.

Hatte ich recht mit meiner Vermutung, dass der hagere Lieferfahrer der Körperbomber war?

Und wenn ja, konnten wir ihn aufhalten, bevor er erneut zuschlug?

Conklin zog die Handbremse an. »Alles in Ordnung?«, erkundigte er sich besorgt.

»Da ist Caroline«, sagte ich und zeigte auf eine braunhaarige Frau mit einer engen Jeans und einer kurzen braunen Jacke. Sie stemmte sich gegen den Wind und kam direkt auf uns zu.

Wir stiegen aus und erklommen nach einer kurzen Begrüßung die Treppenstufen zum Haupteingang des Emery Tech Buildings. Henley zog ihre Kennkarte durch den Kartenleser, und das Schloss sprang auf. Als wir im Foyer standen, zeigte ich ihr das Bild, das Hunting Wolf von unserem einzigen Verdächtigen erstellt hatte.

»Kennen Sie diesen Mann?«, wollte ich wissen.

Sie nahm mein Handy in die Hand und sagte: »Ja. Ich glaube, das ist Walt.«

Meine zum Bersten gefüllten Adrenalindrüsen spritzten

noch ein bisschen mehr Saft in meine Blutbahnen. *Jansings Sekretärin kennt den Kerl.*

»Wie heißt Walt mit Nachnamen?«, erkundigte sich Conklin, während die Fahrstuhltüren aufglitten.

»Bremmer oder so ähnlich«, sagte Caroline. »Ich habe ihn nur bei einer Gelegenheit persönlich getroffen, aber soweit ich weiß, gehört er zu den beliebtesten Fahrern. Er hat doch hoffentlich nichts angestellt, oder etwa doch?«

»Wie schnell können Sie uns die Akten beschaffen?«, lautete meine Antwort.

74

Ihrer eigenen, bescheidenen Meinung nach war Cindy eine gute Fahrerin. Sie fuhr nie schneller als erlaubt, bremste bereits bei Gelb und ließ Müttern mit Kinderwagen alle Zeit, die sie brauchten, um die Straße zu überqueren.

Daher verstieß sie gegen ihre sämtlichen Grundsätze, als sie jetzt durch die Lake Street brauste und auf ihrer wilden Hatz durch das Wohnviertel langsamere Fahrzeuge überholte und mehr als einmal gefährlich dicht deren Fahrspur kreuzte.

Wenn sie sich doch wenigstens sicher gewesen wäre, dass die Heckleuchten dort vorn dem grünen Subaru gehörten. Sie scherte aus, um erneut einen Bummler zu überholen, musste jedoch schleunigst zurückziehen, als ein entgegenkommender Lastwagen dröhnend die Hupe betätigte.

Verängstigt und beschämt zuckte Cindy zusammen. Was, wenn Mackie in den Rückspiegel blickte und sie erneut ausmachte?

Trotzdem blieb sie ihr auf den Fersen.

Im Augenblick klebte sie an der hinteren Stoßstange eines Ford Escape und zischte an den eingezäunten, sauber gemähten Wiesen eines Armenheims, des St. Anne's Home of the Poor, vorbei. Zwischen dem Escape und dem Subaru befanden sich noch zwei Autos. Cindy konnte zwar nicht erkennen, ob tatsächlich Mackie Morales am Steuer saß, aber sie fand, dass der Hinterkopf der Gestalt auf dem Fahrersitz eindeutig nach junger Frau mit kurzen dunklen Haaren aussah.

Jetzt drehte die Gestalt den Kopf, um in den Rückspiegel zu schauen, und Cindy bekam ihr Gesicht zu sehen.

Das ist sie! Das ist Mackie Morales. Ganz sicher!

Cindy griff nach dem Handy, das auf dem Beifahrersitz lag, und drückte die Kurzwahltaste Nummer drei.

Dann hörte sie Lindsay sagen: »Sie haben den Anschluss von Sergeant Lindsay Boxer gewählt. Hinterlassen Sie Ihren Namen und die Uhrzeit…«

Verdammt!

Cindy musste beide Hände ans Steuer nehmen. Sie legte auf, ohne eine Nachricht zu hinterlassen, und warf das Handy wieder auf den Beifahrersitz. Weiter vorn führte die Lake Street auf eine T-Kreuzung. Cindy sah, wie der Subaru nach links auf den Arguello Boulevard in Richtung Presidio abbog. Sie fuhr hinterher, aber leider zu schnell. Die Zentrifugalkraft beförderte ihre Handtasche mitsamt dem Handy vom Beifahrersitz auf den Boden.

Cindy fuhr weiter, am Tor der Presidio Terrace vorbei bis zum Presidio, der zweihundert Jahre lang als Armeeposten gedient hatte und jetzt zum Nationalpark erklärt worden war.

Wo wollte Morales denn bloß hin?

Obwohl, das spielte keine Rolle. Cindy brauchte nichts weiter zu tun, als ihr bis zu ihrem Ziel zu folgen, unauffällig irgendwo zu parken und Lindsay anzurufen, Lindsay mit SMS zu überschwemmen, auf Lindsay zu warten.

Als sie den Inspiration Point passierte, sah sie, dass der Subaru in der nächsten Kurve Gas gab. Der Verkehr hatte stark nachgelassen, darum gab es auf der zweispurigen Straße kaum noch Deckung zwischen ihrem Honda und Morales' Kombi.

Und? Was hast du jetzt vor, Cindy?

Cindy ging vom Gas. Das war die einzig sinnvolle Option.

Sie ließ einen grauen Lexus vorbei, gefolgt von drei Motor-rädern. Dann gabelte sich die Straße. Nach rechts führte sie als Arguello Boulevard weiter, nach links wurde sie zum Wa-shington Boulevard. Aber davor stand ein Stoppzeichen. Lauthals schimpfend stieg Cindy auf die Bremse, während der Verkehr vom Washington Boulevard vor ihrer Nase vor-beizog und ihr die Sicht verdeckte. Und als sie dann endlich weiterfahren konnte, war der Subaru nicht mehr zu sehen.

War Morales auf dem Arguello Boulevard geblieben, der in den unteren Teil des Presidio führte? Oder war sie nach links auf den Washington Boulevard abgebogen? Cindy entschied sich, auf dem Arguello Boulevard zu bleiben, aber schon als sie an der Infantry Terrace vorbeikam, war ihr klar, dass sie Morales verloren und sich womöglich auch noch verraten hatte.

Sie fuhr mit gleichmäßigen achtzig Stundenkilometern weiter, während ihre Blicke unablässig die Umgebung nach einem Kombi absuchten, der in der Dunkelheit mit Sicherheit nicht mehr grün aussah.

Am liebsten hätte sie Richie angerufen. Hätte ihn sagen hö-ren: »Was ist los, Cin? Was ist passiert? Okay, ich lasse nach dem Outback fahnden. Wir finden sie schon. Bleib einfach, wo du bist.«

Der Drang war geradezu übermächtig, aber ihr Handy lag irgendwo im Fußraum, und hier konnte sie nirgendwo anhal-ten. Ehrlich gesagt, sie war ziemlich froh darüber, dass sie dem Bedürfnis, Richie anzurufen, nicht nachgeben konnte.

In diesem Augenblick fing ihr Handy, das irgendwo in der Nähe des Gaspedals gelandet sein musste, an zu klingeln. Ein grausames Gefühl beschlich Cindy. Das war bestimmt Mackie Morales, die ihr sagen wollte, dass sie ein Arschloch und eine Versagerin war.

Wie gern hätte sie den Anruf angenommen. Wie gern hätte sie ihr entgegengeschleudert: »Werd endlich erwachsen, Mackie. Zeig dich. Ich will mit dir reden, und ich werde nicht aufgeben. Niemals.«

75 Cindy kehrte um und fuhr den Arguello Boulevard zurück. Sie hielt zwar immer noch nach Morales Ausschau, aber ihr war klar, dass sie zumindest für den heutigen Abend ihre Chance verspielt hatte. Verdammt!

Als sie der Infantry Terrace näher kam, verlangsamte sie die Fahrt. Sie bog in die von hohen, steinernen Toren begrenzte Einfahrt ein, setzte zurück, sodass sie den entgegenkommenden Verkehr vor sich hatte, und zog die Handbremse an.

Ihr zitterten die Hände, was ihr Chef niemals erfahren durfte.

Scheiße. Sie hatte seit elf Stunden nichts gegessen.

Cindy schaltete den Motor und die Scheinwerfer aus, tastete den Fußraum ab, fand die Handtasche und entdeckte schließlich auch das Handy, das mittlerweile unter den Sitz gerutscht war. Sie sah nach und stellte erleichtert fest, dass der letzte Anruf nicht von Morales gekommen war.

Natürlich wollte sie sich mit dieser Hexe unterhalten, aber aus einer Position der Stärke heraus. Und so weit war sie noch nicht.

Der letzte Anruf stammte von Lindsay.

»Tut mir leid, Cindy. Ich hatte einfach keine Chance, mich zu melden. Ruf mich zurück.«

Cindy drückte auf Wiederwahl und lauschte dem Klingeln.

Lindsay meldete sich, und Cindy sagte: »Linds …«, aber

dann wurde ihr klar, dass sie wieder einmal nur an die Mailbox geraten war.

Sie schlug mit der Hand auf das Lenkrad, und als der Piepston ertönte, sagte sie: »Linds. Es ist wichtig. Mackie ist in der Stadt. Vor ungefähr einer Stunde ist sie direkt vor eurem Haus entlanggefahren. Könnte sein, dass sie nach dir sucht. Hast du verstanden? Sie sucht na...«

Das Piepsen unterbrach sie mitten im Wort.

Sie drückte noch einmal auf Wahlwiederholung, und nachdem Lindsay mit ihrer endlosen Ansage schließlich fertig geworden war, sagte sie: »Linds. Sie hat mir eine E-Mail geschrieben, also glaub mir, ich halluziniere nicht. Ich habe sie eindeutig erkannt. Ich bin ihr gefolgt, und dann habe ich sie irgendwo im Presidio verloren. Sie fährt einen gestohlenen grünen Subaru Outback, also pass auf...«

Ihr Akku war fast leer, und sie beschloss, sich die verbleibende Ladung gut einzuteilen. Für den Fall, dass Mackie nämlich vor *ihrem* Haus stand und auf *sie* wartete. Sie holte die Pistole aus der Handtasche und betrachtete sie nachdenklich. Auf Zielscheiben zu schießen, das war eine Sache, aber würde sie auch auf einen Menschen schießen können?

Sie legte die Waffe zurück. Griff erneut nach dem Handy und drückte die Kurzwahltaste Nummer fünf.

Es klingelte dreimal, dann erklang Claires Stimme: »Sie sprechen mit der Mailbox von Dr. Claire Washburn. Meine Bürozeiten sind von 8.00 Uhr bis...«

Cindy unterbrach die Verbindung, ließ das Handy in die Handtasche fallen und startete den Motor. Verzweifelt und vollkommen frustriert fuhr sie in ihre dunkle, leere Wohnung.

76

Yuki schmiegte sich an Brady. Ihr Bademantel war kalt und schweißnass, was unmittelbar auf die tödlichen Schüsse vor wenigen Augenblicken zurückzuführen war.

Kara, so hatte ihr Name gelautet. Sonderschullehrerin aus Ann Arbour mit dichtem rotem Haar. Sie war jung gewesen, Mitte zwanzig, und diese Kreuzfahrt war ein Geschenk ihrer Eltern. Vor wenigen Tagen erst, als die Wale so dicht am Schiff vorbeigeschwommen waren und alle Passagiere in aufgeregtes Staunen versetzt hatten, hatte sie direkt neben Yuki gestanden.

Dieses Mädchen. Die junge Frau, die auf Zehenspitzen gehüpft und Yuki um den Hals gefallen war. »Das ist doch das Tollste, oder etwa nicht?«, hatte sie dabei gerufen. Und jetzt hatte sie mitten in der Menge gesessen, als die Männer sie wie ein Katzenbaby am Genick gepackt und durch die hastig beiseitekrabbelnden Passagiere über das Pool-Deck bis zur Reling geschleift hatten.

Yuki hatte ihre flehenden Schreie gehört: »Nein, nein, *neeeiiiin. Nicht miiiich!* Ich hab doch gar nichts gemacht. *Gar nichts!* Bitte, *NICHT. Wir können doch reden.*«

Der Terrorist hatte gesagt: »War nett, dich kennenzulernen. Und tschüs.«

Im selben Moment hatte Yuki voller Todesangst einen schrillen, lang gezogenen Schrei ausgestoßen, und dann hatten Schüsse geknallt.

Im nächsten Augenblick hatte sie sich flach auf das Deck fallen lassen. Sie war völlig entsetzt über das, was sie da getan hatte. Diese Killer hatten sie doch schon vergessen gehabt, aber jetzt hatte sie wieder die Aufmerksamkeit auf sich gelenkt – und auf Brady. Und wofür? Sie war wirklich mehr als dämlich. Sie war verrückt, wahnsinnig, irre.

Drüben an der Reling gesellte sich jetzt ein zweiter Pirat zu dem ersten. Sie packten die tote Kara an Armen und Beinen.

»Und eins, und zwei, und *drei*.«

Sie warfen sie über Bord und hatten sich schon wieder abgewandt, als der Leichnam klatschend auf die kalte Wasseroberfläche traf.

Wie konnten sie so etwas tun?

Sie waren doch Amerikaner.

Stöhnen und lang anhaltendes Wehklagen drang aus den Kehlen der anderen Passagiere. Yuki wusste, was sie alle dachten: »Bin ich der Nächste?« Und was sie beteten: »Bitte, nicht mich, nicht meine Frau, nicht uns.«

Warum bezahlte Finlandia *nicht? Warum bezahlten sie nicht?*

Yuki biss sich in die Hand und versuchte, ihre Übelkeit zu unterdrücken.

Noch gestern Abend war sie so überglücklich zu Bett gegangen. Sie war verheiratet, und zwar mit Brady. Mit einem guten, witzigen, großartigen Mann, den sie über alles liebte. Sie waren auf Hochzeitsreise, dem ersten Akt ihrer wunderschönen, vielversprechenden Zukunft.

Und jetzt diese *kranke,* unerbittliche Bedrohung, dieser Terror.

Yuki sagte zu Brady: »Ich habe geschrien. Es tut mir leid …«

»Pschscht, Süße. Du konntest nichts dafür. Bleib hier. Ich bin gleich wieder da.«

Brady drehte sich auf den Bauch und kroch drei Meter weiter, zu Lazaroff. Sie unterhielten sich leise. Es dauerte keine Minute, dann war Brady wieder an ihrer Seite.

Sie wollte ihn gerade fragen, was sie besprochen hatten, als schwere Kampfstiefel auf Metall knallten. Jackhammer kam die Treppe von der Laufbahn herunter und stolzierte zur Längsseite des Pools, direkt gegenüber von Yuki und Brady.

Yuki fing schon wieder an zu zittern.

Der Anblick des Mannes, sein Gang, seine knallharte Attitüde und die willkürlichen Ermordungen waren so irrsinnig, dass sie kurz davor war, komplett durchzudrehen. Wie der Mann, der den Liegestuhl auf diesen Jackhammer geschleudert hatte, spürte sie plötzlich das dringende Bedürfnis, irgendetwas in die Hand zu nehmen, irgendetwas zu werfen, irgendeine Beleidigung loszuwerden, die so demütigend war ... aber ihr fiel absolut nichts ein, womit sie etwas anderes als ihren sicheren Tod erreicht hätte.

Brady rutschte ein Stückchen zur Seite, damit Yuki ganz von seinem breiten Rücken verdeckt wurde. Sie hörte ihn sagen: »Alles okay, Liebling, pschscht.«

Sie hatte geflüstert. Oder vielleicht auch gewimmert.

Jackhammer warf sich in Pose, Beine gespreizt, Hände in die Hüften gestemmt, ein Bild des Hohns. Dann sagte er: »Ich habe gute Neuigkeiten.«

77

Yuki saß zitternd hinter dem breiten Kreuz ihres Ehemannes und musste an die anderen Male denken, als Jackhammer gute Neuigkeiten versprochen hatte.

Vor ungefähr einer Stunde hatte er gesagt: »Gute Neuigkeiten, meine Damen und Herren. Wir haben die Exekution erfolgreich abgeschlossen und die Bilder an Ihre Gastgeber in Finnland geschickt. Sie können sich jetzt erst einmal für eine Weile entspannen. Für neunundfünfzig Minuten, um genau zu sein. Vielleicht haben wir ja Glück und bekommen in dieser Zeit das Nordlicht zu sehen.«

Welche Neuigkeiten hatte Jackhammer wohl dieses Mal parat?

Ein Büfett im Luna Grill? Aerobic für alle auf dem Sportdeck?

Yuki schlang ihrem Ehemann von hinten den Arm um die Brust.

Er tätschelte ihr die Hand und sagte, während die Wellen deutlich hörbar an den Schiffsrumpf klatschten: »Alles wird gut. Und das ist mein voller Ernst.«

Brady würde alles tun, was in seiner Macht stand, um sie zu beschützen, aber wie standen seine Chancen? Realistisch betrachtet? Jackhammers Leute hatten bereits sechs Menschen erschossen, und das waren nur die, bei denen sie es mitbekommen hatte. Vielleicht hatten sie ja bei der Eroberung des Schiffs bereits Dutzende Besatzungsmitglieder niedergemäht.

Falls Jackhammer das geforderte Geld nicht bekam, dann ließ er womöglich sämtliche Hemmungen fallen und erschoss alle Passagiere an Bord. Ein Blutbad. Ein Massaker.

Da ergriff der Terrorist auf der gegenüberliegenden Seite des Pools erneut das Wort. »Soll ich euch mal was verraten? Wir haben eine E-Mail von eurem Reiseveranstalter bekommen. Darin heißt es, dass sie das Geld in Kürze überweisen wollen. Wäre das nicht großartig? Wir warten nur noch auf die Bestätigung unserer Bank. Okay? Hab ich's nicht gesagt? Das sind doch gute Neuigkeiten, oder etwa nicht?«

Einige wenige Gefangene, zusammengepfercht, geduckt und starr vor Angst, klatschten Beifall.

Jackhammer sagte: »Hey, das Geld ist unterwegs. Lasst mal was hören.«

Der schwache Applaus wurde stärker. Zu allem bereit, Hauptsache, das Monster wurde besänftigt.

Und dann sagte Jackhammer mit seiner vor Hohn triefenden Zirkusdirektorenstimme: »Und jetzt, etwas Musik bitte!«

78

Zunächst ertönte eine schrille Rückkoppelung aus den Lautsprechern, so laut, dass sie beinahe Bradys Schädeldecke abgesprengt hätte, aber dann schallte Salsamusik durch die Bar auf dem Pool-Deck. Die schwungvollen Latinorhythmen waren vollkommen fehl am Platz, absolut irrsinnig, aber aus Bradys Perspektive sehr zu begrüßen.

Die Musik schien die Stimmung der Terroristen zu lockern. Vielleicht wurden sie dadurch ein kleines bisschen selbstgefällig. Jedenfalls wurden seine leisen Worte jetzt von der Tanzmusik verschluckt.

»Dieser Typ ist ein Meister der Manipulation«, sagte Brady zu Yuki. »Der könnte glatt ein Buch darüber schreiben. Glaub ihm kein Wort.«

Brady wusste, dass eine der größten Schwierigkeiten der Terroristen darin bestand, die Menge unter Kontrolle zu behalten. Den insgesamt neunzehn Bewaffneten standen schließlich rund tausend Passagiere und Bedienstete gegenüber. Doch durch die brutalen, regelmäßigen und völlig willkürlichen Ermordungen hatte Jackhammer dafür gesorgt, dass die Gefangenen möglichst wenig auffallen wollten und sich stattdessen kooperativ verhielten und alle Gedanken an einen Aufruhr beiseiteschoben. Er hatte ihre Kampfbereitschaft unterdrückt und ihren Verstand untergraben.

Brady schlang die Arme um seine Ehefrau und hielt sie fest. Yuki war eine starke Frau, aber die Tatsache, dass ihre

Existenz unmittelbar bedroht war, hatte sie zutiefst erschüttert, und er wusste nicht, wie viel Indoktrination und Terror sie noch ertragen konnte.

Zahlreiche Bilder schossen ihm durch den Kopf, Bilder, wie er sie sonst eigentlich nicht kannte. Er hatte schon überlegt, ob er sich eine dieser Kalaschnikows schnappen und eine Rambo-Nummer abziehen sollte.

Yuki drückte seine Hand.

»Alles okay«, sagte er.

Nein, war es nicht. Er war Polizist. Er konnte nicht zulassen, dass diese Typen weiterhin wahllos Menschen abknallten, während er nichts anderes tat, als darauf zu hoffen, dass irgendwelche Buchhalter und Bank-Fuzzis sich endlich um einen Haufen Menschen scherten, die sie nicht kannten.

Brady musste etwas unternehmen. Er hatte zugenommen. Der jahrelange Zigarettenkonsum hatte ihn kurzatmig gemacht. Aber er besaß immer noch einen strategischen Geist und eine wilde Entschlossenheit. Er würde Yuki beschützen, komme, was da wolle.

Aber dazu brauchte er höchste Konzentration. Er musste auf eine Gelegenheit warten und einen Plan in der Hinterhand haben. Und dann konnte er nur noch hoffen und beten, dass er genügend Kraft und gute Reflexe hatte, um ihn in die Tat umzusetzen.

79 Brady spielte gedanklich gerade ein paar Szenarien durch, wie sich die *FinStar* vielleicht zurückerobern ließe, da spürte er ein leichtes Zupfen am Ärmel. Er zuckte zusammen und hätte beinahe zugeschlagen, doch dann hielt er immerhin so lange inne, um das Gesicht des Mannes zu erkennen, der auf den Ellbogen an seine Seite gekrochen war.

Es war Lyle, ihr Kabinensteward. Er trug einen blauen Bademantel über seiner weißen Uniform.

Lyle war völlig überhitzt und atmete durch den Mund. Er ließ sich auf den Bauch fallen, drehte den Kopf zur Seite, sodass seine Wange sich an das Deck schmiegte, und sagte, während die Latinorhythmen über ihre Köpfe hinwegdröhnten: »Mr. Brady. Sind Sie beim Militär?«

»Nein, ich bin Kriminalpolizist. Was können Sie mir sagen, Lyle?«

»Mittschiffs gibt es einen Schutzraum, irgendwo in der Nähe der Offiziersquartiere.«

»Einen Schutzraum? Gibt es da auch Waffen?«

»Soweit ich gehört habe, ja. Und ein Funkgerät.«

»Und die Offiziere? Sind sie am Leben?«

Eine der bewaffneten Wachen stand ganz in ihrer Nähe, darum antwortete Lyle nicht. Er ließ den Kopf auf den Ellbogen sinken und fing an zu schluchzen. Yuki weinte ebenfalls, aber der Pirat nahm keine Notiz davon. Sehr viele hier auf dem Schiff weinten.

Yuki klammerte sich von hinten an Brady, und er streichelte ihre zarten Finger. Als sie das erste Mal seine große, raue Hand in ihre beiden genommen hatte, da hatte die Berührung ihn wie ein Stromschlag durchzuckt. Er war sich ihrer sicher gewesen. Er hatte gewusst, in Gegenwart einer guten Macht zu sein.

Diese Kreuzfahrt war *seine* Idee gewesen. Er war noch nie der große Romantiker gewesen, aber diese Reise war ihm wie eine richtig gute Idee erschienen – das Meer, fantastische Landschaft, ein Luxusschiff mit allen Annehmlichkeiten, das ihnen einen wundervollen Start in die Ehe garantierte.

Und jetzt das, verdammte Scheiße noch mal.

Brady wartete, bis der maskierte Gorilla mit den Joggingschuhen nicht mehr zwischen den Passagieren herumstreifte und sich wieder nach oben auf die Laufbahn zurückgezogen hatte.

Als er sich sicher war, dass der Kerl ihn nicht hören konnte, sagte er: »Lyle, was ist mit den Offizieren?«

Lyle erwiderte: »Diese Typen haben alle, die auf der Brücke waren, umgebracht. Das habe ich zumindest gehört. Der Kapitän selber hatte gerade keinen Dienst. Er hat geschlafen. Und danach hat er ja die Ansage gemacht, also ist es gut möglich, dass er noch am Leben ist. Der Sicherheitsoffizier auch. Er hat die Kabine gegenüber vom Kapitän und hat auch geschlafen, als die Terroristen an Bord gekommen sind. Der Bordingenieur und der Hotelchef sind meines Wissens auch noch am Leben. Also werden die überlebenden Offiziere wahrscheinlich in ihren Quartieren festgehalten. Was aus den Kellnern und dem Kabinenpersonal und den Leuten aus der Wäscherei und so weiter geworden ist, weiß ich nicht. Ich nehme an, sie werden irgendwo im Rumpf gefangen gehalten.«

Brady sagte: »Aber der Schutzraum ist in der Nähe der Offiziersquartiere. Und Sie könnten mich dort hinbringen.«

»Aber die Tür wird bewacht, von Männern mit Maschinenpistolen, verstehen Sie das nicht? Ich bin alles andere als ein Kämpfer«, sagte Lyle. Er zupfte an seinem Bademantel. »Den habe ich angezogen, damit sie nicht merken, dass ich zur Mannschaft gehöre.«

»Sie haben eine Möglichkeit zu überleben gesucht und gefunden«, erwiderte Brady. »Wir brauchen die Offiziere, und wir müssen uns Waffen besorgen. Das sehen Sie doch genauso, oder nicht? Sie kennen doch die Redensart vom Kaninchen und der Schlange, oder? Und genau das ist unsere Situation. Wir hocken hier regungslos wie die Kaninchen und starren diese Schlangen da an. Macht Ihnen das Spaß, Lyle? Sind Sie gerne das Kaninchen?«

Der Kabinensteward schüttelte wie wild den Kopf.

»Wie alt sind Sie?«

»Neunzehn. Also, ich werde demnächst neunzehn. Vielleicht.«

»Wollen Sie ein Neunzehnjähriger sein, der mitgeholfen hat, einer paramilitärischen Einheit mit lauter gottverdammten, durchgeknallten Killern das Handwerk zu legen?«

»Ich weiß nicht. Ich glaube eigentlich eher nicht.«

Brady grinste. »Es wird Ihnen mehr Spaß machen, als Sie glauben.«

Vierter Teil

Hackfleisch

80 Conklin und ich hockten in Michael Jansings Büro, während seine hartnäckige Sekretärin Caroline am Computer ihres Chefs saß und die Personalakten der Firma durchforstete. Als Suchergebnis zeigte das Programm einen gewissen Walter Brenner an, neununddreißig Jahre alt und Lieferfahrer. Er wohnte in El Cerrito, nördlich von West Berkely und Albany.

Er arbeitete seit drei Jahren für Chuck's und hatte alljährlich eine Lohnerhöhung um zwei Dollar die Stunde erhalten. Ansonsten gab es keinerlei Bemerkungen, nur kleine Häkchen, was bedeutete, dass seine Leistungsbeurteilungen allesamt zufriedenstellend ausgefallen waren.

»Wissen Sie sonst noch was über den Mann, was uns weiterhelfen könnte? Irgendetwas?«, fragte ich Caroline.

Sie zuckte mit den Schultern. »Ich bin noch nicht so lange in der Firma.« Sie druckte uns Brenners Kontaktdaten und seine Adresse aus und schickte mir die ganze Akte aufs Handy.

Ich bedankte mich bei ihr, verabschiedete mich freundlich, und dann verließen Conklin und ich das Gebäude. Wir setzten uns in meinen Wagen, der uns mit Lichtgeschwindigkeit in die Belmont Avenue beförderte, eine ruhige, kleine Straße am Fuß des Albany Hill Parks, wo wir um 19.45 Uhr eintrafen.

Die Handwerkerhäuschen in dieser ruhigen, von hohen Bäumen gesäumten Wohnstraße stammten aus den Zwanzi-

285

gerjahren des letzten Jahrhunderts. Hinter den Häusern erstreckten sich große Gärten mit Schaukeln und dem einen oder anderen schattenspendenden Laubbaum. Aber so hübsch und rustikal das Ganze auch wirkte, die beiden etwas weiter westlich verlaufenden Autobahnen waren nicht zu überhören.

Walt Brenner bewohnte ein kleines gelbes Häuschen mit weißen Zierleisten an der Ecke eines Straßenzugs. Es besaß eine roh gezimmerte Eingangsterrasse, einen Obstbaum im Vorgarten und einen Palisadenzaun, der den Garten vor Blicken von der Straße her schützte.

Wir hielten nicht an, sondern bogen ab und fuhren noch einen Block weiter. Erst dann stiegen wir aus, und ich holte zwei Schutzwesten aus dem Kofferraum. Eine gab ich Conklin, die andere zog ich selbst an, um danach in die Windjacke zu schlüpfen.

Wir setzten uns wieder in den Wagen, rollten langsam die Belmont Avenue entlang und blieben schließlich vor Brenners hübsch-ordentlichem Häuschen stehen.

Conklin stellte den Explorer in die Einfahrt, gleich neben einen schwarzen SUV neueren Baujahrs, der meines Erachtens nicht ganz zu den finanziellen Möglichkeiten eines Lieferfahrers zu passen schien.

Conklin sagte: »Wir wär's mit einem weichen Ansatz? Walter beliefert einmal pro Woche alle Chuck's-Filialen in der Gegend. Wir fragen ihn, ob er vielleicht mitbekommen hat, dass irgendjemand sauer ist auf die Firma, die Chefs, irgendwas in die Richtung.«

»Finde ich gut«, erwiderte ich.

Dann hob ich die Hand, um anzuklopfen. Aber meine Knöchel kamen nicht einmal in die Nähe der Tür, die sich plötzlich öffnete, und ich sah, zu meinem größten Erstaunen, Donna Timko vor mir stehen.

Ja, das war sie. Sie trug ein geblümtes Kleid und Slipper und sah mich fragend an.

Was machte ich wohl für ein Gesicht?

Sie sagte: »Sergeant Boxer und, äh, Inspector Conklin. Das ist aber eine Überraschung.«

»Wir wussten gar nicht, dass Sie auch hier wohnen, Donna«, sagte Conklin. »Das ist doch Walter Brenners Adresse, oder etwa nicht?«

Sie nickte.

Conklin fuhr fort: »Wohnt er hier? Kommt er bald wieder nach Hause?«

Donna nickte erneut und ließ den Blick von meinem Partner zu mir und dann wieder zu Conklin wandern.

Er sagte: »Tja, also, wenn Sie ein paar Minuten Zeit haben, vielleicht könnten wir ja reinkommen und uns ein bisschen unterhalten, während wir auf Walter warten.«

»Natürlich. Kommen Sie rein. Gehen Sie einfach durch ins Esszimmer«, sagte sie.

Ich hatte jede Menge Fragen an Donna, zum Beispiel diese: *In welcher Beziehung stehen Sie zu dem Mann, den wir im Verdacht haben, der Körperbomber zu sein?* Aber das hatte Zeit, bis ich ihr in die großen braunen Augen sehen konnte.

81

In Walter Brenners Haus roch es wie in einer Bäckerei.

»Mein neues Rezept für die Baby Cakes«, sagte Timko, während Conklin und ich das kleine, weiß gestrichene Wohnzimmer betraten – rustikale Möbel und Bücherregale rund um einen offenen Kamin. Halb zusammengefaltete Wäsche lag auf den Möbeln. In einem Flur zu unserer Rechten war auch die Treppe in den ersten Stock zu sehen.

Wir gingen weiter und kamen durch einen Rundbogen in das Esszimmer. Donna sagte: »Setzen Sie sich doch an den Tisch. Ich wollte gerade Kaffee kochen.«

Ich warf Conklin achselzuckend einen Blick zu, und er zuckte ebenfalls mit den Schultern.

An dem runden Esstisch, der vier Personen Platz bot, standen Stühle mit Lederlehne. Conklin und ich nahmen Platz. Das Esszimmer war mit schätzungsweise vierzehn Quadratmetern nicht besonders groß, aber man hatte einen schönen Blick auf die Küche, und durch die Fenster zu unserer Linken auch auf die hübschen Häuschen auf der anderen Straßenseite.

Es dauerte nur wenige Minuten, bis Donna Timko zu uns an den Tisch trat. Sie hatte ein Tablett mit gefüllten Kaffeetassen und unterschiedlich großen Plätzchen dabei und weihte uns in das eine oder andere Rezeptgeheimnis ein.

Ich sah Donna an, während sie sich am Tisch zu schaffen machte. Sie plauderte zwar munter vor sich hin, war mit ihren Gedanken aber ganz eindeutig irgendwo anders.

Ich legte eine Hand um meine Kaffeetasse mit Goldrand und fragte sie: »Donna, in welcher Beziehung stehen Sie zu Walter Brenner?«

»Ach, wussten Sie das gar nicht? Walt ist mein Halbbruder. Das Haus hier gehört uns beiden gemeinsam.«

»Ein sehr schönes Haus«, meinte Conklin. »Sehr gemütlich. Wie lange wohnen Sie schon hier?«

»Ungefähr seit drei Jahren. Was ist denn los? Ist Walter etwas zugestoßen?«

Conklin sagte: »Nein, nein, alles in Ordnung. Sie wissen ja, dass wir uns zurzeit mit vielen Chuck's-Mitarbeitern unterhalten. Und wir haben festgestellt, dass Walter im Prinzip einmal pro Woche in jede Filiale kommt. Darum wollten wir ihn fragen, ob er vielleicht mitbekommen hat, dass es irgendwo jemanden gibt, der einen Groll gegen die Firma hegt oder etwas in die Richtung.«

»Walt liebt seine Arbeit, falls Sie das interessiert. Er ist der erste Anwärter für die Wahl zum glücklichsten Angestellten des Jahres. Na, so was«, sagte Donna. »Da ist er ja. Genau zum richtigen Zeitpunkt. Jetzt können Sie ihn gleich alles fragen, was Sie wollen.«

Ich folgte Donnas Blick und sah, wie sich ein weißer Lieferwagen mit dem Chuck's-Logo auf der Seite vor das Garagentor schob. Mit einer Komplikation in Gestalt von Donna Timko hatte ich nicht gerechnet, daher erforderten die kommenden Minuten eine Menge Fingerspitzengefühl.

In Gedanken spielte ich verschiedene Szenarien durch, unter anderem auch eines, in dem Timko Walt zuruft: »Lauf weg!« – und er es tut.

Timko sagte: »Walt ist ein witziger Typ. Alle sagen, dass er unbedingt Stand-up-Comedy machen sollte. Bleiben Sie ruhig sitzen. Er kommt gleich zur Hintertür rein.«

Sie legte die Serviette neben ihren Teller, erhob sich und ging in die Küche. Ich hörte, wie die Hintertür zur Garage geöffnet wurde, und anschließend Donnas Stimme und die eines Mannes. Sie unterhielten sich leise.

Ich zog meine Dienstwaffe und legte sie mir auf den Schoß. Dann bedeutete ich Richie, dass er es mir nachmachen sollte, doch da betraten Donna und ihr Halbbruder bereits das Esszimmer.

Jetzt stand der hagere Mann, den ich in verschiedenen Verkleidungen auf den Bildern der Chuck's-Überwachungskameras gesehen hatte, also tatsächlich leibhaftig vor uns, aber dieses Mal in Lebensgröße, farbig und glatt rasiert. Ich musste feststellen, dass Hunting Wolf seine Wangengrübchen nicht erfasst hatte. Außerdem hielt er eine Achtunddreißiger in der Hand.

Ich sprang auf, riss meine Pistole nach oben und brüllte: »Waffe fallen lassen, sofort!«

Aus dem Augenwinkel bekam ich mit, dass Conklin ebenfalls aufstand, doch mein Blick war auf Donna gerichtet, welche die Hand hinter ihrem voluminösen Hauskleid hervorzog und mit einer kleinen Pistole auf mich zielte.

Sie sagte: »Immer mit der Ruhe, Sergeant. Setzen Sie sich wieder hin. Legen Sie die Pistole auf den Tisch und schieben Sie sie zu mir rüber. Und dann geben Sie mir auch die Waffe Ihres Partners ... Los jetzt!«, fauchte sie. »Oder ich knalle euch alle beide auf der Stelle ab.«

82

Ich setzte mich und legte meine Dienstwaffe auf den Tisch, genau wie Donna es verlangt hatte. Aber ich ließ nicht los. Mit langsamen, zögerlichen Bewegungen versuchte ich, Zeit zu gewinnen, um mir über unsere Situation klar zu werden.

Das Esszimmer war ein quadratischer Raum, gut dreieinhalb mal dreieinhalb Meter groß, mit zwei offenen Torbogen, die in die Küche beziehungsweise ins Wohnzimmer führten.

An der Wand zu meiner Rechten stand eine niedrige Kommode, während die gegenüberliegende Wand hinter Conklin mehrere Fenster hatte.

Der Tisch und die Stühle waren zu groß für das Zimmer und ließen nur sehr wenig Platz an den Seiten.

Donna stand knapp zwei Meter von mir entfernt auf der anderen Seite des Tischs und zielte mit ihrem Damen-Colt auf mich. Ihre Hände zitterten nicht. Falls ich mich auf sie stürzen wollte, würde sie schießen, ohne jeden Zweifel. Sie konnte mich gar nicht verfehlen. Nur eine Ladehemmung oder ein plötzlicher Herzinfarkt ihrerseits hätten mich retten können.

Aber darauf konnte ich mich nicht verlassen. Ich hatte im Moment keine Ahnung, wie wir dieses Zimmer lebend wieder verlassen sollten.

Also sicherte ich meine Pistole und schob sie über den Tisch. Conklin hatte sich ebenfalls wieder hingesetzt. Er zieht schnell und ist ein guter Schütze, aber seine Dienstwaffe steckte immer noch im Halfter an seiner Hüfte.

Er hielt Timko die leeren Hände entgegen und sagte dann in sehr vernünftigem Tonfall: »Donna, nein. Nehmen Sie die Waffe weg. Sie auch, Mr. Brenner. Wir wollen nur mit Ihnen reden. Es gibt gar keinen Grund zur Überreaktion. Sie wollen doch nicht versehentlich einen Polizeibeamten erschießen, ganz sicher nicht. – Aber damit Sie Bescheid wissen: Bevor wir das Haus betreten haben, habe ich Verstärkung angefordert. Es wird also nicht mehr lange dauern, bis die Kollegen vor Ihrer Einfahrt stehen.«

Hatte er das wirklich getan?

Das wäre sehr klug gewesen, aber ich war mit unseren Kevlar-Westen beschäftigt gewesen und hatte nicht darauf geachtet, was mein Partner machte.

Die Zeit verging jetzt unendlich langsam. Ich beobachtete das Mienenspiel der beiden Bewaffneten im Zimmer und achtete gleichzeitig auf die Anspannung in ihren Händen.

Donna Timko machte einen hoch konzentrierten und sehr nervösen Eindruck.

Walt hingegen wirkte locker. Er hielt die Waffe fast beiläufig in der Hand, als wäre er damit vertraut und würde sich freuen, dass er die Gelegenheit bekam zu zeigen, was in ihr steckte.

»Na klar«, sagte Walt zu Conklin. »Die Bullen sind unterwegs.«

Conklin erwiderte: »Einen Polizeibeamten mit der Waffe zu bedrohen ist schon übel genug, Walt. Aber wenn Sie auch noch auf einen Polizeibeamten *schießen*, dann kann Ihnen kein Mensch mehr helfen. Verstehen Sie das? Stecken Sie die Waffen weg, und wir vergessen das. Nicht wahr, Sergeant? Oder wir lassen Ihnen einen Vorsprung. Mal sehen, wie weit Sie kommen.«

Donna setzte sich und stützte die Ellbogen auf den Tisch.

Der Colt, den sie mit beiden Händen festhielt, war auf mein Gesicht gerichtet.

Ich spielte immer noch alle möglichen Szenarien durch und überlegte fieberhaft, welches am wenigsten Tote zur Folge haben würde.

Auf meiner Stirn bildeten sich Schweißtropfen. Ich musste an Julie und Joe denken. Dass ich sie womöglich nie wiedersah. Hatte ich ihnen beim Gehen heute Morgen überhaupt ein Küsschen gegeben? Ich wusste es nicht mehr.

Aber dass ich einen Kopfschuss nicht überleben würde, das wusste ich.

Donna Timko war der Stress jetzt deutlich anzusehen. Ihr Gesicht war rot angelaufen und das Zucken auf ihrer linken Gesichtshälfte nicht zu übersehen. Ich hatte den Eindruck, als könnte sie jeden Augenblick die Nerven verlieren. Sie sagte: »Walt, bist du so nett und nimmst Mr. Conklin die Waffe ab? Und dann müssen wir uns überlegen, was wir mit diesen Würstchen anstellen wollen.«

83

Donna Timko war unberechenbar, das war offensichtlich. Sie war vollgepumpt mit Adrenalin. Die Mündung ihrer Pistole schwebte über dem Tisch, nur einen guten Meter von mir entfernt. Ihr Finger lag auf dem Abzug, und sie hatte mich genau im Visier.

Wenn sie niesen musste, würde sie mir eine Kugel zwischen die Augen jagen.

Einen halben Meter zu meiner Linken saß Conklin, die Hände auf Schulterhöhe.

Walter Brenner stand rechts neben seiner Schwester, die Waffe auf Conklin gerichtet. Er grinste über das ganze Gesicht und hüpfte auf Zehenspitzen auf und ab wie ein Vierjähriger auf dem Ponyhof, der es nicht mehr erwarten kann, bis er an der Reihe ist.

Ach was, Ponyhof. Wie ein *wahnsinniger* Vierjähriger mit einer *Knarre* in der Hand.

Jetzt stahl sich ein Ausdruck der Gelassenheit auf Donnas Gesicht, den ich so interpretierte, dass sie einen Entschluss gefasst hatte. Für sie waren wir ohnehin Todgeweihte, und jetzt hatte sie sich überlegt, wie sie unsere Leichen entsorgen konnten.

Sie sagte zu ihrem Bruder: »Walt, ich habe eine Idee. Wir könnten in die Fleischfabrik gehen. Du weißt doch, wie man den Fleischwolf bedient, oder?«

»Was stellst du dir vor? Bullen-Burger?«

»Ganz genau. Feinstes Bullenfleisch. Mit Speck. Gut durch.«
Sie amüsierten sich köstlich.

Und ich hatte unwillkürlich vor Augen, wie ich durch einen riesigen Fleischwolf gedreht wurde, hörte das Sirren der Klingen, die sich durch meine Muskeln und Knochen fraßen. Es war der reinste Horror.

Warum erschossen sie uns nicht gleich hier?

Das lag auf der Hand. Weil es für sie einfacher war, wenn sie uns lebendig in den Lieferwagen verfrachten konnten.

Ich hätte gerne Conklin angesehen, aber ich wagte nicht, den Blick von der reizendsten Person des ganzen Chuck's-Vorstands zu nehmen, einer Frau, die tiefes Mitgefühl mit den Bombenopfern und den einfachen Mitarbeitern bei Chuck's gezeigt, sich aber jetzt in einen grinsenden, blutrünstigen Dämon verwandelt hatte.

Timko dachte nicht nur voraus, sie wollte auch meine Meinung hören.

Sie sagte: »Das würde doch funktionieren, Sergeant, oder? Wir würden Sie durch die Garage nach draußen bringen und dann alle gemeinsam in den Lieferwagen steigen. Wer weiß, vielleicht werfen wir Sie ja auch einfach irgendwo raus und machen uns auf den Weg nach Kanada.«

»Die Idee ist deutlich besser als die mit dem Fleischwolf«, sagte ich. »Wenn wir spurlos verschwinden, dann wird das FBI die ganze Fabrik auseinandernehmen, und Sie wissen ja, dass es Untersuchungsmethoden gibt, die menschliches Blut und andere Spuren sofort sichtbar machen.«

»Guter Einwand. Na ja, ich habe jedenfalls jede Menge Ideen. Aber das war bisher meine beste. Walt, schnapp dir seine Kanone. Na los, Beeilung. Ich kann schließlich nicht alles machen.«

Walt war Linkshänder.

Er trat auf Conklin zu und drückte ihm die Mündung seiner Pistole an die Schläfe. Schweißperlen rollten mir den Rücken hinunter, aber mein Partner war cool, das muss man ihm lassen. Eiskalt.

Walt sagte: »Du holst jetzt die Waffe mit den Fingerspitzen aus dem Halfter und gibst sie mir. Und keine ruckartigen Bewegungen. Mein Stoffwechsel läuft schon im Normalfall auf Hochtouren. Aber jetzt? Mann, ich bin so dermaßen am Zittern, dass ich womöglich aus Versehen noch abdrücke. Also tu, was ich dir sage, okay?«

Wenn Conklin ihm die Waffe nicht freiwillig gab, würde Brenner vielleicht danach greifen. Das würde meinem Partner die Chance eröffnen, ihm einen Kopfstoß zu verpassen, ihm den Ellbogen in die Magengrube zu rammen, alle möglichen Nahkampfgriffe anzuwenden – oder wir würden beide sterben.

Timko warf einen schnellen Blick zu Conklin, der seinerseits versuchte, die Situation einzuschätzen und zu ahnen, was ihr Bruder als Nächstes vorhatte.

Ich wusste genau, was *ich* zu tun hatte, und ich durfte mir keinen Fehler erlauben.

Gut möglich, dass es die einzige Chance war, die Conklin und ich bekommen würden, um El Cerrito lebendig wieder zu verlassen.

84

Meine Hände lagen flach auf der Tischplatte, aber dann fasste ich mit den Daumen über die Kante. Ich holte tief Luft, sammelte all meine Kräfte und atmete wieder aus, stemmte mich ruckartig auf die Beine und kippte den Tisch in Timkos Richtung.

Die Tischplatte stellte sich senkrecht, und Donna stieß einen spitzen Schrei aus. Sie sprang auf, bevor die fünfzig Kilogramm schwere Ahornplatte mit der Tigermaserung auf ihren Oberschenkeln landete, doch dabei verlor sie das Gleichgewicht und landete rücklings auf dem Fußboden, zusammen mit ihrem Stuhl und dem fantasievoll bemalten, feinen Porzellan.

Als ich den Tisch umstieß, drehte Walt sich instinktiv zu mir um.

Conklin zögerte keine Sekunde. Er nahm beide Hände und schlug Walts Unterarm nach links zur Seite weg. Anschließend rammte er Walt mit voller Wucht gegen die Wand, riss ein Knie nach oben und traf ihn in der Lendengegend, um als Nächstes die Hand, die immer noch die Waffe umklammert hielt, nach hinten zu biegen. Walts Zeigefinger steckte immer noch im Abzugsbügel fest.

Ich hörte das Knacken.

In Brenners Schrei lagen Schock und Wut, und dann kam der Schmerz. Aber Conklin war noch nicht fertig mit ihm.

Während er Walt den Arm auf den Rücken drehte und ihn zu Boden rang, stürzte ich mich auf Timko.

Ich bin ziemlich durchtrainiert, und sie war nur ein jämmerlicher Haufen Ratlosigkeit, eingeklemmt zwischen einem umgekippten Stuhl und einem umgekippten Tisch. Ich schleuderte den Stuhl beiseite, lief um den Tisch herum und sah die dicke Frau auf dem rechten Arm liegen.

Die Hand mit der Waffe lag flach auf dem Boden, und ich trat mit voller Wucht darauf. Timko schrie auf und ließ den Colt los. Ich kickte ihn unter die Kommode, sodass er außer Reichweite war.

Meine Glock war bei der ganzen Aktion ebenfalls auf den Boden gefallen, und ich hob sie wieder auf. Dann ging ich mit der Waffe im Anschlag vor Donna auf die Knie. Ich war völlig außer Atem, und mein Herz raste wie verrückt. Im Blut hatte ich so viel Adrenalin, dass ich vermutlich sogar hätte fliegen können. Aber ich blieb am Boden und wandte mich mit halbwegs ruhigen Worten an die hilflose Kriminelle, die mich trotzig und wutentbrannt anstarrte.

»Donna, Ihnen bleibt jetzt nicht viel Zeit. Ich wette, dass die Körperbomben Walts Idee waren. Erzählen Sie mir die ganze Geschichte, bevor unsere Kollegen hier auftauchen. Nur dann kann ich auch etwas für Sie tun.«

»Wir sind beide unschuldig. Wir haben nichts getan.«

Ich ließ nicht locker, ich wollte ihr Geständnis haben.

»Kurz nach der Polizei werden jede Menge FBI- und ATF-Agenten hier auftauchen. Und für die sind diese Körperbomben *die* Chance auf einen Karrieresprung. Bundespolizei übersticht örtliche Behörden. Ich hoffe, Ihnen ist klar, was das bedeutet, Donna: Sobald das FBI hier ist, kann ich nichts mehr für Sie tun. Und die wollen, dass Sie auf dem elektrischen Stuhl enden.«

»Ich will einen Rechtsanwalt sprechen. Mehr habe ich nicht zu sagen.«

»Na klar, Donna. Kein Problem. Sobald wir Ihre Daten aufgenommen haben, können Sie Ihren Anwalt anrufen. Und ich hoffe, dass Sie im Lauf der kommenden Jahre gelegentlich mal daran denken, dass Sie gerade eben die Chance Ihres Lebens ausgeschlagen haben.«

85

Donna lachte ein wahnsinniges Lachen. Ich war mir einigermaßen sicher, dass die Niederlage sie hysterisch gemacht hatte, aber trotzdem. Sie lachte!

Ich zuckte mit den Schultern und sagte: »Na ja, ich hab's zumindest versucht.«

»Haben Sie mich schon verhaftet?«, wollte Brenner wissen, der mit dem Gesicht nach unten und auf den Rücken gefesselten Händen auf dem fadenscheinigen Teppich lag.

»Noch nicht«, sagte Conklin. »Aber sobald ich die ersten Sirenen höre, lese ich Ihnen Ihre Rechte vor. Damit bleiben Ihnen, na ja, ich würde sagen, noch zwei Minuten Bedenkzeit. Gestehen Sie oder lassen Sie's bleiben, es ist mir, ehrlich gesagt, scheißegal.«

Ich sagte zu meinem Partner: »So, wie es aussieht, komme ich sogar so früh nach Hause, dass ich mit meinem Mann noch zu Abend essen kann. Das wäre doch mal eine nette Abwechslung.«

»Was soll das eigentlich heißen?«, meldete sich Timko zu Wort, während sie versuchte, sich aufzusetzen, und sich dabei immer wieder an der Wand abstemmte. »Machen Sie uns etwa ein ernst gemeintes Angebot?«

»Ich kann Ihnen nichts versprechen«, erwiderte ich. »Sie sagen mir, wer bei dieser Körperbombengeschichte welche Rolle gespielt hat. Und ich muss wissen, ob noch mehr von diesen Kapseln im Umlauf sind. Reden Sie mit mir. Ziehen

Sie mich auf Ihre Seite, dann lege ich bei den Verantwortlichen ein gutes Wort für Sie ein.«

Sie sagte: »Aha. Welche Kleidergröße haben Sie, Sergeant? Achtunddreißig?«

»Äh, vierzig. Wieso?«, erwiderte ich.

Ich nahm an, dass das das Vorgeplänkel für ein Gespräch von Frau zu Frau sein sollte. Das Stichwort, wie ich Timko vorgaukeln konnte, dass sie mir sympathisch war. Ich zog mir einen Stuhl heran und setzte mich, sodass ich auf sie hinunterschauen konnte. Ihr blieb nichts anderes übrig, als zurückzustarren.

»Bei Fast Food geht es immer nur darum, die Kunden süchtig zu machen«, sagte sie. »Fast-Food-Junkies heranzuzüchten. Und genau das machen wir. Das mache *ich*. Das ist wie mit Drogen zu dealen. Wir reißen uns den Arsch auf, nur um ganz genau die Fett-Salz-Zucker-Kombination zu kreieren, die den größten Kick verspricht. Das ist eine Wissenschaft für sich. Und meine Noten in Chemie waren so gut, dass ich das auch beweisen kann. Und dann ist da natürlich noch *das hier*.«

Sie bohrte beide Hände tief in den Bauchspeck unter ihrem Kleid und ließ ihn schwabbeln. Worauf wollte sie eigentlich hinaus?

»Ich bin mir nicht sicher, ob ich Sie verstehe, Donna. Sie wollen doch nicht etwa sagen, dass Sie andere Menschen in die Luft gesprengt haben, weil Sie süchtig nach Fast Food sind, oder?«

»Ach was, natürlich nicht. Ich habe nichts mit irgendwelchen Bomben zu schaffen. Ich sage nur, dass ich es keineswegs bedauere, dass da irgendjemand ein Vermögen von Chuck's erpressen will. Konzerne wie Chuck's sind korrupt. Gewissenlos.«

Ich sagte: »Eigentlich hatte ich erwartet, Sie würden mir erzählen, dass Sie befürchten, bei dem bevorstehenden Unternehmensverkauf übers Ohr gehauen zu werden. Oder dass Walter seinen Job verlieren würde. Weil ich das nämlich vielleicht sogar irgendwie verstehen könnte.«

»Tja, da haben Sie recht, Sergeant. Glauben Sie etwa, ich hätte bei einer Fusion mit Space Dogs einen fairen Anteil bekommen? Ich war doch immer bloß die Dicke, die mit dem zufrieden sein musste, was ihr angeboten wurde. Wie können die es wagen, mich so zu behandeln? Wie können sie das wagen, nach allem, was ich für Chuck's gegeben habe, nach all den Millionen, die sie mit meinem Wissen, meinem Talent, meiner harten Arbeit verdient haben?«

Conklins Handy klingelte, und er sagte: »Wie lange? Okay. Wir haben die Situation im Griff.«

Dann beendete er das Gespräch und wandte sich an mich: »Die Kavallerie ist im Anmarsch. Ist gerade nach El Cerrito einmarschiert.«

86

Sirenen jaulten ganz in der Nähe und näherten sich dem niedlichen gelben Handwerkerhäuschen in der Belmont Avenue.

Ich griff nach meinem Handy und rief Jacobi an.

»Wir brauchen einen Durchsuchungsbeschluss für einen Kühltransporter und ein Haus. Die Eigentümer sind Donna Timko und Walter Brenner. Wir bringen sie ins Präsidium, sobald du das FBI davon überzeugt hast, dass sie uns gehören.«

Ich informierte Jacobi über die Details, während die Sirenen immer lauter wurden, so lange, bis auch er sie hören konnte. Dann legte ich auf. Ich blickte durch das Fenster auf die hübschen Nachbarhäuser auf der gegenüberliegenden Straßenseite mit ihren Lichtern und Fernsehern.

Die Nachbarn würden ziemlich geschockt reagieren.

Walter und Donna sind so nette Leute. Ich kann einfach nicht glauben, dass sie Bomben... Niemaaaals. Ehrlich?

»Sehen Sie das?«, sagte ich, während die ersten Streifenwagen auf den Rasen fuhren und die rot-blauen Blinklichter das Esszimmer in ein eigenartiges Licht tauchten. Fast wie Weihnachten in einem anderen Universum.

Ich sagte: »Da geht sie dahin, die beste Chance auf mildernde Umstände, die Walt und Donna jemals hatten.«

»Sie sind wirklich witzig«, erwiderte Timko und lachte erneut. »Sie können uns gar nichts. Sie haben keine Indizien, keine Zeugen, kein Geständnis, kein Garnichts. Morgen früh sind wir wieder zu Hause.«

»Packen Sie eine Zahnbürste ein, nur für den Fall. Immerhin können wir Sie wegen der Bedrohung von Polizeibeamten im Amt, Widerstand gegen die Staatsgewalt, Nötigung und natürlich Mordverdachts erst einmal in Gewahrsam nehmen. Und dann sehen wir, was die Kriminaltechnik im Lieferwagen und hier im Haus so alles ans Tageslicht fördert.«

»Ich habe nichts dagegen. Sie werden nichts finden«, erwiderte Timko.

»Ach, wirklich nicht?« Jetzt war ich damit an der Reihe zu grinsen. »Nicht die geringste Spur von Sprengstoff? Kein Fingerabdruck, der zu einem auf der Lösegeldforderung passt? Sind Sie sicher?«

Der Ausdruck auf Donna Timkos Gesicht war eindeutig: Sie hatte tödliche Angst. Sie verlor fast das letzte bisschen Verstand, das ihr noch geblieben war.

Conklin schob den umgekippten Esstisch beiseite, und dann packten wir jeweils einen von Donnas Armen und wuchteten sie auf die Füße. Ich legte ihr Handschellen an. Mit dem größten Vergnügen.

»Donna Timko, ich verhafte Sie hiermit aufgrund diverser Vorwürfe«, sagte ich. »Die meisten werden als Kapitalverbrechen gewertet.« Und dann listete ich sie der Reihe nach auf.

»Ich habe Diabetes«, schrie sie. »Sie können mich nicht einsperren. Das ist mein *Tod*.«

»Ich bin mir ziemlich sicher, dass irgendwo im Frauenknast auch ein bisschen Insulin aufzutreiben sein wird. In der Zwischenzeit haben Sie das Recht zu schweigen. Wenn Sie sich keinen Anwalt leisten können, dann stellt die Stadt San Francisco Ihnen einen Rechtsbeistand zur Seite. Alles, was Sie sagen, kann gegen Sie verwendet werden. Haben Sie das verstanden?«

Conklin las Walt Brenner seine Rechte vor, während draußen vor dem Haus bereits das Krächzen der Funkgeräte zu hören war. Es klingelte, und dann klopfte jemand kräftig an die Haustür.

»Hier spricht die Polizei. Wir kommen jetzt rein.«

Und dann fing die Killerin mit den großen braunen Augen an zu weinen.

87

Yuki hörte den Schuss. Sie wusste nicht, wer hingerichtet worden war, aber sie wusste genau, wie das Opfer sich gefühlt hatte. Zuerst das tödliche Entsetzen, aus der Menge herausgepickt zu werden. Dann das Gefühl, nicht bereit zu sein, absolut nicht bereit, die Freunde, die Familie, das Leben hinter sich zu lassen, weil es einfach *noch nicht Zeit* war. Anschließend das Flehen, das Bitten gefolgt von… vielleicht so etwas wie Erleichterung durch den lauten Knall. Das konnte sie nicht wissen.

Mit gesenktem Blick wich sie mehreren Grüppchen von Passagieren aus, die sich auf dem Deck zusammengekauert hatten. Sie schob sich den schmalen Pfad zwischen Pool und Reling entlang und achtete dabei auf ihre neue beste Freundin, Becky, die ihr leise wimmernd folgte. »Bitte, lieber Gott, mach, dass es nicht Carl oder Luke waren. Bitte. Nicht sie.«

Yuki und Becky hatten den stinkenden Koteimer aufgesucht und sich gegenseitig, so gut es eben ging, vor Blicken geschützt, während ein Bewaffneter in Kampfmontur und Gesichtsmaske sie mit seinem Sturmgewehr bewacht und zur Eile angetrieben hatte.

Dass sie den Gang zum Koteimer zu zweit angetreten hatten, hing vor allem mit dem Bedürfnis nach Gemeinschaft und Unterstützung zusammen, und weniger damit, sich vor männlichen Blicken schützen zu wollen. In diesem Stadium war es Yuki egal, wer sie auf einem Eimer hocken sah. Es war ihr vollkommen gleichgültig.

Dieses Schiff war ein Gefangenenlager.

Und bald schon war wieder eine Stunde um. Und wieder würde jemand aus ihrer Mitte ermordet werden.

Becky legte ihr die Fingerspitzen auf den Arm und flüsterte: »Es kann nicht mehr lange dauern. Dann werden sie für alles büßen.«

»Ich weiß«, erwiderte Yuki.

Becky sank neben ihren Mann und ihren Sohn, und Yuki ging weiter bis zu der Stelle, wo Brady auf sie wartete. Er hob die Hand, und sie trat zu ihm und legte ihm eine Hand auf die Schulter. Er half ihr, sich neben ihn zu setzen.

»Alles in Ordnung?«, erkundigte er sich.

»Mir geht's fantastisch«, erwiderte sie.

Sie reichte ihm die Wasserflasche, die der Bewaffnete ihr gegeben hatte. Brady drehte den Verschluss auf und gab Yuki die Flasche zurück. Sie nahm ein paar Schlucke, dann hielt sie sie Brady hin.

Zwanzig Meter entfernt, auf der anderen Poolseite, lehnten drei Wachen an der Reling. Einer rauchte, einer ging unruhig hin und her, und einer sprach in sein Funkgerät und meldete sich bei einem seiner Kollegen. Das machten sie alle, immer im Halbstundenrhythmus.

Auf der Laufbahn über ihnen stand noch ein Kerl mit einem Sturmgewehr in der Hand. Er leuchtete mit der Taschenlampe drei-, viermal über die Masse der Gefangenen hinweg, dann schaltete er sie aus.

Brady legte die Hand an Yukis Hinterkopf, zog sie an sich und gab ihr einen Kuss auf die Schläfe. Sie schlang sich die Arme um die Knie und ließ sich in seine tröstliche Umarmung sinken.

Der Wachmann, der unruhig hin und her gegangen war, kam jetzt auf ihre Seite des Pools geschlendert. Er stellte sich an die Reling und schnipste seine Zigarette ins Wasser. Dabei wandte er Yuki und den anderen Passagieren den Rücken zu, ließ ein Streichholz aufflackern und neigte den Kopf. Wie ein Panther war Brady auf den Beinen.

Das Streichholz brannte noch, als Brady seine linke Hand von hinten auf den Mund des Mannes schlug und mit der rechten dessen Hinterkopf packte.

Dann ging alles blitzschnell.

Noch bevor der Terrorist reagieren konnte, hatte Brady ihm mit einer ruckartigen Bewegung das Genick gebrochen.

Der Bewaffnete erschlaffte, und Brady ließ ihn lautlos auf das Deck sinken.

Yuki schlug die Hand vor den Mund, um einen Schrei zu ersticken. Gleichzeitig kam Lazaroff Brady zu Hilfe. Die beiden verstanden sich blind. Im Schutz der Dunkelheit zogen sie den toten Piraten aus und schoben den Leichnam dann unter einen der zusammengeklappten Liegestühle in der Nähe.

Sobald sie fertig waren, tauchte Lazaroff wieder in der undefinierbaren Menge unter, während Brady sich neben Yuki setzte.

Er zog das Hemd hoch, nahm ihre Hand und führte sie zuerst zur Kampfmontur und der Gesichtsmaske des Terroristen, und anschließend an seinen Hosenbund. Dann legte er ihr den Arm wieder um die Schulter.

Mein Gott, mein Gott.

Brady hatte die Kleider des Piraten mitgebracht… und eine Waffe hatte er auch!

88 Einer der Maskierten hatte eine Rocknummer aus den Siebzigern aufgelegt. Während »You Make Loving Fun« aus den Lautsprechern der Bar und über ihre Köpfe hinweg dröhnte, legten Brady und Lazaroff sich eng nebeneinander auf das Deck und flüsterten.

Während seiner Zeit im Rauschgiftdezernat in Miami hatte Brady mit verdeckten Ermittlern zusammengearbeitet, hatte Undercover-Einsätze durchgeführt und Razzien gegen Drogenschmuggler geleitet. Als normaler Polizeibeamter bekam man so gut wie keine Nahkampfausbildung, aber Brady hatte auf eigene Faust etliche Kampfkunst-Kurse besucht. Und was Schusswaffen anging, konnte er mit praktisch jedem halbwegs gängigen Modell problemlos umgehen.

Sein neuer Freund an Bord der *FinStar*, Brett Lazaroff, hatte als Marinesoldat die Anfänge des Vietnamkriegs mitgemacht, war bei etlichen Zerstörungsmissionen dabei gewesen und hatte sowohl mit Marines als auch mit einheimischen Freischärlern zusammengearbeitet, um in irgendwelchen Dörfern versteckte Guerillakämpfer aufzustöbern und zu töten.

Lazaroff war Mitte sechzig und hatte Arthrose in sämtlichen Gelenken, aber die beiden gaben ein hervorragendes Team ab.

Und dann war da noch Lyle.

Lyle war ein netter Kerl, mehr nicht. Er hatte Brady erzählt, dass er im Verlauf der letzten drei Jahre alle möglichen Jobs gehabt hatte: Autowäscher, Gärtnergehilfe, dann Tellerwäscher in einem Ein-Sterne-Hotel in Alaska. Dort hatte er gekündigt, als er gehört hatte, dass auf der *FinStar* ein Kabinensteward gesucht wurde.

Die Planlosigkeit, mit der er einen perspektivlosen Job an den nächsten gehängt hatte, hatte ihn jetzt durch Zufall in eine Situation gebracht, die er sich niemals hätte träumen lassen: mitten ins Zentrum einer Kampfmission auf Leben und Tod.

Brady und Lazaroff blendeten all das aus, und dann weihte Brady Lyle in ihre Pläne ein.

»Lyle, Sie müssen uns ins Mannschaftsquartier bringen. Lazaroff und ich sorgen dann schon dafür, dass Ihnen nichts passiert.«

»Meine Mutter heißt Leora Findlay. Sie wohnt in Hoboken, New Jersey. Nur für den Fall, dass ich es nicht schaffe, Mr. Brady.«

Jetzt sagte Lazaroff in heiserem Flüsterton: »Lyle? Angst zu haben ist völlig in Ordnung. Ehrlich gesagt, wir bauen sogar darauf. Dann müssen Sie nicht so tun, als hätten Sie Angst, und das ist gut so.«

Brady wusste, dass auf dem Sonnendeck über ihnen drei Bewaffnete patrouillierten. Dazu kamen die sechs, die das Pool-Deck bewachten, und noch mehr Männer im Inneren des Schiffs.

Sie alle folgten einem bestimmten Muster und gaben alle halbe Stunde per Funk eine Meldung ab. Jeder der Bewaffneten identifizierte sich über die Position, nicht mit Namen: Pool-Deck 4 an Basis. Veranda 2 an Basis. Streife 1 an Sonnendeck.

Brady wartete, bis das blassgrüne Licht des Funkgeräts

auf der Laufbahn erloschen war. Anschließend warf er einen Blick auf seine Uhr. Die letzte Melderunde der Piraten hatte vor fünf Minuten begonnen. Ein blässlich grauer Streifen am Horizont im Osten zeigte an, dass bald der Tag anbrechen würde.

Jetzt oder nie.

Es dauerte ungefähr zehn Minuten, bis Brady die leichte, wasserdichte tarnfarbene Hose des Piraten über seine Jeans und das Hemd über den Pullover gezerrt, die Bordschuhe gegen Kampfstiefel eingetauscht und den Munitionsgürtel um die Hüften geschlungen hatte.

Zum Schluss steckte er das Walkie-Talkie des Toten in die Brusttasche und hängte sich das Gewehr über die Schulter.

Er legte Yuki eine Hand auf die Wange und gab ihr einen Kuss. Zitternd hielt sie ihn fest.

»Ich liebe dich über alles«, sagte er.

»Komm bald wieder«, erwiderte sie. »Wir haben noch ein Leben vor uns.«

Zweifel beschlichen Brady. Er war nicht gut in Form. Er kannte sich auf dem Schiff nicht besonders gut aus. Es gab Hunderte verschiedener Möglichkeiten, was alles schiefgehen konnte, mit tödlichen Folgen für einen oder gar viele Menschen. Und dann trug er allein die Schuld.

»Ich komme auf jeden Fall wieder, auf jeden Fall«, sagte er zu Yuki. »Hast du mich verstanden?«

Dann zog er sich die schwarze, nach Zigarettenrauch stinkende Wollmaske übers Gesicht und gab Lazaroff und Lyle ein Zeichen, dass sie aufstehen sollten.

Als sie so weit waren, sagte er laut: »Also los, Bewegung, ihr Arschlöcher.«

Er machte eine Bewegung mit dem Lauf seines Sturmgewehrs, und Lazaroff und Lyle nahmen die Hände hoch. Brady trieb die beiden Männer vor sich her, mitten durch die weinenden, an Deck kauernden Menschen, direkt auf die Türen des Luna Grills und das Innere des Schiffs zu.

89 Brady dirigierte die beiden Männer vom Pool-Deck in den Luna Grill, der jetzt wie ein Möbellager aussah. Überall standen Café-Tische und Stapel mit Liegestühlen herum, die von draußen hereingeschafft worden waren. Eine einsame Gaslampe auf dem Flügel warf ein trübes Licht auf den einst so eleganten Raum, der jetzt irgendwie abgehalftert wirkte, wie eine ausgelaugte Tänzerin, der nichts anderes geblieben ist als der Straßenstrich.

Bradys dreiköpfige Widerstandstruppe musste umgestürzten Möbeln und diversen, auf den tiefen Teppichen verteilten Müllhaufen ausweichen. In den geschwungenen Fensterscheiben spiegelte sich das Licht der Gaslaterne.

Am hinteren Ende des Bar-Restaurants führte eine offene Tür in den Flur. Aber Lyle deutete auf eins der Gemälde an der Flurwand.

»Dahinter führt eine Treppe zu den Mannschaftsquartieren«, sagte er.

Er drückte auf einen Schalter und öffnete damit eine Tür in ein eisernes Treppenhaus. Es reichte vom Sonnendeck bis tief nach unten in den Rumpf des Schiffs. Vergitterte Notfallleuchten verbreiteten ein flackerndes, düsteres Licht. Sie waren schon auf der Treppe, hatten die Tür hinter sich ins Schloss fallen lassen, da ertönte eine Stimme: »Hey. Was gibt's?«

Brady drehte sich blitzartig um und sah einen Mann in

Kampfmontur auf dem nächsthöheren Treppenabsatz sitzen. Der Mann war voll bewaffnet, hatte aber die Maske abgenommen. Er war ein junger Weißer, Anfang zwanzig vielleicht, mit kurzen blonden Haaren.

Brady sagte: »Der Boss will, dass ich die beiden in den Frachtraum bringe. Kabinensteward. Und der Alte ist Ingenieur.«

»Wieso machen wir uns eigentlich die Mühe und sperren sie ein. Wieso nicht einfach ... *tschak*?«

Er legte den Zeigefinger an die Stirn und imitierte einen Schuss.

»Kannst ja Jackhammer fragen«, erwiderte Brady.

Er wollte nicht mehr länger reden, er wollte weiter. Schließlich wusste er nicht, wie eng die Bindung innerhalb dieser Einheit war, ob es sich um einen verschworenen Haufen handelte oder um Söldner, die einzeln für diese Mission angeworben worden waren.

Falls der Kleine auf der Treppe nicht lockerließ, dann würde Brady ihn erschießen müssen. Aber das würde noch mehr von den Kerlen ins Treppenhaus locken, und das wäre gar nicht gut gewesen.

Der junge Kerl schnaubte nur angesichts der Vorstellung, sich an Jackhammer zu wenden. »Ja, na klar. Nur zu. Mann, ich hatte so gehofft, dass du die Ablösung bist.«

»Tut mir leid«, erwiderte Brady. »Aber, hey, setz die Maske wieder auf.«

»Ja, ja, sicher.«

Brady wartete, während der andere die Maske überstreifte, dann sagte er zu Lyle und Lazaroff: »Also los, ihr beiden. Abwärts.«

Er stieß ihnen den Lauf seiner Kalaschnikow in den Rücken, und sie machten sich auf den Weg, trampelten mit ihren drei Stiefelpaaren einen eisernen Treppenabsatz nach dem anderen hinunter. Sie kamen an zahlreichen Hinweisschildern vorbei, die den Weg ins Casino, in die Sauna und so weiter anzeigten, bis sie schließlich den Pfeil zum OFFIZIERSQUARTIER entdeckten. Er zeigte fünfundvierzig Grad nach rechts.

Brady wusste, dass die Mannschaft in engen, fensterlosen Kabinen schlief, die nicht mehr als einen Meter zwanzig breit waren. Dort hingen einzelne Pritschen an der Wand. Ob in diesen schmalen, unbelüfteten Zellen überhaupt noch jemand am Leben war?

Jetzt zweigte ein schmalerer Gang vom Hauptkorridor ab. Am hinteren Ende brannte ein helles Licht. Es stammte aus einer Gaslaterne neben einem Mann, der in Tarnkleidung auf einem Klappstuhl saß. Er bewachte die Luke, die ins Mannschaftsquartier führte.

Der Wachmann stand auf. Er hatte sein Funkgerät in der Hand. Brady nahm an, dass der Kerl auf der Treppe ihn vorgewarnt hatte.

Dann sagte der Wachmann zu Brady: »Was gibt's, Bruder? Wen bringst du mir da?«

Er steckte sein Funkgerät ein und hielt die Kalaschnikow fest in den Händen.

90

Brady wusste mit absoluter Sicherheit, dass dieser Mann, der für die Bewachung des Mannschaftsquartiers zuständig war, ohne jede Vorwarnung schießen würde. Und das wäre übel, wirklich unvorstellbar übel gewesen. Eine Schießerei in diesem ganz aus Metall bestehenden Treppenhaus hätte dieselbe Wirkung gehabt wie eine Alarmsirene.

Ungefähr eine Sekunde später wäre Jackhammers gesamte Mannschaft über sie hergefallen, und das hätte ihren sicheren Tod bedeutet.

Aber Brady hatte dem toten Piraten nicht nur die Kalaschnikow und die Tarnkleidung abgenommen, sondern sich auch dessen Gürtel umgeschnallt, und an diesem Gürtel hing ein Messer.

Während er und seine beiden Helfer dem Wachmann Schritt für Schritt näher kamen, hoffte Brady immer noch, dass er den Kerl überreden konnte, die Luke zu öffnen. Falls nicht, würde er das ungleiche Duell eben mit dem Messer bestreiten. Und dann hatte er genau eine einzige Chance.

Er versteckte sich also, so gut es ging, hinter Lazaroff und Lyle und nahm das Messer in die rechte Hand, und zwar so, dass die Klinge nach oben zeigte.

Als sie noch drei Meter von dem Kerl entfernt waren, sagte Brady: »Jackhammer hat Bescheid gesagt, oder? Dass ich zwei Mann vorbeibringe? Ich war dabei, als er dich angefunkt hat.«

Dieser Wachmann hatte eine rauere Stimme als der junge Bursche auf der Treppe, war breiter gebaut und wirkte älter. Vielleicht war er ja ausgebildeter Soldat.

Er sagte: »Jackhammer hat *mich* angefunkt? Das wüsste ich aber.«

»Nicht vor diesen Idioten hier«, sagte Brady, während er auf den Wachmann zuging. »Okay? Ich will die eben einsperren, dann können wir in aller Ruhe über alles reden.«

Der Bewaffnete zögerte. Dann sagte er: »Auf keinen Fall, verdammte Scheiße. Ich frag den Boss.«

Brady erwiderte. »Kannst du dir schenken. Ich hab ihn hier in der Leitung.«

Der Wachmann erwiderte: »Ach, echt?«

Er streckte die Hand nach Bradys Funkgerät aus. Brady packte mit der Linken sein Handgelenk, riss ihn mit einem Ruck zu sich heran und schlitzte ihm die Kehle auf, durchtrennte ihm mit einem Schnitt die Halsschlagadern und die Luftröhre.

Der Kerl hob die Hände, doch bevor er sie überhaupt in die Nähe der Wunde gebracht hatte, sackte er zu Boden, während das Blut, beschleunigt durch den Adrenalinausstoß, auf den Boden rann. Er atmete Blut ein, hustete noch mehr Blut aus und gurgelte ein paar letzte Worte in dem vergeblichen Versuch, etwas zu sagen.

Lazaroff kauerte sich hinter den Sterbenden und drückte ihn zu Boden, bis er sich nicht mehr rührte. Dann nahm er ihm die Kalaschnikow ab, während Brady Lyle anwies, sich auf den Stuhl zu setzen und den Kopf zwischen die Knie zu nehmen.

Lazaroff richtete sich wieder auf, blickte forschend den Flur entlang und sagte: »Alles klar. Gut gemacht, Brady. Und so was bringen sie euch bei der Polizei bei?«

»Das eine oder andere habe ich eher nebenbei aufge-schnappt.«

Dann packten die beiden den Toten an den Armen und schleiften ihn durch die Blutlache bis an die Wand des Korri-dors. Brady nahm seine Maske ab und drehte das große Rad, um den Verschluss der Luke zu öffnen.

Die Angeln quietschten, und der Eingang zum Offiziers-quartier schwang auf.

91

In dem schmalen Gang zwischen zwei Reihen mit Kabinentüren standen ein paar Offiziere dicht gedrängt beieinander. Unrasiert, zerzaust und bleich traten sie von einem Fuß auf den anderen und wirkten ausgesprochen schlecht gelaunt – was will man anderes erwarten, nachdem Angreifer ihr Schiff überfallen und sie unter Deck eingesperrt hatten?

Brady sah, dass sie Messer und Stöcke aus Holz oder Eisen in den Händen hielten. Er streckte ihnen die geöffneten Hände entgegen, um zu signalisieren, dass er unbewaffnet war. Gleichzeitig legte er den Zeigefinger an die Lippen – die universale Bitte, still zu sein.

»Mein Name ist Jackson Brady«, sagte er. »Ich bin Passagier und außerdem Polizeibeamter. Wir holen Sie jetzt hier raus.«

Die Männer stießen den angehaltenen Atem aus, steckten die Messer weg, fingen an zu weinen. Ein paar kamen zu ihm und schüttelten ihm die Hand.

Brady befahl Lyle, die Gaslaterne zu holen, und bedeutete ihm und Lazaroff anschließend, durch die Luke ins Innere zu gehen. Er folgte ihnen und stellte sie den Offizieren vor.

Einer der Männer, er war Mitte sechzig und hatte schütteres Haar, trug eine Brille und außerdem ein schmutziges weißes Jackett mit den Kapitänsstreifen auf den Schultern. Er hatte eine Pistole in der einen Hand und streckte Brady die andere entgegen.

»Ich bin Kapitän Berlinghoff«, sagte er. »George. Vielen Dank…« Es kostete ihn erhebliche Mühe, die aufsteigenden Tränen zurückzuhalten. »Mr. Brady. Wir wissen gar nichts. Wir haben mit niemandem gesprochen. Was ist denn da oben los?«

»Die Terroristen haben alles unter Kontrolle und exekutieren stündlich einen der Passagiere«, erwiderte Brady.

Dann informierte er den Kapitän über die Lösegeldforderung.

»Sie haben schon viele Menschen umgebracht«, fuhr Brady fort, »aber ich kann mir beim besten Willen nicht vorstellen, wie sie hier wieder wegkommen wollen, ganz egal ob sie das Lösegeld bekommen oder nicht. Das wird ihnen vielleicht auch irgendwann klar werden. Und niemand weiß, wie sie dann reagieren.«

»Was sollen wir Ihrer Meinung nach tun?«, wollte der Kapitän wissen.

»Wir müssen ihnen die Kontrolle entreißen. Und das bedeutet, wir müssen so viele Menschen wie möglich bewaffnen. Können Ihre Männer mit den Waffen aus dem Schutzraum umgehen?«

»Wer sagt, dass wir einen Schutzraum haben?«, fragte der Kapitän zurück.

»Ich, Sir«, sagte Lyle.

»Und wer sind Sie gleich noch mal?«

Brady legte Lyle einen Arm um die Schultern.

»Lyle Davis. Unser Kabinensteward und darüber hinaus ein sehr tapferer junger Mann.«

Der Kapitän meinte: »Ich weiß nicht, was Sie gehört haben, Mr. Davis, aber auf diesem Schiff gibt es keinen Schutzraum, sondern lediglich eine abschließbare Kiste mit der Aufschrift IM FALLE EINES FEUERS BITTE ÖFFNEN. Sie steht auf dem Sonnendeck. Darin liegen ein paar Pistolen, ein paar Leuchtfackeln und Feuerlöscher. Das ist unser gesamtes Waffenlager, abgesehen von dem hier…« Er ließ seinen Revolver am ausgestreckten Zeigefinger baumeln. Das Ding sah aus wie ein Souvenir aus dem Koreakrieg.

»In der Trommel steckt eine einzige Patrone. Die habe ich für Jackhammer aufbewahrt. Seitdem er mein Schiff übernommen hat, stehe ich hinter dieser Tür und warte auf ihn.«

Brady wies mit einer Kopfbewegung in die Richtung, aus der sie gekommen waren: »Führt die Treppe da hinten auf das Sonnendeck?«

Er dachte an die Kiste mit den wenigen, minderwertigen Waffen, den blonden Burschen mit dem Sturmgewehr auf dem oberen Treppenabsatz und die Piraten auf der Laufbahn.

An all denen mussten sie vorbei.

»Mr. Brady. Wie lautet Ihr Plan?«, fragte Berlinghoff.

92

Brady stieg die Mannschaftstreppe hinauf. Er war alleine und musste auf jedem Treppenabsatz verschnaufen. Auf Höhe der Veranda angekommen, rief er dem Bürschchen auf dem obersten Absatz zu: »He, Kumpel. Ich brauch deine Hilfe. Du musst dir mal was anschauen.«

Ablenken. Entwaffnen.

Das hatte vorhin ja schon einmal funktioniert. Und dieses Mal?

Er hörte, wie der Nachwuchsterrorist sich aufrappelte, hörte seine Stiefelsohlen über das Eisengitter scharren, hörte das Echo durch das spärlich beleuchtete Treppenhaus schallen.

Das Bürschchen rief nach unten: »Was ist denn los? Was ist passiert?«

»Der Typ, den ich abgelöst habe, hat gesagt, ich soll dir was ausrichten«, rief Brady zurück. »Er wollte das nicht über Funk machen.«

Nach fünf Treppenabsätzen war Brady richtiggehend außer Atem. Die ewige Hockerei am Schreibtisch hatte ihm eine hübsche, kleine Speckschicht beschert. Vielleicht hätte er das Training nicht ganz so oft schwänzen sollen.

Das war nicht gut. Überhaupt nicht gut.

Auf dem letzten Absatz bekam er seine Atmung wenigstens einigermaßen wieder in den Griff. Er würde alle verbliebene Kraft benötigen, um diesen Kerl zu neutralisieren.

»Er will was geheim halten? Vor Jackhammer?« Das Bürschchen klang neugierig.

Brady hatte das Funkgerät in der Hand. Die Zeitanzeige auf dem Display tickte unaufhörlich weiter, und er wusste, dass Jackhammer in ungefähr dreieinhalb Minuten erwartete, dass seine achtzehn Mann sich bei ihm meldeten.

Brady kannte keinen Code. Kein Passwort. Keine einzige, gottverdammte Parole, die diese Typen benutzten, um ihrem Boss mitzuteilen, dass sie auf ihren Posten waren und es keine Probleme gab.

Drei Stufen unter dem Bürschchen blieb er stehen und sagte: »Kannst du das da mal lesen? Kannst du wenigstens mal einen verdammten Blick drauf werfen?«

Der Junge zog seine Maske zurecht und kam Brady zwei Stufen entgegen. Dann bückte er sich und starrte das Funkgerät an.

»Ich weiß überhaupt nicht, was das s…«

Brady nahm noch eine Stufe, verlagerte sein ganzes Gewicht auf das linke Bein, legte dem Bürschchen die Hand in den Nacken und drückte ihn dann mit aller Kraft nach unten. Der Kerl brüllte »Hey« und fuchtelte mit den Armen, versuchte alles, um das Gleichgewicht wiederzuerlangen, aber vergeblich.

Seine Beine gaben nach, und während er auf dem Hintern die Treppe hinunterrutschte, trat Brady hinter ihn und nahm ihn mit dem rechten Arm in den Schwitzkasten.

Der Kerl schrie auf, und Brady drückte so fest zu, dass sein Unterarm die Halsschlagader seines Gegners abdrückte.

Der Junge streckte die Arme nach hinten, wollte Brady zu fassen kriegen, aber dieser hielt den Druck aufrecht – nicht so stark, dass der andere ohnmächtig wurde, aber kräftig genug, um ihn ein bisschen benommen zu machen.

Dann lockerte er den Griff ein wenig.

Der Junge fragte: »Was soll das denn, verdammte Scheiße? Was ist denn bloß in dich gefahren, Mann?«

Brady stellte sich gerade dieselbe Frage. Während der letzten halben Stunde hatte er eindeutig eine Grenze überschritten. War er wirklich zu einem anderen Menschen geworden? Oder würde jeder, der so brutal unter Druck gesetzt wurde, solch abscheuliche Dinge tun?

»Willst du weiterleben?«, fragte Brady. »Dann bleib ganz ruhig liegen. Wie heißt du?«

»Brian.«

»Wie lautet Jackhammers richtiger Name, Brian?«

Jetzt wusste der Junge Bescheid. Er würde sterben.

Er sagte: »Tu es nicht, Mann. Tu mir nichts.«

Brady erhöhte den Druck. Der Junge klammerte sich an seine Arme und versuchte vergeblich, sie wegzuziehen. Er war entweder ein Mörder oder mitschuldig an den vielen Grausamkeiten, die hier auf dem Schiff geschehen waren. Aber für ihn würde es kein vorschriftsmäßiges Verhör geben. Ihm würde niemand seine Rechte vorlesen.

Brady ließ wieder ein wenig mehr Blut in sein Gehirn, ein wenig mehr Luft in seine Lunge strömen.

Dann wiederholte er seine Frage: »Wie lautet Jackhammers richtiger Name?«

»Ich weiß nicht. Ich kenne überhaupt keinen. Niemand kennt hier irgendeinen.«

»Und warum bist du dabei? Warum hast du den Job angenommen? Macht es dir Spaß, Leute umzubringen? Das Leben anderer Menschen zu ruinieren? Warum?«

Der Junge war verzweifelt und verängstigt.

»Was soll das denn? Ich kapier gar nichts. Lass mich los, Mann. Ich bin bestimmt nicht der, den du suchst.«

Brady sah keine Chance mehr. Gar keine. Er sagte: »Tut mir leid, Brian. Mir bleibt keine andere Wahl.«

Dann drückte er zu. Der Hals des Jungen lag in seiner rechten Ellenbeuge, und er nahm die linke Hand zu Hilfe, packte damit sein rechtes Handgelenk, um den Druck zu verdoppeln. Wenige Sekunden später war sein Gegner bewusstlos, aber Brady machte weiter, so lange, bis ein paar Minuten vergangen waren und der Junge aufgehört hatte zu zucken.

Darüber konnte er später nachdenken. Aber nicht jetzt. Dafür war jetzt keine Zeit.

93

Brady schleifte Brians Leichnam an den Rand des Treppenabsatzes und führte sich anschließend den Grundriss des Sonnendecks vor Augen, wo der nächste Mist auf ihn wartete. Seine Chancen, dass er die kommenden zehn Minuten überlebte, standen schlechter als fünfzig zu fünfzig.

Das Sonnendeck kannte er, weil er gelegentlich dort gewesen war.

Bevor es in einen Schießstand umgewandelt worden war.

Der vordere und hintere Teil war mit Teakholzplanken ausgelegt, auf denen Liegestühle standen. In der Mitte des Decks befand sich eine zweieinhalb Meter breite, ovale Laufbahn mit knapp hundert Metern Länge und fünfzig Metern Breite. Die Mitte war offen, sodass die Sonne auf das darunter liegende Pool-Deck scheinen konnte.

Die Laufbahn war nicht nur ein perfekt geeigneter Steg und Ausguck, die Brüstung, die am inneren Rand der Bahn montiert war, ließ sich auch hervorragend als Auflage für die Gewehre der Wachen nutzen. So konnten sie die Gefangenen von oben immer im Blick behalten, ähnlich wie Gefängniswärter den Innenhof einer Strafanstalt.

Jetzt ertönten Schritte auf der Eisentreppe. Die Schiffsoffiziere kamen nach oben. Als sie bei Brady angelangt waren, sagte dieser: »Ich gehe zuerst raus. Danach wissen Sie alle genau, was zu tun ist, ohne Rücksicht auf Verluste.«

»Viel Glück, Mr. Brady«, sagte der Kapitän.

»Ihnen auch, Sir. Ihnen allen.«

Brady hatte sich das Sturmgewehr am Riemen über die rechte Schulter gehängt, und im Hüfthalfter steckte eine geladene Pistole. Er sprach noch ein schnelles Gebet, dann zog er sich die Strickmaske übers Gesicht. Er drehte das Rad, um die Luke zu öffnen, stieß die Tür zum Sonnendeck auf und zog sie hinter sich wieder zu.

Mit zusammengekniffenen Augen versuchte er, hinter seiner Maske möglichst alles auf einmal in den Blick zu nehmen.

Die aufgehende Sonne zeichnete pinkfarbene Streifen an den Horizont, beschien die Konturen der Berge in der Ferne von hinten und brachte die Brüstungen im Bug zum Glänzen.

Drei Männer standen auf der Laufbahn, zwei auf dem abgelegenen, schmalen Teil des Ovals, der dritte alleine auf einer der Längsseiten, gut fünfzehn Meter von Brady entfernt.

Brady rief ihm zu: »He, Kollege. Hast du mal 'ne Sekunde?«

Ohne die Antwort abzuwarten, machte er sich über den federnden Verbundboden auf den Weg zu dem Mann.

»Ich hoffe, du hast einen Rindfleisch-Taco dabei«, sagte der Mann. »Den mit Hühnchen hatte ich schon. Aber der mit Rindfleisch ist besser, falls noch was da ist.«

Brady hatte sich überlegt, ob er das Messer nehmen sollte, aber dazu war er weder gut noch schnell genug. Darum zog er die Pistole.

»Mir hat niemand was von 'nem Taco gesagt«, erwiderte Brady. Er kam dem Kerl immer näher und fuhr fort: »Es gibt eine kleine Änderung bei der Ablösung.«

Jetzt war er höchstens noch ein, zwei Meter entfernt.

Der Bewaffnete sagte: »Oh Mann. Sag nicht, dass ich noch eine Schicht übernehmen muss. Ich kann mich ja jetzt schon kaum mehr auf den Beinen halten.«

Jetzt spürte er, dass irgendetwas an Bradys Haltung oder Auftreten nicht stimmte. Vielleicht hatte er auch die Pistole gesehen.

Er wich einen Schritt zurück und nahm das Gewehr von der Schulter. »Ich will deine Hände sehen, Mann.«

Brady drückte zweimal ab und traf den Kerl in den Hals und in die Brust.

Die Männer auf der anderen Seite der Laufbahn stießen laute Schreie aus.

Brady ließ die Pistole fallen, griff nach seiner Maschinen-pistole und feuerte quer über die Laufbahn hinweg. Die Ka-laschnikow ließ ihr charakteristisches *Klack-br-br-br-br-br* hören, und die Piraten, die bereits auf ihn zugerannt kamen, zuckten wie die Figuren in einem Videospiel.

Mit leblos baumelnden Gliedmaßen gingen sie zu Boden.

Aus dem Funkgerät in der Brusttasche des Mannes zu Bra-dys Füßen meldete sich eine blecherne Stimme: »Pool-Deck vier an Laufbahn eins.«

Brady schnappte sich das Funkgerät und sagte in das Mikrofon: »Hier Laufbahn eins. Alles gesichert.« Dann lief er zur Luke und klopfte dagegen.

Die Klappe schwang auf, und Brett Lazaroff, George Ber-linghoff und drei seiner Offiziere sowie der Hotel-Manager kamen auf die Laufbahn gestürmt.

Berlinghoff steuerte sofort die Kiste mit dem kleinen Waf-fenvorrat an, trat die Verriegelung entzwei, und seine Offi-ziere leerten die Kiste, steckten alles ein, was sie konnten, während andere den toten Terroristen die Waffen abnahmen und sich anschließend wieder, wie geplant, ins Mannschafts-Treppenhaus zurückzogen.

Brady stand neben Brett Lazaroff auf der Laufbahn, als sie von unten unter Beschuss genommen wurde. Sie stützten ihre Kalaschnikows auf die Brüstung, nahmen das Mündungsfeuer ins Visier und erwiderten das Feuer. Die Schüsse verstummten.

Brady sagte: »Wie sieht's aus, Lazaroff? Startklar?«

94

Als auf der Laufbahn die ersten Schüsse fielen, kauerte Yuki sich dicht an den umgestürzten Bartresen vor dem Wellnessbereich. Auch zuvor waren immer wieder Schüsse gefallen, sporadische MP-Salven, um die Gefangenen einzuschüchtern, die durch die gnadenlose, lähmende Angst ohnehin schon zu Zombies geworden waren.

Doch das, was jetzt passierte, war noch schlimmer, anhaltender. Zielgerichtet. Nach einem Schusswechsel fasste einer der Piraten am Pool sich an den Hals und fiel zu Boden, landete halb im Wasser.

Was war denn jetzt los?

War endlich Rettung in Sicht? Wo war Brady?

Aus den Lautsprechern dröhnte Musik über das Deck. »*Gloria. You're always on the run now…*«

Ein Kugelhagel prasselte auf das Deck. Die Passagiere liefen laut kreischend durcheinander, suchten Deckung unter den Liegestühlen. Piraten erwiderten das Feuer.

»*… Singing Glori-aaaaah. Gloria.*«

Drei andere Passagiere kamen auf der Suche nach Schutz ebenfalls in die Bar gelaufen.

»Wir stürmen jetzt die Sauna«, sagte einer der Passagiere und drückte ihr kurz die Hand. »Viel Glück.«

Dann war er wieder weg.

Rufe ertönten, dann zerbarst eine Glasscheibe. Alles geschah rasend schnell.

Automatikfeuer vom Bug her trieb die Menschen flucht-artig in Richtung Heck, wo Yuki neben der Absperrung kauerte. Dann bemerkte sie eine Bewegung auf der Treppe über dem Wellnessbereich.

Ein Pirat kam vom Sonnendeck nach unten gelaufen. Vor den zersplitterten Türen zum Saunabereich blieb er stehen und zog sich die Maske vom Kopf. Weißblondes Haar fiel ihm auf die Schultern.

Brady. Oh Gott, es war Brady.

Er war verletzt. Blut lief ihm über die Wange, und sein Hemd war klatschnass und knallrot. Er nahm sie nicht wahr.

Jetzt rief er: »Ich bin einer von euch! Ich bin ein Passagier. Die Besatzung ist jetzt bewaffnet. Legt euch flach auf den Boden. Lasst die Köpfe unten.«

Die Doppeltüren des Wellnessbereichs und des Luna Grills schwangen gleichzeitig auf.

Weiß gekleidete Männer stürmten hervor und suchten sich einigermaßen geschützte Positionen. Es waren ganz normale Männer, mit Bierbäuchen und grauen Haaren. Manche hatten Gewehre in der Hand, andere Pistolen. Yuki erkannte sie. Das waren die Schiffsoffiziere.

Sie blickte sich um und zählte insgesamt sechs Mann in Kampfmontur, die allesamt Deckung suchten. Schüsse ertönten, dazu Schreie und laute Flüche. Glas splitterte. Flaschen flogen durch die Luft. Yuki duckte sich hinter den Tresen und hielt sich die Ohren zu. Da packte Becky sie am Arm.

»Yuki. Komm mit. *Los!*«

»Da ist Brady. Mein Mann!«, erwiderte sie.

Doch Becky war bereits unterwegs Richtung Luna Grill. Sie hatte einen Arm schützend um ihren zehnjährigen Jungen gelegt, während ihr Mann sie von hinten abschirmte. Ein lauter Knall ertönte. Der Schuss war von einem Piraten, der

331

neben der überdachten Bühne vor dem Luna Grill kniete, abgegeben worden. Beckys Mann sackte zu Boden.

Beckys Schreie gingen in all dem Durcheinander an Deck unter. Obwohl die morgendliche Dämmerung noch nicht viel Licht spendete, sah Yuki, dass die Passagiere angefangen hatten, sich mit Messern und Glasscherben zur Wehr zu setzen – mit allem, womit man werfen, schleudern oder zustechen konnte.

Sie sah sich um, suchte etwas, womit auch sie sich bewaffnen konnte. In den Tiefen der Bar entdeckte sie eine Sektflasche und packte sie am Hals. Und auch das Schälmesser, das in einer der Schubladen lag, wanderte in ihre Tasche.

Sie blickte sich nach Brady um. Gerade war er doch noch da gewesen! Da wurde sie urplötzlich an den Haaren gepackt und aus ihrem Versteck gezerrt. Sie trat um sich, ließ die Flasche fallen, stieß mit den Fäusten ins Leere, und dann wurde sie auf die Füße gezogen.

Bradys Stimme ertönte: »Lass sie los!«, brüllte er.

Der Mann, der sie festhielt, erwiderte: »Ist das deine Frau?«

Yuki kannte diese Stimme. Sie gehörte Jackhammer.

Die Erkenntnis stieg in ihr auf, beginnend bei den Füßen bis in ihre Kehle, als ob ihr Körper mit eiskaltem Wasser gefüllt wurde. Sie würde nicht mehr lange leben. Das hier war ihr letzter Augenblick auf Erden. Ihr Blick fiel auf den pinkfarbenen Sonnenstreifen, der sich gerade über die Reling schob. Sie dachte an ihre tote Mutter, Keiko, die die Arme nach ihr ausstreckte.

Dann sah sie zum letzten Mal Brady an.

Sie war voll und ganz auf die Augen ihres Ehemannes konzentriert, als Jackhammer ihr ins Ohr sagte: »Da haben wir ja meine kleine Freiwillige. Genau zum richtigen Zeitpunkt.«

95 Kapitän George Berlinghoff rannte zur Tür des Luna Grills im Bug hinaus an Deck, gefolgt von vier seiner Offiziere, lauter Männer, die über keinerlei Kampferfahrung verfügten, Männer, die Frauen und Kinder und Sehnsüchte hatten.

Vielleicht waren sie mit den Gedanken bei ihren Liebsten, während sie auf das Chaos und das Blutvergießen sahen, die verletzten, sich am Boden windenden Passagiere, das Blut, die halb und die eindeutig ganz Toten, die unschuldigen Menschen in Schlafanzügen, die sich mit Fäusten und Flaschen und allem, was sie in die Finger bekamen, gegen die Angreifer zur Wehr setzten.

Als Kapitän eines Kreuzfahrtschiffs hielt er sich an Bradys Plan und an die zahlreichen alten Kriegsfilme, die er schon gesehen hatte. Er betrat das Schlachtfeld mit einem Sturmgewehr, das einem der toten Angreifer gehört hatte.

Er tat, was Brady ihm aufgetragen hatte.

Er schätzte die Situation ein und suchte nach Lösungsmöglichkeiten. Und dann sah er Brady wie angewurzelt am Fuß der Treppe stehen.

Musikfetzen aus den Lautsprechern der Bar wehten über das Deck.

»... *Was it somethin' that he said?*«

Während Berlinghoff noch versuchte, die Szenerie zu erfassen, sah er, dass Brady auf den umgekippten Tresen zuging. Beziehungsweise auf einen der Terroristen, der sich hinter einer Frau verschanzt hatte und sie als Schutzschild benutzte.

Er hörte, wie der Kerl Brady zurief: »Ist das deine Frau?«

Berlinghoff schlang die Kalaschnikow über die Schulter und zog den alten Revolver mit der einen Patrone aus dem Hosenbund.

Jackhammer war mit Brady beschäftigt. Er konnte Berlinghoff, der sich von hinten näherte, weder sehen noch hören. Der Kapitän hatte den Hinterkopf des Mannes genau im Visier. Er konnte gar nicht danebenschießen. Er legte den Finger an den Abzug – als mit einem Mal Schüsse ertönten und sein Revolver im hohen Bogen davonflog. Blut spritzte ihm aus dem Handgelenk, und er rief: »Verdammt!«

Er presste sich die Finger fest auf das verletzte Handgelenk, doch das Blut quoll dazwischen hervor. Er spürte, wie noch mehr Kugeln in seinen Körper einschlugen.

Heilige Muttergottes. Er war getroffen.

96

Schüsse ratterten über das Pool-Deck. Popmusik dröhnte aus den Lautsprechern. Doch Brady bekam von alledem nichts mit. Seine Sinne waren einzig und allein auf Yuki gerichtet, die ihn aus Jackhammers Würgegriff anstarrte, als wäre sie bereits tot.

Jackhammer hatte Yuki dicht an sich gezogen und sich über ihre Schulter vor ihr Ohr gebeugt. Für Brady sah es so aus, als würde er mit ihr reden.

Als würde er ihr sagen, dass sie gleich sterben würde.

Brady erkannte, dass es nur einen Ausweg gab. Er musste selbst auf Yuki schießen. Er würde auf ihre Schulter oder ihre Hüfte zielen und darauf hoffen, dass sie zu Boden sackte und Jackhammer sie nicht festhalten konnte.

Aber konnte er das?

Bitte, Gott, hilf mir.

Während er auf Yukis Schulter zielte, sah er, wie Berlinghoff in Jackhammers Rücken unbemerkt näher kam. Er hatte seinen Revolver auf den Nacken des Piraten gerichtet.

Brady sah die kommenden Ereignisse plastisch vor sich. Berlinghoff würde Jackhammer erschießen. Er konnte ihn gar nicht verfehlen. Und dann würde Brady Yuki auffangen, und zwar, noch bevor Jackhammer zu Boden gegangen war.

Doch dann kam alles ganz anders.

In dem Sekundenbruchteil, bevor Berlinghoff abdrücken wollte, ertönten rechts von ihm Schüsse, und der Revolver flog ihm aus der Hand.

Der Kapitän brüllte: »Verdammt!«, und Brady sah, wie er sich das Handgelenk hielt. Noch mehr Schüsse trafen ihn, und dann stürzte er zu Boden, während das Blut seine weiße Uniform durchtränkte.

Jackhammer war durch Berlinghoffs Schrei für einen kurzen Moment abgelenkt. Er drehte den Kopf, um Berlinghoff fallen zu sehen. In diesem Augenblick rief Brady Yuki zu: »JETZT!«

Yuki schien aus ihrer Erstarrung zu erwachen. Sie stemmte sich gegen Jackhammers Griff und trat ihn gegen das Knie. Dann zog sie etwas aus ihrer Bademanteltasche und rammte es Jackhammer in den Bauch.

Der Terrorist stöhnte auf und lockerte seinen Griff so weit, dass Yuki sich losreißen konnte.

Während sie zu Brady rannte, hob Jackhammer die Waffe und zielte. Brady sah ihm an, dass er noch genügend Kraft hatte. In diesem Moment wusste er, dass er sie alle beide niedermähen würde.

Obwohl ... was war das? Jackhammer ließ das leere Magazin aus seinem Munitionsschacht fallen.

Brady stieß Yuki beiseite, ging in die Knie und jagte die letzten Kugeln aus seiner Kalaschnikow in Jackhammers Beine.

Der Terrorist ließ die Waffe fallen und fiel laut brüllend zu Boden.

97

Brady rappelte sich auf, kickte Jackhammers Waffe zur Seite und beugte sich dann dicht vor das Gesicht des Mannes.

»Ich würde dich am liebsten umbringen, das kannst du mir glauben, du Arschgesicht. Aber du wirst für das alles hier büßen müssen.«

Brady rief um Hilfe und bekam von den Passagieren Gürtel, Schärpen und Stoffstreifen gereicht. Dann rollte er Jackhammer auf den Bauch, fesselte ihm die Hände und die blutüberströmten Beine und vergaß nicht, oberhalb der Wunden Aderpressen zu befestigen.

Yuki beugte sich über ihn.

»Es wird nicht mehr geschossen«, sagte sie.

Dann schob sie Bradys Hemd nach oben, um sich die Wunde anzusehen, aus der das ganze Blut stammte.

»Ich habe Glück gehabt«, sagte er. »Das war knapp.«

Sie legte die Fingerspitzen an sein rechtes Ohr, oberhalb des abgeschossenen Ohrläppchens.

»Oh, Brady«, sagte Yuki.

Er nahm seine Frau in die Arme. Flaschen wurden geköpft. Die Passagiere fingen an zu trinken und brachten endlich auch die verdammte Stereoanlage zum Verstummen.

»Es ist noch nicht vorbei«, sagte Brady. »Einschließlich Jackhammer haben wir erst dreizehn Mann erledigt. Die anderen sechs… könnte sein, dass sie sich neu sammeln.«

Da hörte er Brett Lazaroff von der Reling her rufen.

»Brady, Yuki. Kommt mal her und seht euch das an.«

Obwohl die gebrochenen Rippen ihm höllische Schmerzen bereiteten, trat Brady, von Yuki gestützt, zu Lazaroff auf der Backbordseite des Pool-Decks.

Ihre Blicke folgten Lazaroffs ausgestrecktem Zeigefinger, und sie sahen, wie vom Ostufer der Passage her kleine Punkte immer näher kamen.

»Wale?«, sagte Yuki. »Noch eine Orca-Familie?«

»Boote«, sagte Brady.

Ein rundes Dutzend Schlauchboote kamen auf die *FinStar* zu. Wenige Minuten später hatten sie das Schiff erreicht. Enterhaken wurden abgeschossen. Männer in schusssicherer Kleidung kletterten an Bord.

Lazaroff sagte mit brechender Stimme: »Das, meine Freunde, sind Navy-SEALs. Das ist die Marine der Vereinigten Staaten.«

98

Es war Abend, mitten im dichtesten Berufsverkehr. Joe und ich waren in seinem Wagen auf dem Weg zum San Francisco International Airport. Der Himmel nahm ganz allmählich eine tiefblaue Färbung an. Zwei schwarze SUVs mit Regierungs-Kennzeichen und eingeschalteter Warnblinkanlage hatten uns in die Mitte genommen, um die Fahrt zu beschleunigen.

Nach dem Ende einer zweitägigen Mediensperre hatten sich die Neuigkeiten mit einem Mal überschlagen: Die überlebenden Passagiere der *FinStar* kehrten nach Hause zurück.

Yuki und Brady sollten zusammen mit einem Dutzend weiterer Kreuzfahrtpassagiere aus dem Raum San Francisco an Bord einer Air-Canada-Maschine eintreffen. Die Uhrzeit war noch nicht bekannt, aber ich wollte ihre Ankunft unter keinen Umständen verpassen.

Natürlich war es dem Verkehr vollkommen gleichgültig, was ich wollte, und ich fluchte bei jedem Halt und jedem Stau. Als überaus aktive Beifahrerin trat ich jedes Mal, wenn Joe den Fuß vom Gaspedal nehmen musste, mit voller Wucht auf mein imaginäres.

Ich starrte auf die Fahrbahn und dachte daran, wie ich Yuki das letzte Mal gesehen hatte – als blasse, erblühte Nachtblume im Hochzeitskleid, die von Brady über das Parkett gewirbelt worden war.

Doch dann wurde die Hochzeitsparty von einer anderen Erinnerung verdrängt, nämlich von dem zehnsekündigen

Herbstfarben-Video auf meinem iPhone, begleitet von Yukis angsterfüllter Stimme: »Lindsay. Unser Schiff ist überfallen worden«, bevor man ihr das Handy abgenommen hatte und das Licht erloschen war.

Als wir die Ausfahrt nahmen, sagte Joe: »Schatz. Schließ deine Pistole weg.«

Ich verstaute die Glock im Handschuhfach, während wir uns dem Terminal näherten und schließlich vor den wundervollen, geschwungenen Eingangstüren der Ankunftshalle des Internationalen Flughafens von San Francisco standen.

Die Agenten der Heimatschutzbehörde sprangen aus ihren SUVs, machten uns die Türen auf und übergaben uns zwei Sicherheitsbeamten von Air Canada. Sie geleiteten uns durch den riesigen Terminal mit den hohen Decken und weitläufigen Flächen, vorbei an einer Pressemeute, die einen kurzen Blick auf die Angehörigen der Passagiere der *FinStar* erhaschen wollte, um ein Filmchen oder vielleicht auch ein wörtliches Zitat aufzuschnappen.

Die Eskorte begleitete uns durch Stahltüren und einen Flur entlang bis in einen kleinen Fahrstuhl, der uns in einem nicht öffentlichen, in gelbbraunen Farbtönen gehaltenen Raum wieder ausspuckte. Es gab etwas zu essen und Kaffee, Polstermöbel und schwere Teppiche. Ich wusste, dass dieser Raum normalerweise den trauernden Angehörigen verunglückter Flugpassagiere zur Verfügung stand.

Während der Wartezeit trafen immer mehr Babys und Omas, Mütter und Väter ein. Alle hatten sie gerötete, verweinte Augen und hielten sich an Kuscheltieren, Decken, handgemalten Schildern und aneinander fest.

Auf allen drei Fernsehern lief CNN.

Wolf Blitzer teilte den Zuschauern mit, dass ein Teil der Terroristen in Haft genommen worden war, während die anderen in den Räumen der Gerichtsmedizin von Anchorage Platz gefunden hatten.

Als Nächstes wurde eine Satellitenaufnahme eingeblendet, auf der kleine, explodierende und verblassende Sterne zu sehen waren – die Schießerei an Bord der *FinStar*. Anschließend begrüßte er einen Studiogast, einen ehemaligen General. Der sagte: »Die SEALs konnten erst an Bord gehen, als genau feststand, wo die einzelnen Schützen sich befanden. Wären sie zu früh gekommen, hätte es sehr viel mehr Todesopfer gegeben. Aber nachdem die ersten Schüsse gefallen waren, gab es nur noch eins: mit Vollgas los und auf sie mit Gebrüll.«

Ein Mann mit verkniffenem Gesicht, der bei seiner weinenden Großfamilie saß, stand auf und schaltete die Fernseher der Reihe nach aus.

»Ich kann das nicht mehr ertragen«, sagte er.

Niemand protestierte.

Ich sah mich um, sah den Freunden und Angehörigen der Überlebenden ins Gesicht und erkannte ihren Schmerz.

Ich weiß, dass ich ganz genauso aussah.

Wie würde Yuki das alles verkraften? War Brady doch schwerer verletzt, als wir dachten? Ob die beiden mit zu uns nach Hause kommen wollten? Oder lieber alleine sein? Was brauchten meine Freunde jetzt am dringendsten? Was konnten wir für sie tun?

Die Antwort auf all diese Fragen würde ich erst erfahren, wenn sie endlich durch diese verdammte Schiebetür kamen.

99 Ich hatte das Gefühl, als würden unzählige Kügelchen in meinen Eingeweiden umherrollen. Ich konnte nicht still sitzen. Ich aß Dinge, die ich nicht essen wollte, und konnte keine Sekunde ruhig dastehen, schickte ununterbrochen Textnachrichten an Freunde und Bekannte und durchforstete das Internet nach irgendwelchen Informationsschnipseln, die sich vielleicht über andere Kanäle als die üblichen den Weg nach draußen gebahnt hatten.

Gerade war ich auf meiner nächsten Runde durch den Raum, da sah ich draußen den kleinen Air-Canada-Jet auf das Gate zurollen.

»Da sind sie!«, rief ich überflüssigerweise und drückte die Hände gegen die Scheiben, während das Flugzeug eingewiesen wurde. Joe kam zu mir, und auch alle anderen im Raum Anwesenden sicherten sich ein paar Quadratzentimeter Fensterfläche.

Die Leute hüpften auf und ab, riefen wild durcheinander und dankten Gott.

Doch dann passierte erst einmal gar nichts. Die Zeit kroch träge dahin, mühsam fügte sich Sekunde an Sekunde. Quengelnde Babys wurden beruhigt. Ein älterer Mann mit einem gelben Anorak sagte immer wieder: »Verdammt noch mal. Verdammt noch mal.«

Die Passagiere mussten doch schon längst im Terminal sein, oder etwa nicht?

Warum diese Verzögerung?

Wo waren unsere Freunde?

Joe legte mir einen Arm um die Schultern, und dann endlich öffnete sich eine Tür. Zwischen mir und ihr standen eine Unmenge von Leuten, aber ich fand trotzdem eine kleine Lücke und starrte hindurch.

Als Erstes tauchte ein Air-Canada-Pilot auf. Ein Jubelsturm brach los. Er schob eine junge Frau im Rollstuhl vor sich her. Jemand schrie: »Jenny!«, dann rasten mehrere Menschen auf den Rollstuhl zu.

Noch mehr Crew-Mitglieder schoben noch mehr Rollstühle durch die schmale Türöffnung, und jeder Neuankömmling wurde mit lauten Rufen und vielen Tränen willkommen geheißen.

Ich hatte schon nasse Augen, bevor ich Yuki und Brady überhaupt sah – und dann schritten sie langsam und vorsichtig über die Schwelle. Ich sah ihnen zumindest teilweise an, was sie durchgemacht hatten.

Brady hatte mehr als nur eine Verletzung erlitten.

Sein linker Arm lag in einer Schlinge, und das linke Ohr wurde von einem dicken Verband bedeckt. Seine Bewegungen wirkten steif, und es schien, als wären ihm die Rippen bandagiert.

Yuki sah aus wie ein Kind, das lange auf der Straße gelebt hat. Jeans und Sweatshirt wirkten viel zu weit. Das Gesicht war blass und eingefallen. Ich rief ihren Namen.

Sie drehte sich zu mir um, und als sie mich sah, war es, als würde hinter ihren Augen ein Licht angeknipst werden.

Sie machte sich von Brady los, und ich rannte zu ihr. Als sie in meinen Armen lag, drückte ich die knochige kleine Gestalt fast zu Tode.

»Wie geht es dir? Ist alles in Ordnung? Hast du Hunger?«

Sie sagte über meine Schulter hinweg: »Ich lasse Brady nie wieder einen Urlaub planen. Solange wir leben.«

Brady stand direkt neben ihr und hörte jedes Wort. Er grinste und hielt sich die schmerzenden Rippen. Dann sagte er: »Bitte, gib mir eine zweite Chance.«

Joe schüttelte Brady gerade die Hand, als eine Frau in einem leuchtend roten Pullover Brady eine Hand auf den rechten Oberarm legte und sagte: »Ich werde Sie für den Rest meines Lebens in meine Gebete mit einschließen, Mr. Brady. Und Sie bekommen bis ans Ende aller Tage jedes Jahr eine Weihnachtskarte. Ich melde mich bald.«

Während die Menschen an uns vorbeiströmten, sagte Yuki: »Er hat uns gerettet, Lindsay. Er hat uns allen das Leben gerettet. Ich weiß nicht, wie vielen Passagieren. Vielen jedenfalls. Hunderten.«

Brady sagte: »Ihr habt ja keine Ahnung, aus welchem Holz meine Frau geschnitzt ist. Sie …« Er hielt inne und schlug die Hände vors Gesicht. Seine Schultern begannen zu zucken, und dann brach dieser große starke Mann, der sich so heldenhaft für die Passagiere auf der *FinStar* geschlagen hatte, in Tränen aus.

Yuki legte ihm einen Arm um die Schultern, ganz behutsam und sanft. »Ist ja schon gut«, sagte sie. »Ist ja schon gut, Liebster.«

»Ich weine nicht«, sagte er. »Das ist …«

Es schmerzte mich, sein herzerweichendes Schluchzen mit anhören zu müssen, aber mir war klar, dass er eine überwältigende Erleichterung empfand. Er lebte. Yuki lebte. Er war wieder zu Hause.

»Lasst uns von hier verschwinden«, sagte Yuki.

»Der Wagen steht vor der Tür«, erwiderte Joe.

100

Jeder Beamte des Morddezernats, alle drei Schichten, dazu das Raub- und das Sittendezernat sowie die Chefetage, alles drängte sich in unserem Bereitschaftsraum und dem Flur.

Die Stimmung war unglaublich gut, und es ging wahnsinnig eng zu.

Cappy und Samuels versuchten, ein Spruchband mit dem Text HERZLICH WILLKOMMEN, BRADY über Bradys Bürotür anzubringen. Ganz im Ernst. Zu sehen, wie diese beiden ausnehmend großen Polizisten auf rollenden Schreibtischstühlen balancierten und einander gegenseitig herumscheuchten – also, das war zum Totlachen.

Ich stellte Kekse auf Brendas Schreibtisch und erzählte Conklin vom vergangenen Abend.

»Yuki hat gesagt: ›Ich will gegrillte Rippchen. Nein, besser: Ich *brauche* gegrillte Rippchen.‹ Und darauf Brady: ›Pasta mit Tomatensoße. Aubergine mit Parmesan. Ossobuco‹.«

Conklin lachte und steckte sich einen Schokoladen-Walnuss-Keks in den Mund.

»Dann hat Yuki gesagt: ›Frühlingsrollen. Reis mit gebratenem Schweinefleisch. Oh Gott. Hummer mit schwarzen Bohnen. Alles mit schwarzen Bohnen.‹ Und Brady hält sich die gebrochenen Rippen und sagt: ›Bitte, Liebling, alles, was du willst. Aber bring mich nicht zum Lachen.‹«

Conklin und ich brachen fast zusammen vor Lachen, aber dann fiel ein Schatten auf meinen Schreibtisch.

Es war Jacobi, mit Sorgenfalten im Gesicht.

»Da ist wieder eine Körperbombe explodiert«, sagte er. »Ein junger Mann, gerade erst aus Afghanistan zurückgekehrt. Wollte eigentlich nächste Woche heiraten.«

Conklin sagte: »Unmöglich, Chief. Das kann nicht sein.«

»Erzähl das dem toten Soldaten mit den explodierten Eingeweiden. Dieses Mal hat das Opfer seinen Burger im Laden verzehrt. Es hat also noch mehr Verletzte gegeben.«

Jacobi zog sein Handy aus der Tasche und zeigte uns, wie das Innere einer Chuck's-Filiale nach der Explosion einer Körperbombe aussah.

»Ach du Scheiße«, sagte mein Partner.

Jacobi nickte. »Conklin, du und ich, wir gehen nach oben und befragen Walt Brenner. Vielleicht will er ja mit dieser verzögerten Bombe irgendwie herumprahlen. Das ist jedenfalls meine Hoffnung.«

»Ich rede mit Timko«, sagte ich.

Das Frauengefängnis liegt in der 7th Street, gleich um die Ecke. Dort wartete Donna Timko auf ihren Prozess, und ich hoffte, dass sie mittlerweile deutlich spürte, wie sich ein Leben ohne Büro, ohne Sekretärin, ohne neuen Cadillac und ohne Haus anfühlte – mit nichts als einem Overall und jeder Menge Zeit, um eine lange Liste all ihrer Verfehlungen anzulegen.

Während ich die Feuertreppe hinunterlief, rief ich ein paar Leute an, und dann stand ich auch schon draußen auf der Bryant Street. Fünf Minuten später rannte ich die Eingangstreppe des riesigen Sheriff's Department hinauf. Ich kam ohne Probleme durch die Sicherheitsschleuse, landete bei der zuständigen Anmeldung und sortierte meine Gedanken, während Donna Timko ausfindig gemacht wurde.

Eine Stunde später kam Officer Bubbleen Waters auf mich zu.

Sie war seit unserer letzten Begegnung erblondet, und außerdem hatte sie mit Hanteltraining begonnen.

»Glück gehabt, Sergeant«, sagte sie. »Miss Timko ist jetzt bereit, Sie zu empfangen. Was für eine grässliche Person.«

»Und ihr Anwalt?«

»Den hat sie wieder weggeschickt, weil sie nichts gemacht und nichts zu sagen hat. Das war ein wörtliches Zitat.«

»Aha.«

»Aber sie hat mir verraten, dass sie Sie mit ihrem bösen Blick durchbohren will.«

»Okay. Dann schalte ich meinen unsichtbaren Schutzschild ein. So.«

»Oh, wow. Wo kriegt man so was?«

»Bei Walmart, wo sonst?«

Officer Waters lachte, und ich betrat mit ihr zusammen einen Fahrstuhl. Während die Kabine in den sechsten Stock schwebte, hielt ich den Blick auf die blinkenden Zahlen gerichtet.

Sie führte mich durch mehrere Türen und an etlichen Sicherheitsposten vorbei in einen grauen fensterlosen Raum mit zwei Plastikstühlen und einem gelben Resopaltisch. Ich setzte mich und wartete auf die ehemalige Leiterin der Produktentwicklungsabteilung bei Chuck's Prime.

Dann hörte ich Bubbleens Stimme im Flur: »Sie haben fünfzehn Minuten Zeit, sich die Augen aus dem Kopf zu starren, Miss Timko. Gehen Sie rein.«

101

Donna Timko kam in das kleine Verhörzimmer geschlurft. Sie trug Orange, war nicht geschminkt und hatte strähnige Haare. Sie sah blass und fröhlich zugleich aus. Wieso denn das? Sie hätte doch eigentlich am Boden zerstört sein müssen.

Mit klirrenden Fußfesseln schob sie sich auf den Plastikstuhl mir gegenüber und wehrte sich nicht, als Officer Waters eine Kette durch das Loch in der Tischplatte führte und ihre Handschellen so mit der Kette um ihre Hüften verband.

»Bin bald wieder da-haaa«, sagte Officer Waters.

Dann fiel die Tür ins Schloss. Timko und ich waren alleine.

»Ich glaube, ich habe ein Déjà-vu, nur ohne Kaffee und ohne Baby Cakes.«

Aha, gut, das große Schweigen hatte ich also nicht zu befürchten. Ich sagte: »Donna. Wie geht es Ihnen?«

»Gar nicht schlecht. Der erste Urlaub seit Jahren. Nett, dass Sie fragen. Warum sind Sie hier?«

»Na ja, vielleicht könnten Sie mir behilflich sein.«

»Ich werde garantiert nichts sagen, was Sie irgendwie gegen mich verwenden können, darum schlage ich vor, dass *ich* das Thema bestimme.«

»Nur zu.«

Ich ließ mich gegen die Lehne meines etwas wackeligen Stuhls sinken, während Donna mir einen Einblick in ihre seltsam verdrehte Gedankenwelt gab. Sie wollte Sportergebnisse und das Neueste von »Dancing with the Stars« erfahren, und sie wollte wissen, wie es Walter ging.

Ich erzählte ihr vom überlegenen Sieg der 49ers gegen die Green Bay Packers, sagte, dass ich diese andere Sendung nicht verfolge und dass Walter sich, soweit ich wusste, im Gefängnis einlebte. »Ich lasse ihm ausrichten, dass Sie sich nach ihm erkundigt haben, versprochen. Aber jetzt bin ich an der Reihe.«

»Ich höre«, sagte sie. »Aber ich hab's Ihnen von Anfang an gesagt, Sergeant.«

Dann zog sie den imaginären Reißverschluss vor ihren Lippen zu.

Donna Timko sah verspielt aus, beinahe niedlich.

Doch Bubbleen Waters hatte nicht übertrieben, als sie sie als »grässliche Person« charakterisiert hatte.

Ich hatte alle möglichen Bilder im Kopf, auf denen die Farbe Rot dominierte. Der rote Jeep auf der Brücke und wenige Tage später der blutverschmierte Innenraum eines Autos auf dem Parkplatz einer Chuck's-Filiale in Los Angeles.

Und dann das letzte Opfer, Corporal Andy Licht, dreiundzwanzig Jahre alt, einen geliehenen Smoking am Kleiderhaken vor der Rückbank seines Wagens, einen Christophorus am Rückspiegel. Der heimgekehrte Soldat, der in zwei Tagen die junge Frau heiraten wollte, die auf ihn gewartet und die für sein Leben gebetet hatte. Jetzt war Licht tot und sein Blut auf den weißen Fliesen des Restaurantfußbodens verteilt.

Wie hatte Jacobi gesagt? »Versuch, sie dazu zu bringen, dass sie mit ihren Taten prahlen. Genau das sollen sie tun.«

Ich blickte Timko an. »Es ist etwas passiert, und ich wüsste gern, was Sie davon halten, Donna.«

»Ach ja? Wie heißt das Zauberwort?«, erwiderte sie und legte dabei den Kopf schief wie ein Raubvogel.

102

Ich glaube, unsere Kollegen wissen genau, wie wir die Rollen bei einem Verhör aufgeteilt haben. Ich bin jedes Mal die böse Zicke, während Conklin den netten Kerl mimt, dem die Frauen nicht widerstehen können. Tja, in diesem Fall hatte ich Conklins Rolle, und ich fragte mich: Was würde Conklin tun?

Ganz ohne Zweifel würde er das Spiel der bösen Hexe in Handschellen und dem orangefarbenen Overall mitspielen, würde sich aufmerksam und mitfühlend geben und es beinahe ernst meinen.

Ich beschloss, Conklins Ansatz nach dem Motto »Mal unter uns Frauen« ein wenig zu variieren: »Bitte, sagen Sie's nicht weiter, aber ich habe gerade mit einer Katastrophe zu tun und weiß beim besten Willen nicht, wie ich da weiterkommen soll.«

»Ach ja?«

»Oh ja. In einer Chuck's-Filiale in Alameda ist eine Körperbombe explodiert. Die gleiche Wirkung wie bei Ihren Bomben, nur dass deutlich weniger Zeit zwischen dem Verzehr und der Explosion vergangen ist. Eine *bessere* Bombe, könnte man also sagen.«

Timko verzog das Gesicht. »Besser? Inwiefern denn besser?«

»Genau das möchte ich von Ihnen wissen. Sie sind doch Chemikerin. Wie hat dieser Nachahmer es geschafft, Ihre Formel zu verbessern? Könnte es vielleicht jemand aus Ihrem

Bekanntenkreis sein, der Ihr Werk weiterführen will? Verraten Sie mir, was Sie davon halten, bitte. Sehen Sie? Da war das Zauberwort.«

Tränen traten in Timkos Augen, sammelten sich auf dem unteren Lid und liefen ihr über die Wangen.

Was soll denn das?

»Dann gibt es noch ein Todesopfer? Wegen Chuck's?«, sagte sie. »Und was soll daran besser sein, Sergeant? Was sind Sie eigentlich für ein Mensch?«

Ich schätze, meine Verwirrung und Bestürzung waren mir deutlich anzusehen.

Das ergab doch keinen Sinn. Bei unserer letzten Begegnung hatte Timko mir noch gedroht, mich durch den Fleischwolf zu drehen.

Doch dann, schlagartig, fing sie an zu strahlen. Über das ganze Gesicht.

Mannomann. Sie war so eine Art Gestaltwandlerin.

Als ich sie das erste Mal gesehen hatte – auf einem Monitor während einer Vorstandssitzung von Chuck's, bei der sie virtuell anwesend gewesen war –, hatte sie auch geweint.

Krokodilstränen.

Timko sagte: »Ich genieße das alles sehr, Sergeant. Wissen Sie eigentlich, wie es ist, wenn man immer wie der letzte Dreck behandelt wird? Als würde man gar nicht existieren? Als wäre man Luft? Nein? Aber so ist *mein* Leben. Tja, nur dass sich da etwas verändert hat. Zurzeit werde ich wahrgenommen. Ich habe das Gefühl, als könnte ich mit bloßen Händen Eisenstangen verbiegen.«

Ich hatte gehofft, dass Timko verächtlich schnaubte. Dass sie sagte, dass auch die letzte Bombe allein ihr und Walters Werk war und dass es weder einen Komplizen noch einen Nachahmer gab. Dass eine ihrer Bomben in einer Tiefkühltruhe gelegen und nur darauf gewartet hatte, auf den Grill gelegt und einem Soldaten vorgesetzt zu werden.

Aber vor allem hatte ich gehofft, dass sie mir sagte, ob noch mehr Bomben in den Küchen des Chuck's-Imperiums lagerten, und dass sie genau wusste, wo, sodass sie diese Information nutzen konnte, um bessere Bedingungen für sich selbst auszuhandeln.

Aber nein.

Ich hatte Timko keineswegs am Haken.

Sie hatte mich am Haken.

Zumindest hatte sie mir das Motiv für die Morde verraten. Ihr ging es um Macht: über die Opfer, über die Polizei, über die Chefs von Chuck's, über das FBI und über mich.

Sie grinste, und der Anblick schmerzte mich wie ein Messer zwischen den Rippen. Je mehr Bomben explodierten, während sie und ihr Bruder in Haft saßen, desto besser war es für sie.

Sie sagte: »Ich habe mit irgendwelchen Bomben nicht das Geringste zu tun, Sergeant. Und Sie haben keine Beweise. Wissen Sie, wie unsere Anwälte das nennen werden? Einen begründeten Zweifel.«

»Problem gelöst, was?«

Sie zwinkerte mir zu und drehte sich dann zur Tür um. »Bubbleen, schieb deinen fetten Arsch hier rein. Sergeant Boxer und ich sind fertig«, rief sie.

Mein Mann ist ein anständiger Kerl, und er hat fast immer recht. Nach den ersten Bomben hat er zu mir gesagt: »Früher oder später wird der Attentäter sich Anerkennung für seine Tat verschaffen wollen.«

Tja. Bis jetzt war es noch nicht so weit.

Sobald ich auf der Straße war, rief ich Jacobi an.

»Jacobi. Sie hat nicht das Geringste zugegeben, aber ich

bin mir sicher, dass bald noch mehr Bomben hochgehen werden«, brüllte ich ohne Begrüßung in den Hörer, nachdem er abgenommen hatte. »Ruf das FBI an. Den Bürgermeister. Chuck's muss auf alle Fälle dichtgemacht werden! Wir müssen jeden einzelnen Chuckburger zurückrufen, damit es nicht noch mehr Tote gibt!«

Es gelang Jacobi, meinen Wortschwall mit einigen wenigen Worten zu unterbrechen.

»Ganz genau«, erwiderte ich. »Wir behalten sie wegen Behinderung der Ermittlungen, Widerstands gegen die Staatsgewalt, vorsätzlicher Gefährdung, wegen jeder Kleinigkeit, die uns einfällt, in Untersuchungshaft. Wir wollen Zeit gewinnen und suchen nach dem einen fehlenden Puzzleteil. Dem einen Teil, das beweist, dass sie und Walter diese verdammten Bomben gebastelt haben.«

Fünfter Teil

Showdown

103

Joe rief mir vom Flur aus zu: »Bin in einer Stunde zurück, Blondie. Versprochen, mehr oder weniger.«

»Viel Erfolg!«, erwiderte ich.

Hastig machte ich die Druckknöpfe an Julies pastellfarbenem Strampler zu und suchte nach der Wollmütze mit dem aufgestickten Gänseblümchen, da klingelte mein Handy. Ich hatte sie schon viel zu oft weggedrückt.

»Cindy, hallo!«

»Erzähl mir alles«, waren ihre ersten Worte.

Ich war froh, ihre Stimme zu hören. Das letzte Mal war schon einige Zeit her.

»Joe holt gerade Martha vom Tierarzt ab, und ich gehe während der Mittagspause mit Julie in den Park.«

Cindy lachte. »Das ist wirklich faszinierend, aber ich meinte: Erzähl mir alles über Brady und Yuki.«

Ich hatte nur Zeit für die Twitter-Version, darum war es auch nicht nötig, das Wort »vertraulich« in den Mund zu nehmen. Also berichtete ich ihr, dass Brady die ganze Mannschaft heute Morgen besucht hatte und wieder anfangen würde zu arbeiten, sobald er dazu in der Lage war.

»Er hat ein Ohrläppchen verloren«, sagte ich. »Dazu vier gebrochene Rippen, aber ansonsten geht es ihm gut.«

»Ooo-haaa. Und Yuki?«

»Yuki hat nur noch zwei Drittel ihres Kampfgewichts. Sie würde also nicht mal eine Runde gegen ein Hühnchen durchhalten. Aber alles in allem macht sie einen recht stabilen Eindruck. Sie wird vorerst nicht zur Arbeit gehen.«

»Kann ich gut verstehen. Wahrscheinlich muss sie jetzt erst mal ausschlafen.«

»Sie hat gesagt, dass sie immer noch das Gefühl hat, als würde der Boden unter ihren Füßen schwanken.«

Julie wurde unruhig und zeigte alle Anzeichen für einen unmittelbar bevorstehenden Tobsuchtsanfall. Ich nahm sie in den Arm, während ich das Telefon zwischen Ohr und Schulter klemmte. Dann klappte ich mit einer Hand den Buggy auseinander und sagte zu Cindy: »Und wie geht es dir? Ganz kurz.«

»Alles gut, bis auf…« Ihre Stimme wurde plötzlich leise. »Morales.«

Ich blickte auf die Uhr. In achtundvierzig Minuten hatte ich eine Besprechung mit Jacobi und war immer noch nicht aus dem Haus.

Cindy sagte: »Ich mache mir immer noch Sorgen, weißt du? Dass sie es auf dich abgesehen hat.«

Ich erwiderte: »Bitte, mach dir keine Sorgen um mich, Cindy, ja!? Ich bin Polizistin. Ich trage eine Waffe. Und jetzt habe ich eine Verabredung mit meinem tyrannischen kleinen Mädchen.«

Wir verabschiedeten uns voneinander, und ich schnallte mein kostbares Töchterchen im Buggy fest.

»Wow, mit dieser Mütze siehst du wirklich fantastisch aus«, sagte ich. »Bleib so.«

Ich fotografierte sie mit meinem Smartphone und schickte Joe das Foto.

»Bist du so weit?«, fragte ich Julie.

Und dann sagte ich ihren Text auch auf: »Ob ich so weit bin? Wird aber auch Zeit, dass du endlich dieses dumme

Telefon weglegst. Ich bin schon lange so weit. Ich will in den Park, Mom.«

»Also gut, Kleines, dann nichts wie los.«

104

Die Sonne tauchte die Welt in ein sanftes Licht, und die Luft war voller Eukalyptusduft. Ehrlich gesagt, ich konnte beinahe den Ozean riechen, als ich Julies Buggy durch unser Viertel schob, dessen Vielfalt sich in den verschiedenen Restaurants und Geschäften deutlich widerspiegelte.

Ich wollte die unerwartete Zweisamkeit mit Julie genießen. Alles, was ich dazu tun musste, war, Donna Timko aus meinen Gedanken zu vertreiben, auf die Zuständigen zu vertrauen, dass sie jeden einzelnen noch existierenden Chuckburger zurückriefen, und ... mich zu entspannen.

»Weißt du was, Schätzchen? Mommy hat mitgeholfen, eine zig Millionen Dollar schwere Hamburgerkette dichtzumachen«, sagte ich. »Hoffe ich zumindest.«

Ich knöpfte mir die Jacke auf, streifte das Haarband ab und schüttelte mein Haar. Julie plapperte zufrieden vor sich hin, als wir in westlicher Richtung die Lake Street entlanggingen und nach links auf die 12th Avenue abbogen, die über sieben Querstraßen hinweg direkt auf den Golden Gate Park zuführte.

Ich sagte: »Zur Hundewiese, Julie, stimmt's? Oder lieber zu den Vögelchen auf dem Stow Lake? Die Augen und die Haare, die hast du von deinem lieben, alten Dad, klar, aber wenn es um Hunde geht, dann kommst du ganz nach ...«

Julie unterbrach mich mit einer typischen Baby-Albernheit und patschte mit den Händchen wie wild durch die Luft –

sooooo süüüüß. Ich musste lachen und gab ihr ein Küsschen mitten auf die Nasenspitze. Dann schob ich sie bis zum Ende des bunt gemischten Wohnblocks an der California Street und blieb vor der roten Ampel stehen.

Wie wäre es wohl, wenn jeder Tag so sein könnte wie der heutige? Die Vorstellung war nicht schlecht. Sonne, das Baby und ich, und wenn ich nicht noch zur Arbeit müsste, dann würden wir bald wieder nach Hause gehen, uns eine Portion Biogemüse mit Putenfleisch teilen und anschließend ein Nickerchen machen.

Die Ampel wurde grün. Wir überquerten die Straße und gelangten zur Clement Street, die den Beginn der Einkaufsgegend des Richmond District markierte. Auf der Straße staute sich der Verkehr. Hupen und Autoradios dröhnten, und – *Heiliger Strohsack!* Ich hatte etwas gesehen, was mir überhaupt nicht gefiel.

Ich packte den Griff des Buggys fester und rannte los.

Ich benützte den belebten Bürgersteig als Puffer, blickte geradeaus und rechts und links gleichzeitig und dachte nur an Julie. Ich musste sie außer Sichtweite bringen.

Dann stolperte ich über eine unebene Stelle des Bürgersteigs, vertrat mir den Knöchel und konnte mich nur mit Mühe auf den Beinen halten. Julie bekam das nicht mit, weil der Buggy immer noch geradeaus fuhr. Ein paar Jugendliche kamen mir entgegen. Sie beanspruchten die ganze Breite des Wegs für sich, rauchten, starrten auf ihre Smartphones und machten Unsinn.

Ich brüllte sie an, dass sie mir, verdammt noch mal, gefälligst aus dem Weg gehen sollten.

Sie brüllten zurück, machten mir aber Platz, und ich rannte weiter wie von der Tarantel gestochen.

Auf der Südseite der Clement Street angekommen, wandte

ich mich nach Osten, Richtung 11th Avenue. Geschäft reihte sich nahtlos an Geschäft.

Auf halber Strecke entdeckte ich eine Mauernische, in der sich der Eingang zu einem chinesischen Restaurant verbarg. Ich schob den Buggy die Steinstufen hinab, stolperte hinterher und versteckte mich im Eingang des Wing Ho's Happy Eating. Es war geschlossen.

Julie hatte mittlerweile angefangen zu weinen, und ich stellte mich zwischen sie und die Straße, teilweise verdeckt vom Mauerwerk, sodass wir so gut wie nicht mehr zu sehen waren.

Ich spähte nach draußen. Als ich das Gefühl hatte, dass keine Gefahr drohte, nahm ich mein Kind auf den Arm, schnappte mir mit dem anderen den Buggy, ging die wenigen Stufen zum Bürgersteig hinauf und huschte in die benachbarte Boutique. Sie hieß Rosalie's Fanfare.

Im hinteren Teil des Ladens entdeckte ich eine Verkäuferin. Sie trug einen schwarzen Umhang, eine enge Hose und kniehohe schwarze Lederstiefel. Außerdem starrte sie mich aus großen, schwarz geränderten Augen vollkommen regungslos an.

Ich setzte Julie in den Buggy und sagte: »Ich bin Polizeibeamtin. Im Einsatz.«

Dann zeigte ich ihr meine Dienstmarke und die Dienstwaffe und streichelte Julie über den Kopf. »Bin gleich wieder da, Schätzchen.«

Die Verkäuferin sagte: »Nein, nein, Sie können das nicht hierlassen.«

»Passen Sie gut auf sie auf!«, entgegnete ich.

Julies Schreie verfolgten mich auf dem Weg zum Ausgang. Ich stieß heftig mit einer Frau zusammen, die aus einer Umkleidekabine kam. Sie prallte gegen einen Stapel mit Kartons, der daraufhin in sich zusammenfiel.

Begleitet von den Schimpftiraden der Kundin und Julies Geschrei, stieß ich die Ladentür auf.

Das durchschnittliche Gewicht eines menschlichen Herzens beträgt ungefähr dreihundert Gramm, und meines war mit jedem einzelnen Milligramm bei meinem Baby, als könnte dieser kleine, pochende Muskel sie beschützen.

105

Bevor ich Rosalie's Fanfare verließ, zog ich die Waffe.

Ich stand in der Türöffnung und spähte hinaus auf die Clement Street, musterte die Fußgänger links und rechts ebenso sorgfältig wie die schattigen und die sonnenbeschienenen Stellen des Bürgersteigs.

Ich war mir sicher, dass ich eine Frau gesehen hatte, die auch als männlicher Teenager durchgegangen wäre, schlank, eins siebenundsechzig groß mit kantigem Gesicht, Jeans und Kapuzenpullover, die Hände in den Taschen vergraben, womöglich bewaffnet.

Das war Morales. Oder nicht?

Ich habe immer gesagt, dass ich Mackie Morales sogar in einem Grizzly-Kostüm erkennen würde. Ich hatte drei Monate lang mit ihr zusammengearbeitet, als sie uns die Sommerpraktikantin vorgespielt hatte. Sie war tödlich wie eine Klapperschlange und durch und durch irre.

Und, ja, sie war auch sexy.

Hatte sie mir nachspioniert und den Moment abgepasst, wo ich alleine mit Julie unterwegs war, zu Fuß und sehr angreifbar?

Sollte ich vielleicht Verstärkung anfordern? Aber sie wäre ohnehin nicht schnell genug da gewesen… Und was hätte ich den Kollegen sagen sollen?

Dass ich eine schlanke, jungenhafte Frau gesehen hatte, die möglicherweise Morales war?

Nein. Ich brauchte Conklin. Er war als Verstärkung meine erste Wahl, und das keineswegs nur, weil er selbst noch eine Rechnung mit Morales offen hatte. Sondern auch, weil er mich nicht für paranoid halten würde.

Ich klopfte auf meine rechte Jackentasche, suchte nach dem Handy. Aber da war es nicht. Es war in keiner meiner Taschen. Wieso denn nicht? Noch einmal klopfte ich alle Taschen der Reihe nach ab.

Verdammt. Hatte ich es etwa im Buggy gelassen?

Und dann fiel mir ein, wie ich Julie fotografiert und das Handy anschließend weggelegt hatte, um sie fertig zu machen.

Julie. Wie lange war es her, seit ich sie in der Boutique zurückgelassen hatte? Eine Minute? Fünf?

Ich ging den halben Block bis zur 10th Avenue entlang und musterte die Leute mit so finsterem Blick, dass viele zurückzuckten und mich ansahen, als wäre ich verrückt. Mittlerweile trugen erstaunlich viele Leute Jeans und Kapuzenpulli. Mein Gott, bei den Jugendlichen schien das fast eine Art Uniform zu sein.

Ich überquerte die Clement Street und ging wieder zurück Richtung 11th.

Nachdem ich fünf Minuten lang nach Morales Ausschau gehalten hatte, zogen die Gummiseile, die mich mit meiner Tochter verbanden, mich wieder zurück zu Rosalie's Fanfare.

Ich stürmte los wie ein Footballspieler in den letzten Sekunden des Spiels, die Endzone zum Greifen nah vor Augen.

Ich nahm den Kopf zwischen die Schultern und sprintete die Straße entlang, schlängelte mich durch das dichte Gedränge, den Blick unentwegt auf die Boutique gerichtet, in der mein kleines Mädchen auf mich wartete. Dann stieß ich die Tür mit beiden Händen auf – und prallte mit Cindy zusammen.

Sie hatte Julie im Arm und starrte durch das Fenster, wartete auf mich.

»Cindy. Wie …?«

»Ich hab dich hier rauskommen sehen. Ich hab noch nach dir gerufen, aber du hast mich nicht gehört.«

Ich umarmte Cindy und das Baby gemeinsam, während mir Tränen in die Augen schossen.

»Ich bin dir gefolgt«, sagte Cindy und hängte sich bei mir ein. »Das mache ich manchmal. Nicht böse sein, okay?«

»Böse? Sie ist hier irgendwo, verdammt noch mal. Hast du sie gesehen? Du hattest recht.«

»Es wäre mir lieber, ich hätte unrecht gehabt.«

»Danke, Cindy.«

Für den Moment waren wir in Sicherheit – aber ich war gewarnt.

106

Rosalie's Fanfare lag zwei Querstraßen von unserer Wohnung entfernt, und Cindy hatte ihren Wagen ganz in der Nähe abgestellt. Auf jedes Taxi und jeden Streifenwagen hätten wir deutlich länger warten müssen als die fünf Minuten, die uns der Rückweg zu Fuß kosten würde.

Cindy und Julie blieben in der Boutique, während ich davor stand und die vorbeigehenden Fußgänger gründlich unter die Lupe nahm. Dann winkte ich meiner Freundin zu, und wir marschierten eilig los, Richtung Lake Street.

Cindy und ich waren paranoid bis zum Anschlag, aber Julie hatte ihren Spaß. Vielleicht lag es daran, dass der kleine Buggy so flink dahinzischte und wir beiden uns über sie beugten, vielleicht war es auch reiner Zufall, dass sie so gute Laune hatte.

Das eine jedenfalls wusste ich: Die kleine Party-Molinari lachte aus vollem Hals.

Unser kleines Dreiergrüppchen brach durch die Menge der Leute, die gerade Mittagspause auf der 12th Avenue machten, aber erst einen Block weiter, nachdem wir die California Street überquert hatten, fing ich wieder an, halbwegs normal zu atmen.

In der Wohngegend zwischen der California und der Lake Street war alles ruhig und friedlich. Die Straße war breit und vertraut und von Bäumen gesäumt. Vor den Garagen standen schicke, neue Geländewagen, Rentner führten ihre Hunde spazieren, und eine Frau in einem pinkfarbenen Jogginganzug fegte die Straße und unterhielt sich dabei mit ihrer Nachbarin, die gerade die Einkäufe aus dem Kofferraum ihres Wagens holte.

Cindy sagte: »Und was jetzt? Lässt du nach ihr fahnden?«

»Zu schade, dass ich sie nicht wirklich eindeutig erkannt habe. Aber das FBI wird sich in jedem Fall dafür interessieren.«

Ich hatte bereits meine eigene, persönliche Großfahndung eingeleitet und achtete auf jede Bewegung in der Nähe. Hunde bellten zu einer geöffneten Tür heraus. Ein Mann glitt unter seinem Auto hervor und ging ans Telefon. Er trug ein Sweatshirt mit abgerissenen Ärmeln. Er war ein Kerl von Mann und keine schmalhüftige Psychokillerin.

Cindy sagte: »Solange Morales nicht im Gefängnis sitzt, kann ich an nichts anderes denken. Ich kann nichts mehr essen und nicht einmal mehr schlafen. Glaubst du, dass ich besessen bin?«

Ich lachte.

»Also ja«, meinte Cindy.

Dann sagten wir beide nichts mehr, bis wir sicher an der sonnenbeschienenen Ecke von 12th Avenue und Lake Street angelangt waren. Unser Haus stand direkt zu meiner Rechten, und Cindy hatte ihren Wagen einige Meter links davon geparkt. Ich sah mir den spärlich fließenden Verkehr auf den beiden Fahrspuren, die parkenden Autos und die Bäume zwischen der Straße und den Schaufenstern an.

Cindy und ich umarmten uns über den Buggy hinweg.

Sie sagte: »Ich rufe Yuki an. Ich muss sie unbedingt besuchen.«

Nach einem letzten Kusshändchen teilte ich Julie mit: »Der Spaß ist zu Ende, meine Kleine. Daddy ist wahrscheinlich schon zu Hause, und ich glaube, dass er dich gleich ins Bett bringen will. Mittagsschläfchen.«

Ich ging mit dem Schlüssel in der Hand auf unsere Haustür zu. Im selben Moment lief mir ein eiskalter Schauer über den Rücken, ausgelöst durch eine kurze Bewegung im Augenwinkel. Oder war es eine instinktive Reaktion?

Ich riss den Kopf herum und blickte zu dem Briefkasten an der Ecke.

Dort stand eine Frau mit einem langen weißen Rock, einer weißen Strickjacke und einem Strohhut.

Sie hatte gerade die Lake Street überquert, das hatte ich gesehen. Jetzt stand sie vor dem Briefkasten und klappte gerade den Briefschlitz wieder zu. Ein dumpfes metallisches Klacken ertönte.

Alle meine Sinne waren in Alarmbereitschaft, aber das lag allein an mir.

Mackie Morales trug doch ganz andere Kleidung.

Das kann sie nicht sein.

107

Die Frau mit dem langen Rock und der Strickjacke drehte sich zu mir um. Was dann geschah, lässt sich mit rationaler Vernunft nicht erklären. Ich empfing jedenfalls Schwingungen, die weniger Wiedererkennen signalisierten als vielmehr drohende Gefahr. Am ganzen Körper brach mir der kalte Schweiß aus, besonders an den Handflächen, die sich um den Griff von Julies Buggy krallten.

Und dann war ich mir sicher.

Das war Mackie Morales. Sie war zwar gekleidet wie eine Art Engel, aber in der Hand hielt sie eine Pistole. Da ich ständig mit Schusswaffen in Berührung komme, löst der Anblick einer Pistole bei mir keinerlei Nachdenken aus, sondern aktiviert sofort meinen Überlebensinstinkt: kämpfen oder fliehen.

In diesem Fall aber war weder das eine noch das andere möglich.

Wenn ich weglief, würde sie mir in den Rücken schießen.

Wenn ich meine eigene Waffe zog, brachte ich Julie in Gefahr.

Ich sagte: »Mackie, ich bringe das Baby aus der Schusslinie. Leg die Waffe weg. Dann können wir reden.«

»Glaubst du ernsthaft, dass dein Baby uns auch nur einen Scheißdreck interessiert?«, lautete ihre Antwort.

Ich versetzte Julies Buggy einen kräftigen Stoß, sodass er nach rechts über den Bürgersteig rollte und zwischen zwei parkenden Autos stecken blieb. Der Verkehr zischte an uns vorbei, und ich drehte mich zu Morales um.

Sie hielt die Pistole mit bemerkenswerter Beiläufigkeit in der Hand, fast so, als würde sie träumen. Für mich war vollkommen klar, was das alles zu bedeuten hatte. Morales wollte sterben, aber vorher wollte sie mich töten. Und da ich gerade einmal drei Meter von ihr entfernt war, würde sie auf keinen Fall danebenschießen.

In diesem Augenblick wurde mir klar, dass ich sterben würde.

Doch während dieser letzten Sekunden meines Lebens ballte die Wut sich in mir zusammen, und ich war wild entschlossen, Morales zu überwältigen.

Sie sagte: »Ich hab sie sicher, Liebster. Keine Sorge.«

Sie sprach mit ihrem toten, wahnsinnigen Geliebten.

Ich wollte nach meiner Dienstwaffe greifen, doch bevor ich sie aus dem Halfter ziehen konnte, ertönte ein Schuss. Mackie schrie auf. Der Hut flog ihr vom Kopf, und sie fasste sich an die rechte Schulter. Aber die Pistole hielt sie immer noch in der Hand.

Wer hat da geschossen?

Was war denn das? Wie konnte das denn sein? Cindy kam die 12th Avenue entlanggerannt, direkt auf uns zu.

In der ausgestreckten rechten Hand hielt sie eine Pistole.

Mackie drehte sich um, zielte auf Cindy und drückte ab.

Ich hatte nur eine einzige Chance. Meine erste Kugel bohrte sich in Morales' Rücken. Sie wirbelte herum, und ich schoss noch einmal. Diesmal traf ich sie in die Brust. Sie zuckte zusammen, taumelte rückwärts und landete ungebremst auf dem Hintern. Dann hob sie die Pistole und zielte.

Ich drückte noch einmal ab und traf genau zwischen ihre Augen. Morales sackte leblos auf dem Bürgersteig zusammen, wie eine Marionette, der die Schnüre abgeschnitten wurden. Ihr Rock breitete sich aus. Ihre Pistole landete klappernd auf dem Bürgersteig. Ihr Hut flog in den Rinnstein.

Julie brüllte wie am Spieß. Ein grässlicher Gedanke durchzuckte mich: Vielleicht brüllte sie schon, seit ich ihren Buggy vom Gehweg geschubst hatte?

Dann rief ich: »Ich komme, Cindy.«

Ich sah kurz nach Julie, stellte fest, dass ihr nichts passiert war, und lief dann zu meiner Freundin, der lieben, süßen Cindy. Sie saß auf dem Bürgersteig, mit dem Rücken an ein parkendes Auto gelehnt. Blutflecken breiteten sich auf ihrem blassblauen Pullover aus.

Sie sah mich an. »Sie hat mich getroffen, Lindsay.« Dann seufzte sie. »Verdammt. Die hat mich angeschossen.«

108

Mein lieber Mann hatte die Schüsse gehört, hatte die Notrufnummer gewählt und war dann nach unten gerannt. Nachdem ich ihm gesagt hatte, dass mir nichts passiert war, brachte er unsere Kleine ins Haus und sagte, er wolle gleich wiederkommen.

Ich setzte mich neben Cindy auf den Gehweg. Sie war bleich, und das Blut sickerte immer noch in ihren Pullover. Die Kugel hatte sich ihr wohl in die Schulter gebohrt. Ich presste eine Windel auf die Wunde. Hoffentlich verblutete sie nicht. Hoffentlich brach ihr Kreislauf nicht zusammen.

Das Warten war grässlich.

Sie sah so verdammt verletzlich aus. Am liebsten hätte ich sie in den Arm genommen, sie festgehalten, damit sie mir nicht entgleiten konnte. Und ich musste mich regelrecht zwingen, nicht aufzuspringen und auf die Straße zu laufen, um nach dem Notarztwagen Ausschau zu halten.

Cindy versuchte, mir zu sagen, was sie mit dieser Pistole eigentlich vorgehabt hatte, aber es war mir, ehrlich gesagt, vollkommen egal.

»Du musst mir nichts erklären, Cindy. Die Kugel, die du abbekommen hast... die war für mich bestimmt. Wenn du nicht... also... du hast mir vermutlich das Leben gerettet. Vielen Dank. Vielen, vielen Dank.«

»Ich hab das exklusiv, ja?«

»Was? *Oh*. Natürlich. Ich stehe dir voll und ganz zur Verfügung, Cin. Exklusiv. Du kannst mich interviewen bis ans Ende aller Tage.«

Sie lächelte matt. »Das ist toll.«

Ich drückte ihr die Hand. Zweieinhalb Minuten nach Joes Anruf kamen mit Sirengeheul die ersten Streifenwagen angerast.

Türen knallten. Polizisten kamen auf uns zu.

Ich streckte ihnen meine Dienstmarke entgegen und nannte einem uniformierten Beamten meinen Namen, ohne von Cindys Seite zu weichen.

»Boxer. Ich bin's, Nardone. Bob Nardone. Alles in Ordnung?«

Sergeant Nardone fragte, was passiert war, und ich machte es nicht komplizierter als nötig.

»Das da ist Mackenzie Morales. Sie steht auf der Fahndungsliste des FBI. Ich habe sie in Notwehr erschossen.«

Ich buchstabierte Cindys und Mackies Namen, doch dann kam der Notarztwagen mit jaulenden Sirenen näher und übertönte meine Worte. Sanitäter wuselten um uns herum und stellten Cindy alle möglichen Fragen, während sie sie gleichzeitig auf eine Trage legten.

Ich rappelte mich mühsam auf und ging zu Morales. Sie war nur noch eine leere, unbewohnte Hülle mit blutgetränkten weißen Kleidern. Ohne jeden Lebensfunken. Vielleicht stand sie ja bereits vor den Toren der Hölle. »*Den Zimmerschlüssel bitte. Mr. Randy Fish erwartet mich.*«

Joe sprach mich an.

»Julie ist bei Mrs. Rose«, sagte er. Das ist unsere Nachbarin von gegenüber.

»Gut so, Joe«, sagte ich. »Ich fahre mit Cindy ins Krankenhaus.«

»Hier«, sagte er. »Nimm das mit.«

Er drückte mir mein Handy in die Hand, dann schloss er mich in die Arme. Ich klammerte mich an ihn, und ich glaube, ich habe gezittert.

Die Sanitäter waren bereits dabei, die Türen des Krankenwagens zu schließen, darum machte ich mich von meinem Ehemann los. »Ich ruf dich an.«

Aber ich kam nie beim Krankenwagen an, weil mir in diesem Moment Jacobi den Weg versperrte.

»Jacobi. Siehst du, was hier los war? Das ist Morales. Sie hat auf Cindy geschossen. Ich muss mit ihr mitfahren«, sagte ich.

»Das geht nicht, Boxer. Du hast jemanden erschossen. Das weißt du auch.«

Ich hatte keine Kraft mehr, um zu kämpfen, und es hätte auch nichts genützt. Ich sagte: »Gib mir einen Moment.« Dann kletterte ich zu Cindy in den Krankenwagen und sagte: »Bis später. Du bist meine Lebensretterin. Ich hab dich sehr lieb. Und weißt du was? Du wirst bald wieder gesund.«

Ich trat zurück auf die Straße, gab Jacobi meine Dienstwaffe und begleitete ihn zu seinem Wagen.

109

Mit einem Arm voller Blumen stürmte ich in Cindys Zimmer in der Universitätsklinik.

Cindy rief: »Endlich Blumen, Gott sei Dank.«

Ich sah mich um. Überall auf dem Fensterbrett und auf mehreren zierlichen Tischchen standen Blumenvasen, von den diversen Töpfen auf dem Boden ganz zu schweigen.

»Ist jemand gestorben?«, erkundigte ich mich.

Cindy lachte. »Ich jedenfalls nicht.«

Sie saß in einem kurzen pinkfarbenen Bademäntelchen und mit aufgerichtetem Kopfteil im Bett. Ebenfalls im Bett und direkt neben ihr saß, in einer viel zu großen Jeans und einem marineblauen Sweatshirt mit dem Aufdruck BEZIRKS-STAATSANWALTSCHAFT SAN FRANCISCO, Yuki Castellano-Brady.

»Hey, hey«, sagte ich.

Und, ja, tatsächlich, Frau Dr. Claire Washburn, Leiterin der Gerichtsmedizin der Stadt San Francisco, beugte sich gerade über die beiden Mädels. Sie hatte einen Plastikbecher mit neongrüner Götterspeise in der einen und einen Löffel in der anderen Hand.

Sie sahen sehr lustig und vergnügt aus.

»Du glaubst wahrscheinlich, das ist Limonen-Götterspeise, stimmt's?«, fragte Claire. »Tja, da liegst du leider falsch. Ist mein eigenes Rezept. Mit Margarita-Mix.«

Ich lachte. »Das erklärt alles.«

Da sämtliche Vasen und vasenähnliche Behältnisse in Gebrauch waren, ging ich ins Badezimmer, nahm den Deckel vom Toilettentank und steckte die Stiele dort hinein.

Als ich wieder ins Zimmer kam, sagte Yuki: »Es gibt nur eine Regel: keine Tränen. Okay, Linds?«

Ich nickte. Ehrlich gesagt, auch wenn ich gewollt hätte, ich hätte keinen einzigen Ton herausgebracht.

Cindy ging es gut. Yuki ging es gut.

Ich gab jeder meiner Freundinnen einen Kuss. Dazu die Umarmungen, lange und ausdauernd, weil wir einander einfach nicht mehr loslassen wollten. Wenn ich für mich sprechen soll, ich dachte daran, wie plötzlich und ohne Vorwarnung das Leben zu Ende sein kann und wie unfassbar wundervoll es war, Augenblicke wie diesen erleben zu dürfen.

Schließlich zog ich mir einen Stuhl neben das Bett, ließ mich daraufplumpsen und sagte: »Ich will genau das, was ihr auch habt.«

Schallendes Gelächter ertönte, und besonders laut klang das aus Yukis Kehle.

Sie sagte: »War ich das? Das hab ich schon eine ganze Weile nicht mehr gemacht.«

Sie war ein klein wenig betrunken, aber das war absolut angemessen. Auf dem Flughafen hatte sie mir und Joe eine durch und durch gruselige Geschichte erzählt, unter anderem auch, dass sie dem Oberbösewicht ein Messer in den Bauch gerammt hatte.

»Hast du's den anderen auch schon erzählt?«, fragte ich sie.

»Ja. Diese Woche hat der Club der Ermittlerinnen mächtig zugeschlagen.«

»In meinem Kühlraum liegt Miss Mackies dreiäugiger Leichnam«, sagte Claire. »Darauf trinke ich.«

Sie prostete uns zu. In diesem Augenblick klopfte es an die Tür.

Der heimliche Held der Stunde, der Mann, der Cindy das Schießen beigebracht hatte, stand vor uns.

Ich sagte: »Also, ich muss los, Cindy. Mein Baby ruft nach mir.«

Claire fügte hinzu: »Ich hab auch ein Baby, und ich bringe Yuki nach Hause. Will schnell noch einen Blick auf Brady werfen.«

Es folgte ein kleines Durcheinander, während wir unsere Sachen zusammenklaubten, dann schoben wir uns, eine nach der anderen, mit einem kurzen »Hallo« an meinem gut aussehenden, verantwortungsbewussten Partner vorbei, der im Türrahmen stehen geblieben war.

Ich konnte bloß hoffen, dass Cindy schon stabil genug war, um das zu verkraften.

110

Cindy rief: »He, wo wollt ihr denn plötzlich alle hin?«

Die Mädels winkten zum Abschied, warfen ihr Kusshändchen zu, gingen zur Tür hinaus und ließen Richie eintreten. Ihr Puls raste. Sie fasste sich an den Hals. Toll sah er aus mit dem Jackett, der gelockerten Krawatte, dem frischen blauen Hemd und der Khakihose. Seine Stirnlocke fiel ihm über das eine Auge.

»Richie. Hallo.«

Er blickte sich um, betrachtete die Gartenanlage auf dem Fenstersims und sagte: »Cindy, ich hätte dir ja gerne einen Blumenstrauß geschenkt, aber ein Vögelchen hat mir geflüstert, dass du schon mehr als genug davon hast.« Er sah sie an, lächelte, hielt ihr eine weiße Papiertüte mit einem goldenen Klebesiegel entgegen und schüttelte sie. »Dafür habe ich das hier mitgebracht.«

»*Waaahnsinn!* Orangenschalen mit Schokoladenüberzug? Zeig her.«

»Ein paar Grapefruitschalen sind auch dabei. Die Mischung macht's, hab ich mir gedacht.«

Rich kam ans Bett, legte die linke Hand auf den Bügel an der gegenüberliegenden Bettkante, beugte sich über sie und drückte ihr einen sanften Kuss auf die Wange.

Cindy sog seinen Duft ein.

Er richtete sich auf und gab ihr die Tüte. Dann zog er den Stuhl heran, auf dem Lindsay gesessen hatte.

»Danke, Richie.«

Er setzte sich. »Gerne. Wie geht's dir denn?«

»Ganz gut. Die Kugel hat keinen Knochen und keine Hauptschlagader getroffen. Ich glaube, in den Western heißt so was ›bloß eine Fleischwunde‹.« Sie grinste. Sie hatte sich selten besser gefühlt.

»Hast du was getrunken?«

Sie grinste immer noch und nickte. »Auf Anweisung von Dr. Washburn.«

Richie lachte. »Und? Tut es sehr weh?«, fragte er dann.

»Geht so. Ich kann's aushalten. In ein paar Tagen lassen sie mich raus, vielleicht sogar schon morgen. Aber nur, wenn ich Cindy's Blumenladen mitnehme.«

Cindy wünschte sich, dass er sie noch einmal berührte. Sie spürte immer noch das Kitzeln seiner Barthaare auf ihrer Wange.

Er sagte: »Na ja, hast du denn wenigstens deine Geschichte bekommen?«

»Nein, verdammt. Lindsay hat sie umgebracht.«

»Au weia.« Er lachte. Es klang, als schämte er sich ein bisschen dafür, ohne jedoch etwas dagegen machen zu können.

»Aber dafür steckt da eine andere Geschichte drin«, fuhr sie fort. »Zwar nicht die, die ich geplant hatte, aber so wie Mackie, Lindsay und ich zu diesem Zeitpunkt an diesem Ort und mit diesem Ergebnis aufeinandergetroffen sind … daraus lässt sich was machen. Schon die Hälfte würde mir reichen, um da eine Menge draus zu machen.«

Richie seufzte. Ließ sich gegen die Stuhllehne sinken. Fuhr sich mit den Fingern durch die Haare.

»Was ist los, Rich?«

Sie wusste, was los war. Pistolen und Schüsse und der Tod, das war los. Und dass sie keine Polizistin war. Sie wussten beide ganz genau, dass sie bis jetzt immer nur auf dem Schießstand geschossen hatte.

»Das Ganze hätte furchtbar schieflaufen können, in so vielerlei Hinsicht. Ich mag es mir gar nicht vorstellen, aber ich mach's trotzdem.«

»Ich auch.«

Er seufzte und sah sie lange und beharrlich an. Damit wollte er ihr vermutlich signalisieren, dass er genau wusste, was sie getan und was sie durchgestanden hatte. Und dass sie dabei viel Glück gehabt hatte.

»Ich bin froh, dass dir nichts Schlimmeres passiert ist«, sagte er schließlich.

Sie spürte, dass er es wirklich so meinte. Ihre Augen wurden ein klein wenig feucht. Aber sie riss sich zusammen und griff nach der weißen Tüte mit den Zitrusfrüchteschalen mit Schokoüberzug.

»Danke, Richie.«

»Und ich bin froh, dass Lindsay auch nichts Schlimmes passiert ist«, fügte er hinzu.

»Ich weiß. Ich auch.«

»Ihr bedeutet mir beide sehr viel.«

Cindy sah ihn erröten. Er räusperte sich. Dann warf er einen Blick auf seine Armbanduhr. Oh nein. Er war doch gerade erst gekommen.

Er sagte: »Hey, nicht mehr lange, dann geht das Spiel los. Ähm... soll ich dir vielleicht Gesellschaft leisten, während wir uns anschauen, wie die 69ers die Seahawks erledigen?«

Cindy lachte. »Das ist das beste Angebot, das ich bekommen habe, seit ich hier bin.«

»Dann besorge ich noch schnell eine Pizza. Okay?«

»Ausgezeichnet.«

»Champignons und Salami.«

»Perfekt.«

Richie stand auf, zeigte auf den Stuhl und sagte: »Halt mir den warm. Ich bin gleich wieder da.«

Nachdem Richie gegangen war, machte Cindy die Tüte auf und biss in eine der Orangenschalen mit Schokoüberzug. Köstlich.

Sie schlug den Rand der Tüte ein paar Mal um und hielt sie eine Weile fest. Dachte an die Lake Street. An Richie. Daran, wie unfassbar lebendig sie sich fühlte.

Hey. Es würde bestimmt nett werden, wieder mal was mit Richie zusammen zu machen.

Cindy stellte die Papiertüte auf den Tisch neben das Bett, griff nach der Fernbedienung und schaltete den Fernseher ein.

Danksagung

Unser Dank geht an die folgenden Experten, die uns so großzügig mit ihrer Zeit und ihrem Wissen unterstützt haben: Captain Richard Conklin vom Police Department in Stamford, Connecticut; Dr. Humphrey Germaniuk, Gerichtsmediziner und Amtsarzt in Trumball County, Ohio; Philip R. Hoffman und Steven A. Rabinowitz, Rechtsanwälte aus New York; Chuck Hanni, staatlich geprüfter Brandursachenermittler, und Dr. Elain M. Pagliaro, forensisch-wissenschaftliche Beraterin. Ein besonderer Dank gilt Donna Nincic, Direktorin der ABS School of Maritime Policy and Management und Professorin an der California Maritime Academy.

Und wie immer möchten wir uns sehr herzlich bei unseren Rechercheuren Ingrid Taylar und Lynn Colomello sowie bei Mary Jordan bedanken, die den ganzen Laden zusammenhält.

Alex Cross ermittelt in seinem tödlichsten – und persönlichsten – Fall!

480 Seiten. ISBN 978-3-7341-0536-4

Detective Alex Cross kehrt zum ersten Mal seit über dreißig Jahren zurück in seinen Heimatort Starksville in North Carolina, denn sein Cousin Stefan wird eines schrecklichen Verbrechens beschuldigt. Auf der Suche nach Beweisen für Stefans Unschuld stößt Cross auf ein Familiengeheimnis, das alles infragestellt, woran er je geglaubt hat. Kurz darauf wird er außerdem in die lokalen Ermittlungen bezüglich einer grausamen Mordserie hineingezogen. Bald schon ist Alex Cross nicht nur einem brutalen Killer auf den Fersen, sondern auch der Wahrheit über seine eigene Vergangenheit – und die Antworten, die er findet, könnten sich als tödlich erweisen.

Lesen Sie mehr unter: **www.blanvalet.de**